9
ハム男
HAMUO
ILLUST
藻
MO
ヘルモード
HELLMODE
～やり込み好きのゲーマーは
廃設定の異世界で無双する～

第一話　アレン軍の受け入れ

アレンたちはローゼンヘイムの首都フォルテニアにいる。

エルマール教国における戴冠式を終え、中央大陸に侵攻した魔王軍と5大陸同盟の交戦への参加も終わっている。

その際、魔王軍の幹部が魔神だったので、倒してアレンのレベルは93になった。

なお、その足で、バウキス帝国が戦っている海上の戦争にも向かったが、その時にはすでに魔王軍は撤退を決めていて、こちらの魔神は倒し損ねてしまった。

フォルテニアに戻った現在、アレンたちがいるのは女王の間ではなく、もっと広い間で、2000人のエルフがアレン軍に加わるために式典を行うという。

儀式や儀礼を重んじており、エルフらしいとアレンは思う。

「アレン様。大変お待たせしました。只今より、着任式を行います」

儀式の会場にやってきたエルフの女王がアレンに話しかける。

これから始まる式典の前に一言挨拶をしようと思ったようだ。

女王のアレンに対する評価が目下急上昇中だ。

何か距離がすごく近くなった気がするのは、どうもアレンが「ヘビーユーザー島」と名付けた、空に浮く島を手に入れたからのようだ。

これで、精霊神が精霊王であったころからの先見が正しかったことになるという。

世界を救う「闇を払う光の者」認定を、改めて貰ったかたちになった。

２０００人の星2つの才能を持つ者たちを、戦争が終わったすぐの状況にもかかわらず貸してもらえるのも、そのためだろう。

今回の魔王軍の侵攻において、ローゼンヘイムの被害はこれまでに比べてずいぶんと少なかったと聞いているが、それでも数千人の兵が死んでいる。

兵を貸し与える期限については無期限とのことだった。

しかも、直接の指揮はルキドラール大将軍が行うことになっているが、たとえ生死を分けるような作戦内容であっても、彼らの運用はアレンに任せると女王から言われた。

アレン軍の活動が何年にも長期化する可能性もある。

どうしても家族と別れられないというエルフには、家族もヘビーユーザー島に引っ越してよいとも伝えてある。

ヘビーユーザー島の広さならば、移住希望者が数千人に達しても大丈夫だ。

しかし、今後、この島は魔王軍との戦いの最前線を行くことになる。

「申し訳ございません。このような状況で優秀な才能ある者を２０００人もお借りして。皆さんの覚悟は確認いただけたでしょうか？」

女王に行けと言われたらエルフたちは断らないだろうが、しっかり参加の意思を確認してほしいとアレンは思う。

「もちろんです。私たちは本来、死の概念が違いますから」

エルフたちにとって、死とは、世界樹の根元に還ることを意味するという。

だから、そもそも世界樹を、そして世界樹の精霊である精霊神ローゼンを祀る女王を守るためなら命など惜しくはないという考えが、エルフたちの根底にある。

その精霊神と共にいることで、次期女王との呼び声も高いソフィーが「闇を払う光の者」と共にいることになる。

エルフたちに断る理由はないはずだと言いかけたところだった。

「それで、まもなく、え!? あ、ああ、そんなことが……」

「え!? どうなさいました!!」

エルフの女王が何かを発見し、ワナワナと震え出し膝から崩れ落ちた。

それを見て、女王に仕えるエルフたちが慌てて駆け寄ってくる。

女王が見つめる先はアレンではなく、その後ろにいる仲間たちだ。

「な、なんでもありません。あ、あの、私の娘に何か粗相がありましたでしょうか?」

「え? 粗相? ソフィーがですか?」

そんなことあるはずないので、大変助かっていることを伝える。

今回、アレン軍を考えてくれたのもソフィーだ。

「いえ、何もないならよいのですが……」

女王は明らかに動揺している。

そして、その動揺した目で、セシルの腕に装備されたマクリスの聖珠を改めて見る。

そのまま視線をスライドさせて、クレナのルバンカの聖珠を見る。

もしかして見間違えたかと思ったが、この輝きは間違いなく聖珠だ。

プロスティア帝国物語についてはエルフたちも知っている。

当然、マクリスの聖珠は王から王妃にプレゼントされるものであり、逆にいうと、マクリスに限らず、聖珠を渡すことにはそうした意味があるのが、この世界の習慣であることも知っている。

だから、ローゼンヘイムに関わらず、女王制の国ではあまり流行っていないのだが……。

それでも、女王は、セシルとクレナの腕に聖珠がはめられていることに驚愕し、自分の娘であるソフィーの腕にはそれがないことに絶望する。

だが、そんなことはアレンには分からない。

バスクから奪ったルバンカの聖珠については、ドゴラが一撃必殺キャラのため、普段の戦闘ならクレナの方が優秀だったりすると考えて、今回はクレナ強化に使うことにしただけだ。

だが、ソフィーは、アレンと違って、女王が何に気付いたのか分かったようだ。

「あ、あの女王陛下、申し訳ありません」

深く頭を下げて謝った。

（ん？）

「いえ、いいのです。式典のあとでお話をしましょう」

ソフィーは少し残って女王である実の母と話があるので、後から来ると言う。

それからほどなくして着任式は終わった。

２０００人の兵だけでなく、役人などの同行する必要のあるエルフたちを、アレンは、鳥Ａの召喚獣の覚醒スキル「帰巣本能」を使って、空に浮く島である「ヘビーユーザー島」へ移動させる。

この覚醒スキルは、半径1キロメートル内にいるものならば、荷物だろうと人だろうと移動したい場所に転移させることができる。

基礎のしっかりした家や、岩の中や土の中にある物体は移動できない。

邪教徒の侵攻から人々を救助する際や、魔神や邪神教の教祖相手の戦いなどで、何かと役に立った。

「何だ、ここは?」

「聞いた通り、何もないな」

「何もないどころではない。人が住めるのか」

ルキドラール大将軍をはじめ、2000人のエルフたちが驚愕する。

彼らが見たものは、ヘビーユーザー島の外周付近の、草の一本も生えていない、ライトユーザーには住むことが許されない厳しい島の景色だったからだ。

「ようこそ、天上の園へ」

とりあえず、不安になっているエルフたちを安心させるために、アレンはルキドラール大将軍に笑顔で話しかける。

ヘビーユーザー島開拓の主戦力となるエルフたちを絶対に逃がさない所存だ。

この島は、海底火山が噴火したばかりのような状態だ。

こぶし大から数メートルまで、大小様々な岩がそこらじゅうにゴロゴロと転がっており、生命の気配はまったく感じられない。

「!?」

このような死の大地を天上の園とは何かの冗談かと、エルフたちは息を呑んだ。

元邪神教の信者には、ドゴラのために火の神フレイヤを祈り倒してもらわないといけない。

火の神の使徒となったドゴラは、フレイヤの神力によって強さが変わる仕様になってしまった。

そのため、フレイヤがどれだけ多くの人々に、どれほど真剣に祈られたかが、彼の強さに大きな影響を与えてしまうのだ。

岩肌のヘビーユーザー島は、今後、エルフたちに木、土、水の精霊魔法を駆使してもらう必要がある。

そうして島を開拓してもらう間に、ダークエルフの里ファブラーゼ、カルバルナ王国、クレビュール王国の4箇所で暫時避難生活を送っている元邪神教信者、現在はフレイヤ教の信者となった者たちを、今後、ヘビーユーザー島で受け入れられることを、エルマール教国には伝えている。

もちろん、それに先立って、おおよそ、どれくらいの元邪神教の信者がヘビーユーザー島にやってくるかの見当はついている。4箇所合わせて1万5000人前後になる予定だ。

クレビュールから魚人が来るなら、池を作るなり、島の周りの空間に水を張ったら宙に浮かぶのかなども試さないといけない。

「ようやく来たのか。村はこの辺りでいいのか?」

シア獣王女がやってきた。

シアと2000人の獣人部隊は既に島に駐屯しており、アレンが連れてくる2000人のエルフたちを待っていた。

「シア様、お待たせしています。そうですね。あの山の上流から川を作って水を流す予定ですので、その流れに沿うかたちで村を作りましょう」

今回アレン軍にやってもらうことは多岐に渡る予定だが、なによりもまず、この島を人が住めるようにしなくてはいけない。

最終的には、1万を超える人々が共同生活をする予定なのだ。

獣人部隊には、その力をいかんなく発揮して、町作りをしてもらう。

エルフたちが精霊魔法を使って、木を生やしても、そこから採取した木材の加工までは任せられない。

2000人のエルフの中には大工や職人もいるが、獣人部隊の方が、橋や要塞など建築に長けた者たちが多いので、彼らを中心に町を作ってもらう予定だ。

「アレンよ、この島ではお前が長だ。余に敬語は不要よ」

シア獣王女は、前から言おう言おうと思っていたことを、いいタイミングと思い、口にする。

実は、少し前から、ソフィーとアレンの関係のように敬語不要にしたかった。

この機会に、自分に対する敬語をやめてほしいとシア獣王女は話す。

確かにシア獣王女は王族だが、この島はアレンの物ということになっている。

そして、シア獣王女は、今後はアレン率いる「廃ゲーマー」のパーティーに参加することになる。

パーティーのリーダーでもあり、島の所有者でもあるアレンが、仲間に敬語を使うのはおかしい。

「そっか。そうだな。シア、よろしく頼むぞ」

「そ、そうだな。あまり敬われていなかったようだな……」

「何かこの感じ覚えがあるわ」

あまりの変わり身の早さにシアは驚愕する。

そんなアレンとシアの会話を目にして、セシルは既視感を覚える。

確か、学園にいた頃、ここでは貴族相手でも敬語は不要と、担任が言った矢先、アレンは同じような変わり身の早さを見せていた。

島に転移させて早々に、土系統の精霊魔法を使えるエルフたちが働き始めた。

今回やってきた精霊魔導士1000人のうち、その半数以上が土系統の精霊魔法を使える。

あまりに大きな岩はごつごつした岩の上に土をかぶせ、砂に変えていく。

まずは居住地区の地面を平坦に変えていく。

この島には1万人を超える人々が住むことになるので、その居住地を作るとなると、数平方キロメートルにわたって、ガンガン均《なら》していく必要がある。

「やっぱり、これだけの人数だとすぐに開拓できそうね」

セシルがアレンの横でつぶやいた。

「ああ、移住者の選定は順調に進んでいるみたいだし、あまり待たせるわけにもいかないからな」

(ふむ、流石に順調だな。全員がレベルもステータス値もカンストしてるし。塀や堀を作る必要もないし。住めるようになるのに10日もかからないんじゃないか。おっと、生成生成)

元第一天使で天使Aの召喚獣のメルスにも活を入れて、一緒に天の恵みを生成させる。

現在、この島にいる獣人2000人とエルフ2000人は、全員がレベルもスキルも最大値まで上がっている。

当然モードはノーマルモードだ。

地面を均していく工程も速いのだが、それと並行して、木系統の精霊魔法を使う精霊魔導士が、別の場所に木をガンガン植えていく。

魔法により生み出した木の育成にも水は不可欠なので、水系統の精霊魔導士も協力して、合わせ技のような動きを見せている。

これにより、植えられた木はあっという間に10メートルを超える大きさに成長する。

そして、これを、こちらもレベルがカンストした獣人たちが、大根を抜くように両手で引っこ抜いていく。

大振りの鉈《なた》で無用な枝葉と根を切り落とし、住宅を作る上での建材になる丸太に変えていく。

この丸太は、整地した土地に建物を建てるために大量に使われるため、このようにして、どんどん精霊魔法で作り、積み上げていく。

(町を囲む塀を作らないでいい分、土地は有効に使えるな)

空に浮いた島は、その特性上、特に手を加えなくても、外敵が侵入する可能性は少ない。

外敵を防ぐための塀や堀を省いて、住宅地や畑や牧場などを作る土地を広く確保できる。

ただ、それなりの高度に浮いているこの島であっても、空を飛ぶ魔獣の侵入は防げない。

だから、草Aの召喚獣の覚醒スキル「金の豆」を使い、半径1キロメートルの範囲に10年に亘ってAランクの魔獣も寄せ付けない魔獣避けの木を植えるつもりでいる。

エルフと獣人部隊が働く様子を巡視している中、アレンは「魔力の種」を使用する。

エルマール教国で救難信号を受けてからは、ずっと戦いの連続であった。

そのための移動中や、休憩の際にもスキル経験値を稼いできたのだが、召喚レベル９にはまだまだ遠い。

一刻も早く、最短でスキルレベルを上げたい。

魔力の種は、１つ使えば、半径50メートル内で魔力が１０００回復するので、巡視しながら使うのが最も効率よくエルフと獣人の魔力を回復させられる。

しかも、アレンは魔力回復リングと魔力５０００上昇リング、そしてマクリスの聖珠を装備している。

ちなみに、セシルに「マクリスの聖珠を貸して」と言うと、「返してよね！」とは言うものの、絶対に断られない。

そして、アレンが聖珠を返すと、セシルはそれをニマニマしながら受け取るのだった。

(ソフィーは遅いな。明日になるのかな)

式典が終わった後、ソフィーは女王に個室に連れて行かれてしまった。

何かやっているようだが、何が起きているのか分からない。

せっかくの家族団らんなので、ソフィーとの合流は明日になってもいいかと思う。

「あ、あの。アレン様、ここから山の辺りまで均したほうがよろしいでしょうか」

アレンが歩きながら魔力を回復していると、エルフから話しかけられる。

整地の責任者のようだ。

「そうですね。まあ、だいたいそれくらいでしょうか」

「はい！」

（あまり力入れなくても大丈夫ですよ。この島を魔王軍拠点への攻撃に使う可能性がなくなったわけではないし）

アレンが作成した島の開拓地図は、エルフたちにも獣人たちにも1枚ずつ渡してある。

彼らは、そこに描かれた開拓計画に沿って、作業を進めていく。

この全長10キロ、幅8キロの島には、複数の町と、生活していくうえで必要な物資を自給するための畑や牧場、生活用水に用いるための川、そして魚人のための湖ができる予定だ。

そして、山の神殿は火の神フレイヤの信仰心を集めるための祭壇にするため、改修しなくてはいけない。また、町を作るなら、火の神フレイヤの神殿が見える位置にする予定だ。

夜になったら、どの町からも神殿に祀られている炎がはっきりと見えるようにしようと考えている。

習慣はとても大事なので、島の住人には毎晩寝る前にフレイヤに祈ってほしい。

それと、兵については転職をしてもらう予定だ。

（元邪神教の信者の仕事も探さないと。たしか、ペロムスは王都にいたっけな）

この島に産業を興すために、同じクレナ村出身の商人ペロムスに相談しようと思う。

他にも、これからの予定がいくつもある。

しかし、この計画のためにアレンがつきっきりになると本末転倒だ。

前世では、ゲームの中で自分の家を持ったり、箱庭みたいな町を作ったことが何度かある。

ネットゲームには、家やアジトを購入して、それに自分なりのアレンジを加えることができるものも多かった。

アレンは、前世で健一だった頃、ゲーム内の家を、敵を狩って手に入れたアイテムや装備品の荷物置き場にしていた。

かわいい家やカッコいい家などに興味を持ったことはなかった。

(これも成長なのかな)

ずっと、前世の記憶を頼りにやってきた。

それで助かったことも多い。

しかし、商売や産業を興すなら、前世では仲間にすることがほとんどなかった商人のペロムスの力を借りるべきだと思った。

S級ダンジョンの最下層ボスであるゴルディノとの戦いで、怪盗ロゼッタがとても役に立ってくれたことが、そう思うきっかけになった。

前世で捨ててしまっていた要素のうち、本当は必要なものが結構あることを知った。

アレンは、自分の行動に制限が掛からない程度にしっかり島の開拓をしようと思う。

そんなことを考えているとメルスがソフィーを連れてやって来る。

「ん？　もういいのか？　一晩くらい向こうにいてもいいぞ」

「……いえ、頑張らせていただきます」

何があったか知らないが、多少凹んでいるようだ。

しかし、大丈夫なようだ。

何か底知れぬ熱意のようなものをソフィーから感じる。

「そうか。ソフィー着いて早々すまないが、ちょっと一緒に来てくれ。ダークエルフの方も準備が整ったみたいだ」

「もちろん行きますわ」

ソフィーがいなくてもよかったのだが、ダークエルフをヘビーユーザー島に招くならいた方がいいだろうと思った。

そういうわけで、少々凹んだ様子のソフィーと2人で、ダークエルフの里ファブラーゼに向かう。

「なんか若いな」

「そうですわね」

ダークエルフの里ファブラーゼからの手紙には、アレン軍へ1000名のダークエルフを参加させると書いてあったが、すでに着任式的なものは終わらせていた。広間には、アレン軍への参加を希望するダークエルフたちが集合していたが、彼らは、ローゼンヘイムからやってきたエルフたちに比べて、ずいぶん若いように見える。

現在、島で開拓作業に従事しているエルフの大半は、従軍経験のある者だ。

少なくとも3年は魔王軍と戦った者が多く、レベルもスキルもほとんどカンストしている。

実年齢よりも若く見えるエルフだが、彼らは人族で言えば20代から30代の者が多かった。

しかし、今、アレンたちを見ている1000人のダークエルフたちは、人間から見れば10代半ばから後半と思える者がほとんどだ。

アレンは、エルフ、ダークエルフは30歳で成人すると聞いていた。

ハイエルフ、ハイダークエルフの場合は、50歳で成人らしい。

なので、50歳のソフィーは、セシルやクレナと、見た目が変わらない。

そこから推測すると、どうやらダークエルフたちは、30歳前後の者を選んだようだ。

（なるほど、2つ星の者1000人と手紙に書いていたが、他の条件はほとんど記載していなかったな）

たぶん、レベルもスキルもカンストしていない。

だが、ダークエルフがこれまで魔王軍との戦いに参加してこなかったことを考えると、レベルがカンストするには、エルフに比べてずいぶん時間がかかるのではと思う。

この里の周りにも魔獣がいるので、討伐することもあるだろうから、さすがにレベル1ではないだろうが、エルフほどの熟練者ではないのは間違いないだろう。

アレンとソフィーがダークエルフたちを見ていると、オルバース王と長老、女性のダークエルフがやってくる。

「準備は万全だ。少し荷物もあるのでそちらも一緒に持って行ってほしい」

オルバース王がアレンに直接声を掛ける。

彼が言っているのは、どうやら広間の半分を占める山盛りの荷物のようだが、これも一緒に運べばいいのかと思う。

どうやら、開拓のためにヘビーユーザー島に渡るダークエルフたちの暮らしに必要なものを集めてくれたようだ。

「ルークも来てくれたか」

「当然だ。友達だからな」

アレンの目の前には女性のダークエルフの前に立っている、人間でいうと8歳くらいのダークエルフがいる。

ダークエルフの里の王オルバースの子であるルークトッドは、邪神教の教祖グシャを倒した後、ソフィーの願いで精霊を1体、ダークエルフの里に連れて帰った際、あれやこれやと絡まれて、オーガごっこで勝利の果てに「友達」になった。

アレンたちと行動を共にする話になっていたが、準備が整ったら追いつくと言って、現在に至る。

アレンたちのパーティーへの正式な参加をダークエルフの部隊の合流に合わせたようだ。

若干、ふてくされているように見えるのは母と別れて感情の整理がついていないようだ。

「ルーク、改めてよろしくな」

「おう!」

ルークと拳を合わせて挨拶をした後、待たせてしまっているオルバースに視線を戻した。

「ずいぶん若い方を選んでくださったのですね。ご配慮いただきありがとうございます」

アレンは移住者として選定されたダークエルフに若い者が多かったことについて、オルバースに感謝の意を伝える。

「なるほど。礼を言うか。エルフよりやりづらいな」

まさか礼を言われるとは思っていなかったようで、オルバースは気まずそうに答えた。

だが、アレンはその答えには反応せず、今回、ファブラーゼがエルフより一回りほど若く、戦闘経験があまりなさそうな者たちを1000人ほど寄こしてきたことの、メリットとデメリットについて考える。

デメリットは、この1000人のダークエルフを、アレン軍でわざわざ鍛えないといけないことだろう。

しっかり鍛えていない者を選んで寄越したのは、里の守りに影響が出る可能性を考慮したのかもしれない。

ではメリットはなんなのかといったら、今後、一緒に暮らすことになるだろうエルフたちへの配慮だ。

彼らは、数千年に亘って対立し続けてきた。その2つの種族が、同じ場所で暮らすことになるので、双方の人数、戦闘経験、世代などが拮抗していると、新天地でも対立が再燃する可能性がある。だが、戦闘経験があまりなく、世代的にも一回り下で、柔軟性がありそうな若いダークエルフたちなら、エルフたちとうまくやっていけるかもしれない。

何事にもメリット、デメリットがあるものだと思う。

『ルーク、あたいがいるから大丈夫だからね。心配しなくていいのよ』

そう言って、艶やかな毛並みの漆黒のイタチの姿をした精霊王ファーブルが鼻を近づけルークを励ます。

「う、うん。そうだね。ありがと」

(お、ファーブルが喋った。あたい口調なんだ)

王妃らしきダークエルフの女性が心配そうな表情で、ルークトッドに荷物の入った鞄を渡している。

なんとなく、まだ自立は早いんじゃないのかとアレンは思うので、いくつなのか聞いてみたら15歳でアレンと同い年だった。

アレン軍に参加するダークエルフたちの準備が整ったところで、彼らと共にヘビーユーザー島に移動する。

こうして、ヘビーユーザー島に、獣人2000人、エルフ2000人、ダークエルフ1000人と、当初予定のアレン軍参加者全員が揃ったので、打ち合わせをすることにした。

さすがに5000人全員が集まっては、まともな話し合いにならないので、100人以上の配下を持つ隊長クラスより上の立場の者だけに集まってもらうことにする。

だが、今後は、打ち合わせ用の会議室を作っておいてほしいと、獣人とエルフたちの作業監督に伝えてから、彼らが作ってくれた大きな建物に集まる。

この建物には今後、町長が住むこととなる。

建物の広間では、アレンが上座に座る。

その左右に、ソフィーとシアが座り、2人のさらに隣に、ルークや、アレンの仲間たちがそれぞれ座る。

そして、10人ほどの将軍級の上官が床に敷かれた御座、そして、10人ほどの将軍級の上官が御座に敷かれた座布団に輪になって座った。

この場には、100人以上の配下を持つ隊長以上が集まっていて、輪に入りきれなかった隊長格は、列を作って座る。

軍事組織なので、格や立場のようなものを大切にしている。

会議は、食事もしながら、ゆったりと行う。

「お酒は結構です。果実水をください」

アレンのところに、エルフの女性兵が酒を注《つ》ぎにきたので、果実水を持ってきてもらえるようにお願いする。アレンは酒を基本的に飲まない。

「皆、集まったな。では、アレン、始めてくれ」

参加者が揃ったかを確認し、シアがそう言うと、その場の全員がアレンに視線を送り、彼の言葉を待つ。

ここにいる全ての者が、今回の軍を指揮するのがアレンであること、彼が20年ぶりに現れたSランク冒険者で、S級ダンジョンを攻略し、去年のローゼンヘイムへの魔王軍の侵攻と、今回起きた「邪神教」騒動を解決したこと――ラターシュ王国という小国の平民であることなんて、どうでもいいと思うほどの成果を上げてきたことを知っている。

この中には、アレンがローゼンヘイムで戦っているところを見てきたエルフや、邪神教との戦いぶりを見てきた獣人もいる。

そんなエルフの将軍や獣人の隊長格が、姿勢を正してアレンの方を見ている。

「皆さん、お集まりいただきありがとうございます。私がこの軍を指揮することになりましたアレンです。皆様にはそれぞれの立場、目的があり、そうした種族の異なる人々が集まる混成軍になりますが、一緒に魔王軍を倒しましょう」

「ふむ。立場についてはいいのではないのか」

シアが立場や目的について触れる必要はないという。

「まあ、そうですね。ただ、私としては、志まで共にする必要はないということです。思想信条も含めて、それぞれ大切なものは持っていてください」

今回、ダークエルフや獣人がこのアレン軍に参加したのには、それぞれの理由があるはずだ。もし、獣人やダークエルフが、魔王軍から世界を守ろうという崇高な目的を持っているなら、アレン軍に参加する以前に、５大陸同盟軍に参加していたはずだ。

しかし、今まで、種族として魔王軍への対抗、あるいは5大陸同盟への参加を拒んできたにもかかわらず、今回、アレン軍に参加してきたのには、「魔王軍から世界を守る」こと以外の目的、理由があるはずだ。

当然、これまでのアレンの戦いを見てきたというのも、1つの理由だろう。

魔神をも倒す力を持つアレンとその仲間たちの活躍を獣人もダークエルフも見ている。それにより、これまでは諦めていた、魔王軍との戦いにおける勝利への展望が見えたとも言える。

そして、大事なことが1つある。

今回の「邪神教」騒動よりも前、エルマール教国が救難信号を送るよりも前に、５大陸同盟の会議が行われていたが、そこで、ギアムート帝国の皇帝からこんな発言があった。

『転職ダンジョンは、５大陸同盟に参加する軍が優先して利用する。これは魔王軍と戦うためにエルメア様からもたらされた奇跡に他ならない』

火の神フレイヤの神器が奪われ、魔王軍が力を増したことで、直接魔王軍と戦う人々にこれまでにない力を与える必要ができた転職ダンジョンは世界に1つしかないので、誰が優先して使うのかという問題が出てきた。

だが、転職システムがそういう目的で作られたのならば、当然、それを優先的に利用する権利は、魔王軍と戦う国家に与えられるのが筋だろうという考えからの発言だった。

でなければ、創造神エルメアが、5大陸同盟の管理下にある学園都市に転職ダンジョンを設けるはずがない、とギアムート帝国皇帝は発言した。

転職ダンジョンを使えば、才能の星の数を1つ増やすことができる。

才能に星を3つ以上持つ者は、どこの国にも生まれにくいが、転職ダンジョンを利用すれば、どこの国にも多くいる星2つ以下の才能の持ち主を底上げし、剣聖や聖女などを増やすことができる。

そうなれば、国力の向上も期待でき、逆に、利用できなければ、利用できる国との間に格差が生じ、国家の衰退に繋がりかねない。

たとえば、ダークエルフの場合、長年の対立相手であるエルフに大きく差をつけられる形になってしまう。

ゆえに、アレン軍へ参加し、魔王軍と戦う態度を示すことは、転職ダンジョンを利用するもっともらしい理由になるということだ。

なお、アレン軍へ参加することで、ダークエルフや獣人たちも転職ダンジョンを利用できるようにするために、ローゼンヘイムの女王や、冒険者ギルドに対して、根回しを行っているところだ。

転職ダンジョンは、冒険者ギルドの管轄なのだが、S級冒険者であるアレンには、冒険者ギルドの副本部長相当の権限が与えられているのだ。

知り合いなら優遇してもらえると言質を取っているが、その知り合いが5000人とは言っていない。

その他、特に国交のないダークエルフでも、学園都市やバウキス帝国のS級ダンジョンに行けるよう、目下、調整中だ。

（そうそう、5大陸同盟の会議にも参加しないといけないんだったな）

「邪神教」騒動と、今回の魔王軍の侵攻がおおむね片付いたこともあり、近く、5大陸同盟の会議が開かれることになったが、そこにアレンも呼ばれている。

どうやら、会議内で発言を求められるようだと、ローゼンヘイムの女王から聞いていた。

「では、まず私たちには3つのやるべきことがあります。島の開拓、軍の強化、S級ダンジョンの攻略です」

今後の方針についてアレンは皆に語りだす。

この岩だらけの島を人の住める場所にするための開拓作業は、初日である今日こそ、エルフと獣人が全員で行った。

しかし、こんなそれほど大きくもない島に、今後、一日に5000人もいらない。

そして、島に移住してきたダークエルフの中には、レベルが低く、すぐにはS級ダンジョンに行けない者も多い。

そこで、5000人を種族ごとに複数の軍に分け、島の開拓と軍の強化を交代で行ってもらう。

「軍の中にはレベルやスキルレベルがカンストしていない者や、S級ダンジョンに行けない者などもいて、個人差が大きい状況だ。そのため、段階ごとの強化方針も考えている」


【軍強化の方針】
・レベルもスキルレベルがカンストしていない者は、レベル上げ、スキル上げの順で行っていく
・S級ダンジョンに行けない者はA級ダンジョン5つの攻略を目指す

軍の強化のため、レベル上げ、スキルレベル上げをしながらA級ダンジョンの5つを攻略し、そして、レベルとスキルレベルがカンストした者は、転職ダンジョンで転職してもらう。

転職も終わり、S級ダンジョンの招待券を手にした者から、S級ダンジョンで活動してもらう。

1年以内に、アレン軍に所属する全ての者が転職を終え、レベル及びスキルレベルをカンストさせ、全員にステータスを5000増加する指輪を2つ装備してもらうことが、当面の目標の1つとなる。

なお、今回、アレンは「レベル上げ」を「神の試練」と言うような、この世界の人々になじみのある表現を用いなかった。

自分が普段使う言葉を覚えてほしいので、それらの表現を用いて説明し、初出の用語には丁寧に解説をつけていった。

「じゃあ、俺はS級ダンジョンに行くんだな」

「そうだ、ドゴラ。クレナ、キール、メルスたちと共に、S級ダンジョンにこもっていてくれ。俺も一通り落ち着いたら合流する」

彼らには、スキルレベル向上と、ステータス5000上昇リング、及びヒヒイロカネゴーレムの石板を集めに行ってもらう。

ドゴラが島の開拓をしていても意味がないので、その代わりに、是非、エクストラモードの限界を調べてほしいと思う。

セシル、ソフィー、フォルマールには、自分と共に島の開拓とアレン軍のために活動してもらう予定だ。

そして、シアは、A級ダンジョンの攻略及びS級ダンジョンの最下層でスキルレベルのカンストを目指す。レベルは60あるものの、スキルレベルは4から5のあたりで、カンストには至っていないのだ。

「なるほど。方針としてはそれでいいのではないか」

シアが積極的に会議を進めてくれる。

軍の指揮者として経験豊富なシアがいてくれて本当に助かる。

さらに会議は進んでいく。アレンの今後の活動方針にS級ダンジョンや転職ダンジョンなど、ダンジョンでの活動が大きく関わることから、それぞれの種族でアレン軍の冒険者パーティーを結成させた。

冒険者ギルドには、冒険者パーティーを取りまとめるために、全てのパーティーをまとめた「クラン」と称する制度がある。アレンたちもこの制度を活用することにする。

この場合のクランとは、複数の冒険者パーティーの集まりのことだ。

これにより、アレンは、以下の4パーティーを集めた「廃ゲーマークラン」のリーダーにもなった。


【クランの構成】
・アレン率いる「廃ゲーマー」
・エルフのルキドラール大将軍率いる「廃ゲーマーエルフ」

・獣人のルド隊長率いる「廃ゲーマービースト」
・ダークエルフのブンゼンバーク率いる「廃ゲーマーダーク」

　この中で、アレンが所属し、リーダーを務めてもいる「廃ゲーマー」は、必然的に「廃ゲーマークラン」の筆頭パーティーということになる。

（順調に活動の方針が決まってきたな。ああ、ルークの才能も確認しておかないと）

　アレンはゲーム的思考をフル回転させて、今後の方針を固めていく。

「ちなみにルークの才能は？」

「黒魔術師だ」

　ルークから聞いたことのない才能を耳にする。

「ん？　メルス。黒魔術師ってなんだ？」

『攻撃とデバフが主体の精霊魔法を使う、星でいうと1つの才能だ』

「め、メルス様!?」

　ルークの横にいるブンゼンバーグ将軍は口から魂が噴き出しそうになる。

　その場に集まった人々は、アレンはメルスを呼び出すことができると聞いていたが、実際にそれを見て、にわかに騒然となった。

（星1つか……転職できても星2つ。まあ、精霊王を供にしているなら、全く役に立たないということもないだろう。たしか精霊王って亜神だし）

　ダークエルフの里で、ルークと友達になり、パーティーへの参加を想定していたアレンは、ゲーム的思考をフル稼働させ、今後のルークの成長方法を考える。

ルークは戦闘経験がなく、星1つの才能しかない。

しかし、これまでパーティーにいなかったデバフの使い手は魅力的であるし、さらに、亜神である精霊王ファーブルとセットであり、今後、転職ダンジョンにいけば星の数がさらに増える可能性がある。

「とりあえず最初は、ブンゼンバーグさんと一緒にダンジョンでレベル上げをしてもらう」

「ダンジョンか！　なんか面白そうだな!!」

目を輝かせるルークにとって、里は小さすぎたのかもしれない。皆でダンジョンに行くことを楽しみにしているようだ。

その後も、アレン軍の活動方針についてあれこれ話をして、その日の会議は終わった。

その翌日のことだ。

アレンたちはバウキス帝国内にある、以前訪れた村にやって来た。

街の中を進むと、大通りに軒を連ねる鍛冶屋の店先には、壺や鍋など、出来たてのものが並んでいる。

「すみません。ハバラク先生はいますか？」

アレンは名工ハバラクの家の扉をノックする。

「は、はい。って、これは、アレンさん」

アレンのことを覚えていた名工ハバラクの弟子が扉を開け、アレンたちを中に入れてくれる。

居間に案内され、弟子たちに出された茶を啜る。

するとこ遠くからこちらへ廊下を走ってくる足音が聞こえる。

「お、おお。よく来たな。お前ら、ふ、フレイヤ様の神器を取り返したって本当か？」

息を切らしたハバラクが、アレンを見るや否や、神器を取り返したことについて聞いてくる。

「はい。その通りですが、もう情報が出回っているのですか？」

（あれ？　神器を奪われたことはそもそも、公開されていないような）

「ああ、そんなの分かるに決まっているだろ!!　火がよ、火が温かくなったんだよ!!」

何故か怒鳴られてしまった。

疑問符を浮かべるアレンの表情で分かったのか、理由を教えてくれる。

「少し前からよ、炉の中の炎がだんだん弱くなっていって、もうおしまいかと思ったんだ。だけど、ある時から、それ以上弱まらなくなった。しかもな、その炎は絶望していなくて、強い温かみがあるんだ。これは火の神フレイヤ様が、神器が戻ったことをお喜びになったんだとすぐに分かったぜ」

アレンはこの話を聞いて、鍛冶屋の名工になると、常に火のことを考え、火の神に近づいてしまうのかと思った。

毛がモジャモジャで小学生並みの身長しかない厳ついおっさんだが、巫覡《ふげき》のような存在だなと思う。

そして、『少し前に炎が弱くなった』というのは、ドゴラにバスクを倒させるために、フレイヤが力を使った時のことだろうかと思う。

たぶんあの時、フレイヤが司る世界中の炎の力が、彼女の消耗によって勢いを失ったのだろう。

「はい。これが神器カグツチです。ドゴラ、見せてあげて」

「ん？　神器だと？」

アレンがドゴラに声を掛けると、ドゴラが壁に立てかけていた神器カグツチを片手で持ち上げてハバラクに見せる。

「火の神フレイヤ様がその温かいお心をお示しくださいました。神器がこのようにドゴラの手にあるのは、その慈悲の証です」

「お、おお！　お前、フレイヤ様から神器を授かったのか！」

アレンはエルマール教国から始まった「邪神教」騒動の経緯を簡単に説明する。

そして、それを解決する過程で、ドゴラが火の神フレイヤの使徒となり、彼女への信仰を復活させる任務を、生涯をかけて担うことになったことも伝える。

「そ、そんなことが。だが昨日の今日では、まだ火の勢いが弱いからな、すぐにはオリハルコンの加工はできないぞ」

火の神フレイヤの力がまだ戻っていないせいで、世界中の炎の力が弱まっているので、ダンジョンで手に入れたオリハルコンの塊2つとバスクが持っていた大剣を加工することは、しばらくできないと言う。

「いえいえ。実は、ハバラク先生には是非、先ほど話したヘビーユーザー島で活動してほしくて、やって来ました」

「な、なに？」

不思議そうな顔をするハバラク相手に、アレンはさらに説得を試みる。

今回、火の神フレイヤの神器が奪われた原因の1つには、ダンジョンマスターである亜神ディグラグニを信仰する人々が増え、相対的に他の神々への信仰が減って、神界の主要な神の「神力」が衰退していることが挙げられる。この不均衡を是正するためには、フレイヤ信仰を広める必要がある。

そのために、フレイヤの使徒であるドゴラがいるばかりか、火の神を信仰する者たちが住むことになるヘビーユーザー島の、元からある神殿と祭壇にフレイヤを祀ることになった。

将来的には、ここから全世界へフレイヤへの信仰を広め、復活させたいので、その一環として、ハバラクにも島に来てほしい。

ヘビーユーザー島は、アレン軍5000人が住んでいる。

彼らの武器や防具を修繕するための鍛冶職人がいた方がいいのは間違いない。

それが世界に数人といない名工であるハバラクなら、まさに言うことなしという話だ。

アレンの話を聞き終えたハバラクは、ドゴラが握りしめる神器カグツチを見つめる。

皆がハバラクの回答を待つ中、ハバラクはゆっくりと目をつぶった。

「いいぜ、荷物全部まとめて移動してやるよ。……そうだ、何人か活きのいい職人がいるんだ。そいつらを一緒に連れて行ってもいいか？　腕なら保証する」

「それは助かります！」

「じゃあ、お前ら、ボケっとしてないで荷物をまとめるぞ」

「いえ、それには及びません。クレナ、ドゴラ行くぞ」

「うん。出番だね！」

「おう」

「ん？　どうするんだ？」

「まあ、見ていてください。すぐに終わるはずです」

アレンの仲間たちは外に出る。

そして、クレナはオリハルコンの大剣を、ドゴラは神器カグツチを、スコップのように使って、ハバラクの工房の周りに深い溝を掘っていく。2人が掘った溝に、アレンとメルスも下り、4人で息を合わせ、工房を基礎から持ち上げた。

バコッ
「ぶっ!?」

ハバラクは驚きのあまり目が飛び出そうになっている。

（よし、普通に行けたぞ。我らの攻撃力からしてみればどうってことないことよ）

「じゃあ、皆移動しますよ！」

アレンが鳥Aの召喚獣の覚醒スキル「帰巣本能」を使うと、アレンたちが「手に持った」ことによって「道具」と認定されたハバラクの工房が、瞬時にヘビーユーザー島へ転移する。

転移先は、フレイヤを祀る神殿がある山の麓で、そこにはあらかじめ工房を収めるための凹みが掘ってあった。

鍛冶職人は火の神フレイヤを信仰しているので、町よりも神殿の近くに配置することにした。

「なんか、とんでもねえな……」

「ここが移動先です。島の開拓はこれからですので、そのための導具をいろいろと作っていただく必要がありますか。鍛冶をするのに必要なものがあれば言ってください」

（他の鍛冶工房も移動させないといけないな。あとで開拓班にお願いしておくか）

ハバラクの工房のみ移動させる予定だったが、ハバラクからの、他の鍛冶職人も連れて行きたいという提案が素晴らしいので、それを採用して、このあたりを鍛冶職人地区にしたいと思う。

「そうだな。きれいな水と、よく燃える溶岩石を揃えてくれ。それから……」

アレンとしては軽く聞いたつもりだが、ハバラクはあれこれと注文をつけてきた。

中には、鍛冶専門のアイテムなのか、アレンが聞いたこともないものまで飛び出してくる。

魔導書にメモして、今後買い出しをすることにする。

「あとはそうだな。こっちは鍛冶ができるようになったらすぐにでも製作を始めるから、もしお前らが欲しいものがあれば、今のうちに言っておいてくれ。あと誰が使うのかもな」

アレンたちは常に島にいるわけではないので、出かけている間にハバラクが必要なものを作っておいてくれるという。

そのために、欲しい武器や防具がある者は、今のうちに手や体の大きさを測らせろと言う。

アレンたちの活動をよく分かってくれているようで、本当に助かる。

現在、アレンたちの手持ちの鍛冶素材は、オリハルコンの塊が２つと、バスクの大剣が２本である。なお、大剣のうち１本は２つに折れている。

バスクの大剣のうち、折れていない方はクレナに使わせる予定だが、柄の部分とか刀身のサイズ感も含めて、クレナに扱いやすいように作り変える必要がある。

「オリハルコンの塊は２つあるんで、１つを剣に、もう１つを盾にしてほしいです。剣は私が使うので、小さいもので構いません。その分、残りをもう1つと合わせて、ドゴラのための盾にして……」

「いや、待て。アレン」

するとドゴラが、アレンとハバラクの会話に割って入る。

「ん？　どうした？　ドゴラ」

「俺は両手斧を2本持つ」

ドゴラがはっきりとそう言ったので、もしかしたら、ずっと考えていたのかもしれないとアレンは思う。

（ん？　バスクにでも影響されたのか）

バスクは両手で持つサイズの大剣を片手に持ち、その二刀流で戦っていた。

「うん？　そうか。いいんじゃないのか」

初めて、ドゴラがアレンの考えた案ではなく、自分の案を通そうとしたように思える。

ドゴラなりのその考えを尊重することにする。

「あと、こっちの折れた大剣ですが、シアのナックルと胸当てを加工するのに使ってほしいです」

「む？　余のために使ってもよいのか？」

「まあ、獣王になれたら要らないかもしれないけどね」

「ふむ。それは難しいかもしれぬな」

アルバハル獣王国には獣王家の秘宝があり、オリハルコンのナックル、オリハルコンの胸当て、黄色の聖珠の3つが、獣王になった者に受け継がれるという。

なので、シアがもし「獣王」の才能を得て、さらにアルバハル獣王国の獣王位に就くことができたなら、シアにはオリハルコンの武具は必要なくなってしまう。

それなら、ドゴラが両手斧使いになることで、パーティー全体の守備力が下がってしまう分、クレナの鎧にでもして、前衛だけでも守備力を補強しようかと思う。

【オリハルコン加工の優先順位】
・優先1は、オリハルコンの塊からドゴラの大斧を作ること
・優先2は、オリハルコンの塊からアレンの剣を作ること
・優先3は、2つに折れたオリハルコンの大剣から、シアのナックルと胸当て、またはクレナの鎧を作ること
・優先4は、バスクの大剣をクレナのサイズに加工すること

以上をハバラクに伝える。

「ああ、分かったよ。あとは火の加減を見ながらやってくよ」

できあがったら、町にいる霊Aの召喚獣を通じて教えてもらうことにする。

こうして、名工ハバラクと鍛冶職人たちがヘビーユーザー島に移住してくれることになり、オリハルコン加工の目途が1つ立ったのであった。

第二話　レイラーナ姫とトマスと転職ダンジョン

名工ハバラクに会いに行ってから、数日が過ぎた。

方針が決まったアレン軍は、それぞれの活動を進めていった。

クレナ、ドゴラ、キール、メルスは予定どおりS級ダンジョンでアイアンゴーレム狩りをしてもらう。

4人は、アレン軍の戦士たちを種族ごとに連れて行っている。最初は獣人たちだった。

すでに、それなりにレベルもスキルレベルも上がっているようだ。

シアが率いていた獣人部隊の戦士たちは、ダンジョンの攻略が済んでいる者がほとんどだった。

そんな彼らには、転職ダンジョンに行けるようになったら、順次転職させていく予定だ。

アレンの仲間たちがローゼンに転職させてもらった時のように、転職ダンジョンでは、近い系統の職業に転職できるようだ。

しかし、軍全体の構成を考えて、元々持っている才能をさらに発展させる職業へと転職してもらう予定だ。

たとえば、剣士だったら、魔法剣士のような複合職業ではなく、剣豪のような正統進化した職業を選択させる。

一方、エルフはレベルもスキルも上がっているのだが、ダンジョンに行ったことのない者がほとんどだ。

ローゼンヘイムには、ダンジョンに行ってお宝を見つけようみたいな文化や職業はないらしい。

だが、転職ダンジョンに入るためにはA級ダンジョンを1つ制覇しなくてはいけないので、どこかでA級ダンジョンに向かってもらわなければならない。

ダークエルフとなると、レベルもスキルも上がっておらず、ダンジョンにも行っていない。

彼らはダンジョンを攻略しながらレベルを上げていく。

特性の異なる種族を混成した軍を作ることがアレンの理想であったのだが、これほど種族ごとに課題が違うとは思ってもいなかった。

しかし、それぞれの特色を活かし、それぞれの不得手を補う形にしなければならないので、しばらくはそれぞれの種族ごとにやるべきことを進めるしかない。

おそらく、アレン軍がほんとうに軍として機能するには、早くても1年はかかるだろうと思う。

なお、ダンジョンを悠長に攻略させるつもりはない。

経験値を稼ぐより攻略させることを重視して、各部隊は可能な限り48人になるようにしている。

斥候職もしっかり入れているので、罠を踏んでどうにかなるなんてことはないだろう。

この世界で、敵を倒した場合の経験値は、パーティーの人数によって配分が変わる。


【パーティー人数と取得経験値】
・1人なら100％取得

・2人から8人までなら80％ずつ取得
・9人から16人までなら60％ずつ取得
・17人から48人までなら40％ずつ取得
・49人から252人までなら20％ずつ取得
・253人以上は、10％ずつ取得

「結構な人だな」

「う、うん。僕たちがいた時より結構な人だね」

アレンはうっかり独り言を言ったのだが、メルルが返事をしてくれる。

現在、アレンは、メルル、セシル、ソフィー、フォルマールとともに、ラターシュ王国の学園都市にいる。

魔導列車から降り、駅を出たところだが、そこから目に入ってくるのは、大賑わいの学園都市の姿だ。

(早めに来て正解だったな)

まだ、魔王軍の侵攻が終わって間もないというのに、かなりの人が既に学園にやって来ている。

アレンたちが学園に通っていた頃より人はかなり多くなっており、これは、明らかに転職ダンジョンのお陰と考えられる。

ギアムート帝国の皇帝が、転職ダンジョンの利用を制限しようとしているが、この状況を見ると、それも分からないでもない。

転職のよさを理解した人が、そのことを周りに吹聴して回れば、今後もっと人が集まるようになるだろう。

なんだか前世で健一だった頃に遊んでいたゲームの新実装されたダンジョンやフィールドに人が集まってくる時の雰囲気が蘇るようだ。

あの時は、多くのプレイヤーが同時に一か所に集まりすぎて、サーバーの負荷が大きくなり、キャラの姿が正常に表示されなかったり、ひどい時にはサーバーがダウンしてゲームができない状況が頻発していたなと思い出す。

「アレン様、こちらに私たちの拠点がございます」

アレンたちの姿を見つけたエルフたちが近寄ってきた。

彼らはアレン軍のエルフたちだ。

案内されるまま、向かった先には、大きな建物がある。

「ここ？　おお！　いいじゃないか。よく買い取れたな」

アレンは巨大な建物を見つめる。

「はい。この一区画でしたら、資金の範囲内でしたので、買い占めさせていただきました」

転職ダンジョンが今後増える予定であるという話は聞かない。

従って、今後、学園都市の不動産価格は高騰するだろう。

さらに、アレン軍の今後の主な活動場所は、ヘビーユーザー島、Ｓ級ダンジョン試練の塔、そしてこの学園都市の３つとなる。

それぞれに、数百人からのメンバーを収容できる建物が必要になるだろう。

そこで、アレンの収納に入っている、金貨１００万枚と、売ればそれ以上になる指輪や武器などのうちから、エルフたちに金貨10万枚を渡して、活動拠点となる場所を買い占めさせた。

今回は長く使う予定なので、賃貸ではなく、土地と建物を購入することにした。

学園都市担当のエルフたちは、家６軒分の区画を、予算内で購入してくれた。

（ふむ、なるほど。土地を整理して、広く使っても５００人住めたらいい方か。やはり地上での活動のメインはS級ダンジョンになるのかな）

鳥Eの召喚獣を飛ばし、上空から見ると、自分たちが所有することになった土地が、結構な広さであることが分かる。

すでに不動産ギルドで手続きを済ませ、住んでいた者にはそれなりの額を渡して立ち退いてもらっているという。

結果、50人以上は住めそうな邸宅が６軒残されているのだが、建物と建物の間には無駄な塀などがあり、それらを壊して建物を拡張したら、５００人は住める大きな集合住宅が建てられそうな気がする。

学園都市で一度に活動するアレン軍のメンバーは５００人程度になる予定なので、そのための拠点として、やはり残された邸宅６軒は潰して、集合住宅を建てる必要がありそうだ。

S級ダンジョンでも、学園都市と同様に、広い土地を買い、活動拠点をいくつも持つ予定だ。

S級ダンジョン第一層の街でも、獣人たちに金貨10万枚を渡してあり、同じように広い土地を買うように伝えてある。足りなければさらに金貨を出す予定だ。

街の中央にあるダンジョンの入り口から、ある程度までなら離れていてもいいので、学園都市で買い占めた土地の倍の広さを購入してもらおうと思う。

転職制度がこのまま順調に広まっていけば、S級ダンジョンの利用者も増え、S級ダンジョン第一層の街に人があふれる可能性もあるので、早めに買い占めることが大事だと考えている。

しかし、異世界で、貯めた金を使って土地を買うことになるとは思ってもみなかった。

コンコン
「誰かいらっしゃいましたね。ちょっと見てきます」

建物の中で、土地の購入についての詳しい説明を聞いていると、客人がやってきたようで、エルフたちが迎えに出ていった。

実は日曜日の今日、昼過ぎにここで落ち合おうと伝えている相手がいた。

「アレン。こんにちは。ここでいいのかな？」

エルフに案内され、やってきたのは、セシルの兄のトマスだった。

「って、やあ、セシル久しぶりだね」

アレンの横にいるセシルに話しかけてくる。

「ええ、お久しぶりです。トマス兄様」

トマスからは、以前からちょくちょくレベル上げを手伝ってほしいと言われている。

アレン軍の拠点を学園都市に設置することになったので、ついでに、トマスの今後についても考えることにした。

「トマス。ここがその場所なの？　なんにもないじゃない」

トマスの後ろから若い女性の声がする。

実は、トマスがアレンにレベル上げを手伝ってほしいと頼んできたのは、この女性が原因だという。

「こ、これはレイラーナ殿下、まだこの建物は清掃が済んでおりませんので」

アレンは、ずかずかと入ってきてあちこちをじろじろと眺め回している、先ほどの声の主に挨拶をする。

このカールした髪を左右に垂らしたブロンドヘアの女性こそが、ラターシュ王国の王女レイラーナだ。

後ろには、２人の女子学生もいる。

レイラーナ姫のお世話係、あるいは護衛だろうか。姫の身を案じているようで、緊張した様子が窺えた。

「ちょ!?　そ、そうです。レイラ様！」

トマスが、レイラーナ姫が入ってきたのを見て、驚きの声をあげた。

どうやら、話をつけるまで入り口で待っていてほしいとでも言ったのを、無視されたことに驚いているようだ。

（レイラ様ね）

「あら、トマス。私のことはレイラでよいと言っているでしょう?」

すぐ顔に出る性格なのか、レイラーナ姫は明らかにムッとした顔でそう言った。

そして、アレンの横にいるセシルに視線を向ける。

「あら?　あなたはもしかして……」

「はい。トマスの妹で、セシルと申します。いつも兄がお世話になっているとのこと、誠にありがたく存じます」

セシルは貴族らしい挨拶をした。

「へえ、トマス、あなたの妹さんってずいぶんと可愛らしいのね。元気のいい子だって聞いてたけど、違ったのかしら？」

それを聞いたセシルが、ゆっくりとトマスの方を向いた。

その表情は、レイラーナ姫からは見えない。

だが、アレンはセシルの顔を見て、これは逃げださないといけないと思った。

「ちょ、ちょっとセシル。全然違うし。いろいろと誤解しているよ！」

（セシルやめろ。今のお前の手にかかったら、トマスは致命傷じゃすまないぞ）

魔導王のレベルがカンストしたセシルに、才能なしは相手にもならないのだ。

「みんな集まったことだし、掃除が終わっていない部屋ですが、これからの話をしますか？　レイラーナ殿下」

アレンは話を変えることにする。

「あら、そう。気が利くわ。たしか、あなたがアレンね」

「はい。アレンと申します。以後、お見知りおきいただきますようお願いいたします」

「そうだね。話ができるところに移動しよう」

トマスは、今にもここから逃げ出したいようだ。

土地も建物も手に入れたばかりで、建物の中にはまだほとんど家具がないのだが、ちょうどいい広間があるということで、建物を買う手続きをしてくれたエルフに案内してもらう。

そこでするのは、当然、トマスのダンジョン攻略を手伝う日程などについての話だ。

「トマスさんは大丈夫なのですか？　王城の仕事はどれくらい休みを貰う予定ですか？」

アレンはグランヴェル家の客人なので、爵位を持っていないトマス相手には、さん付けで呼びかけている。

アレンは、トマスはグランヴェル家を継ぐための勉強がてら、王城で役人として働いていたと記憶していた。

その仕事を、どれくらい休む予定でいるのか聞いていなかった。

「大丈夫よ。アレン。1年休みを貰えるように、私が言っておいたから」

レイラーナ姫がトマスの代わりに答えた。

（1年って、道楽貴族に多いパターンだな）

貴族の世界での話だが、貴族の子息には、突然、音楽や絵など芸術の道に目覚めて、籠ってそれしかしなくなる者が結構いるという。

ダンジョン攻略に目覚めても、そうした道楽貴族と見なされるのだろうか。

「それなら良かったです」

「ちょ……」

セシルは、兄トマスこそグランヴェル家を継ぐ者だと思っているので、そのための勉強を休んでまでダンジョン攻略に身を入れると言われて、反射的にツッコミを入れたくなってしまう。

が、王女の手前、そのツッコミを飲み込んでしまった。

普段からソフィーという大国の王女と友達付き合いをしているセシルでも、やはり自国の王女が相手となると、大人しくなるようだ。

「それでは、日程について簡単に話します」

アレンはこれまでの話を踏まえて、ダンジョン攻略とレベル上げについて説明する。

とりあえず、トマスには、エルフの部隊に参加してもらい、ひたすらダンジョンの攻略を進めてもらうことにする。

才能がないトマスなら、スキルレベルを上げる必要がないので、レベルを60まであげておけばよい。

そうすれば、あとはA級ダンジョンを1つ攻略するだけで、転職ダンジョンに行けるようになる。

転職ダンジョンに行けば、生まれつき才能を持たないトマスでも、いよいよ才能が手に入ることになる。

「私たちはトマスと一緒にダンジョンに入れるのかしら」

（お、一緒にダンジョンを攻略したい感じか）

「レイラーナ姫は学園に通いあそばす必要がありますので、ダンジョンに行かれるのは週に2日程度になさるのがよろしいでしょう。ですが、その2日を、なるべくトマスさんと同じ日にいたします。ただ、生まれつき才能を授かっていないトマスさんは、才能を授かることが優先かと存じますがよろしいですか？」

「それもそうね。トマスは回復役がいいわよ」

「なるほど。ではそのように」

レイラーナ姫の案でトマスの職業が決定する。

トマスを手伝う予定だったが、レイラーナ姫とお付きの者のダンジョン攻略も手伝うことになった。

だが、今後、アレン軍の活動に関してラターシュ王国に協力してもらうことがあるかもしれないので、王女を通じて恩を売っておくのも悪くないだろうと判断した。

もちろん、その恩の代価を実際に払ってもらうのは、ラターシュ王国のインブエル国王になる。

現時点で、無視できない可能性として、アレン軍の活動を阻害する要因はいくつか存在する。

現在、転職ダンジョンを有する学園都市のあるラターシュ王国と、アルバハル獣王国の間には国交がない。

しかし、学園都市は5大陸同盟の管轄であり、拠点も確保したので、アレン軍の転職が必要な獣人を順次転移させることにする。

ちなみに、学園都市の治安を守るための諸々の設備や人員は、学園都市を有する国が負担している。

だから、国交のない獣人たちが、ラターシュ王国の学園都市で活動するにあたって、場合によっては学園都市の治安を維持する憲兵隊と衝突することにもなりかねないし、それ以外にも、何らかの不都合が発生する可能性はある。

そうした場合には、おたくの姫の世話をした代金と相殺してもらうと言うことにしようと思う。

アレン軍の転職スケジュールを考えながら、一通りトマスとレイラーナにこれからについての話をした。

（説明はこれくらいかな。とりあえず、学園の課題がどんなものか知らないが、まあなんとかなる

だろう）

レイラーナは、エルフたちと学園に通う。もし、学園の課題が、アレンがいた頃と変わっていないのであれば、そこには「ダンジョンの攻略」が含まれるだろう。

たしか、夏休みに学園の同学年でパーティーを組んで参加しないといけなかったはずだが、それはそれで個別に攻略させたらいいと思う。

ある程度説明を終えたので、アレンは立ち上がった。

この学園都市では、まだ他にやらなければならないことがあるので、次の行動に移ることにする。

「トマスさん、私たちの軍とも行動しやすいかと思いますので、今後はこの建物を使ってください。部屋もたくさんありますので」

「え？　それは助かるよ」

「あら、私たちも使っていいのかしら？」

レイラーナが尋ねてくる。

（ん？　まあ、ここからなら魔導列車の駅も近くにあるし、学園に通えなくもないか。それに、一緒に住みたいのね。家賃は国王に請求していいよね）

おそらく、トマスはレイラーナに、アレンにダンジョン攻略を手伝ってもらう話をしたのだろう。

そしたら、レイラーナ姫が一緒に話を聞きに押しかけてきた。

彼女は態度にこそ出さないが、才能のないひょろひょろとしたトマスが、これからダンジョンに入ることに不安を覚えたのであろう。

「そうですね。これからこの建物には、諸外国から別種族が大勢やって来ることになりますが、それでも結構だとおっしゃるなら、ご一緒いただいても大丈夫です。ただ、使う部屋はなるべく少なくしていただけると助かります」

とりあえず、ドワーフのメルルやエルフのソフィーを見てもさほど強い反応を示さなかったので、王族として、他種族に関する知識と、そうした相手と接する際のマナーくらいは身につけているのだろうと考える。そして、大勢が住める広さがあるとはいえ、1人1部屋では困るよということを暗に伝える。

「あら？　トマス。同じ部屋じゃないと困るとアレンが言っているわよ」

レイラーナがニヤニヤしながらトマスに言う。

(おませさんだな)

年齢はたしか12歳だか13歳だかのレイラーナは、そういうことに興味を持つお年頃のようだ。

「ちょ!?　ちょっと、アレン。相部屋は困るよ」

トマスが真っ赤になりながらアレンに訴えてくる。

「いえいえ、トマスお兄様、２部屋に分かれても大丈夫ですのよ。何なら建物を分けていただいても。グランヴェル家として王女様に失礼のないようにお願いしますわ」

セシルが間に割って入る。

「せ、セシル、ありがと。で、でも、誤解しないでくれよ、別にそういうんじゃないんだからね」

「あら、残念ね」

レイラーナは澄まし顔だ。

(セシルにしても、本気でレイラーナに何か強い恨みがあるわけではないだろうしな)

アレンとしては、グランヴェル家の長兄ミハイの件を含めても、レイラーナにはなんの恨みも怒りもない。

これは前世の記憶に引っ張られていると思うが、アレンは、親の罪は親が背負うべきもので、子供には一切引き継がれるべきではないと考えている。

もちろん、前世でも、そうした考えを持たない人がいたことも知っている。

だが、アレンは、前世で健一だった頃からの、親は親、子は子であるという考えの下で行動するだけだ。

この世界の王侯貴族たちは、栄光の恩恵に浴するのも、罪を背負うのも、すべて血筋に連なる者の務めであるという考えだ。

ミハイを厳しい任務につかせた結果、死なせてしまった王家に対して、セシルが怒りやら恨みを捨てきれないのも仕方ないのかなと思う。

「セシル、話は終わったようだし、俺たちは行こうか」

「そうね」

セシルに拠点を出ようと言う。

その後は、アレン軍のメンバーを何人か紹介した。

今後は、彼らにトマスとレイラーナの件を対応させることにする。

霊Aの召喚獣も配置したので、何かあればすぐ察知できるだろう。

邸宅の外に出たアレンは、仲間たちと共に転職ダンジョンへ向かう。

しばらく歩くと、長い行列ができているのに出くわした。

あきらかに、これは転職ダンジョンに向かう人々の列だ。

アレンたちも列に並ぶ。

（さて、転職ダンジョンの情報は5大陸同盟が周知することになったんだっけ。冒険者ギルドがフライングしたけど）

行列に並ばず、しかし周囲にたむろしている者たちの姿を見ても、冒険者が転職ダンジョンを知って、すでに情報収集を始めていることが分かる。

5大陸同盟は、イスタール大教皇が生死不明となっていた間に、転職ダンジョンの告知をどのように行うかについて検討し、結果、5大陸同盟が主導することになったと聞いていた。

しかし、転職ダンジョンが設立され、4月にはオープンするという、1月の神託についての情報は、耳ざとい冒険者には伝わっていたようだ。

転職ダンジョンを造ったディグラグニも、この件に関して他言無用を言い渡していたわけではなかったようで、彼に仕える神官からも情報が漏れ広がっていった。

その結果、真偽憶測の入り混じった情報が、冒険者たちの間で広がっていった。

力こそが正義の冒険者界で、「攻略すれば強くなれる転職ダンジョンができるぞ！」なんて情報は最優先で広まる。

さらにいうと、5大陸同盟の盟主たちは、魔王軍との戦闘の指揮、あるいは戦闘後の処理に追われていた。

そこで、これ以上転職ダンジョンに関する情報を伏せていると、人々の混乱を招く可能性があると判断した学園都市の冒険者ギルドが、転職ダンジョンの設立を告知し、すでに運用可能になっていた転職ダンジョンをオープンさせた。

だが、それでも、現時点での公式な告知は、学園都市の冒険者ギルド支部でのみ行われていて、他都市、他大陸には冒険者間の非公式な情報が出回って、いまだに正確な情報を知らない者もいるという。

それに対しては、今後、５大陸同盟が公式に告知を行い、正確な情報を伝えていく予定だ。

「おお！　あの先に転職ダンジョンがあるのか!!　僕もようやく転職できるんだ!!」

メルルが、行列の先に見える、かなり大きな建物に向かって、拳を強く握りしめた。

トマスやレイラーナ姫に転職ダンジョンの説明をしている間、メルルはすぐにでも転職ダンジョンに向かいたそうにしていた。

やがて、列が進み、転職ダンジョンの全容がアレンたちの視界に入ってきた。

「これが入り口か。結構高い建物だな。それにしてもメルルもやっと転職できるな」

「うんうん！」

転職ダンジョンの入り口は、それ自体が10階ほどの高さになっていた。

アレンたちも並んでいる、冒険者の列が建物の入り口に向かって伸びている。

メルルはワクワクしながら、次第に近づいてくる建物を見つめる。

パーティーのメンバーのうち、自分だけが、魔岩将という星３つの才能だったが、このダンジョンを攻略したら、魔岩王という星４つの才能に転職できるはずだからだ。

だが、今回、アレンが転職ダンジョンにやってきた目的は、メルルを転職させることだけに留まらない。

今後、転職ダンジョンをアレン軍の皆が利用する上で、何かトラブルになりそうなところ、危険なところがないかも確認しておかなければならない。

（ん？）

アレンがそろそろ中に入れるかなと思っていると、前の人がリヤカーみたいなものを引いて入ろうとして門番と押し問答をしている。

「そこの君、そんなもの持ってきては駄目だ！」

「そ、そんな」

「駄目だ駄目だ。このダンジョンに入りたければ、荷物は武器、防具、食料、回復薬のみだ」

冒険者ギルドの職員とおぼしい門番の、絶対に入れないぞという態度に圧されたのか、リヤカーを引いてきた冒険者は、すごすごと列を離れた。

アレンがその様子を魔導書に書き込んでいると、列は進み、ようやくアレンたちの番になった。

「転職ダンジョンに入りに来ました」

アレンは冒険者証を見せた。

「うむ。って、え!?」

アレンの冒険者証を見て、ひとりの門番が固まってしまった。

「おい、どうした？」

他の門番が、怪訝な顔で近づいてきたが、こちらも、アレンの冒険者証を見て、同僚と同じく固まってしまう。

冒険者証にある、アレンの名前と、金色に輝く「S」の紋章の意味を理解したようだ。

「何か、入るための条件はありますか？」

アレンは重ねて質問した。

聞かなければならないことがいろいろとあるが、そのためにこのまま突っ立っていては、後ろも閊《つか》えていて邪魔になる。

「そ、そうですね。アレン様は特に荷物がないようですが」

門番は、目の前に立っている黒髪の青年が、20年ぶりに現れたSランク冒険者であることを理解したためだろう、丁寧な口調で、転職ダンジョンに入るための条件を話してくれた。


【転職ダンジョンの挑戦条件】
・パーティーとして、一度に入れるのは最大8人まで
・ダンジョンに入る者は全員冒険者証を提示しなければならない
・その全員が、1つ以上A級ダンジョン攻略を済ませていなければならない
・荷物は最小限、馬車や手押し車などを利用して大量に持ち込むことは不可

アレンはなるほどと思いながら、事前に聞いていた話との相違点、追加点を確認する。

その間に、アレンの仲間たちはもう一人の門番に冒険者証を見せている。

「5人での参加ですね。建物に入り、まっすぐ行った先にある魔導昇降機を使って、8階の802号室にお進みください」

「はい。ありがとうございます」

建物の中に入り、門番に言われた通りに進むと、受付と、扉が複数ある広間に到着する。

受付にいる係の者が、大きな声で説明している。

「近づくと扉が開くようになっております。どれを利用していただいても構いません」

なるほどと思って、アレンが近づくと、確かに扉が勝手に開いた。

驚く仲間たちを尻目に、アレンは中の小部屋にすたすたと入る。

全員が入ると扉が閉まった。

壁に8階のボタンがあるのを見つけ、アレンは当たり前のように押す。

「あなた、本当に当たり前のように操作するわね」

「前の世界にもこういうのあったからな」

アレンにとっては、ただのエレベーターだ。

「もう少し昔の話をしたらどうなの？」

「ん～。まあ、前世は前世だし」

アレンはゲームの話はかなりするが、前世で健一だった頃の話はあまりしない。

だが、その健一だった頃のことを、なぜかセシルはことあるごとに聞きたがる。

ブンッ
カシャン
魔導具が何か起動したと思ったら、次の瞬間、扉が開いて、目の前にアレンにとっては前世である健一が住んでいたマンションの共用廊下を思わせる、左右に扉の並んだ通路が現れた。

その通路を奥に進みながら、アレンはさっきの小部屋のことを考えている。

（なるほど、あれは転移をするための装置だったんだな）

「昇降機」と呼ばれているので、アレン自身は前世の記憶から「エレベーター」を思い出したが、実際には、あの小部屋が昇り降りしているわけではなく、中にいる者を選択した階に飛ばしてくれるようだ。やがて、「８０２」と書かれた扉を見つける。

「おじゃまします」

誰も突っ込んでくれないボケをかましながら、アレンは扉を開け、部屋に入っていく。

こういう時にクレナがいてくれればと思ったが、当のクレナはＳ級ダンジョンでアイアンゴーレム鬼狩り中だ。

中は６畳もなさそうな小部屋で、中央にキューブ状の物体が浮いていた。

そのキューブが、アレンに向かって声を発した。

『いらっしゃいませ。廃ゲーマーの皆様。ようこそおいでくださいました。私は転職ダンジョン案内システム０８０２です。どうぞ中に入ったら扉をお閉めください』

（なるほど、ずいぶん狭い部屋だな）

先ほど、リヤカーを引いた冒険者が追い出されていたが、武器防具を装備して、多少の手荷物を持ってきていれば、８人でぎゅうぎゅうになってしまうだろう。

（なるほど、一度になるべくたくさんの人が転職できるように、部屋を小さくしたのか）

これからこの転職ダンジョンには、多くの冒険者や兵たちがやってくるだろうから、そのために、できるだけ多くの部屋を建物内に作ろうとすれば、こうなるのだろうとアレンは考える。

「ちなみに質問してもいいですか？」

『お答えできることは限られております』

「このダンジョンは何階まであるのですか？」

『階はございません。課題が３つございます。３つとも合格しますと、転職することができます』

（なるほど、課題は多すぎず少なすぎず）

才能なしでも入ることができるダンジョンなので、それほど多く課題を出したりはしないようだ。

「最下層ボスはいるのですか？」

『おりません』

アレンは今聞いた話のメモを取る。

「ちなみに魔獣はどれくらいのものが出るのですか？」

『A、B、Cランクの魔獣が出てきます』

「Aも出てくるのですか。結構難易度は高いのですね」

（む？　才能カンスト勢でもドラゴンとか出てきたら全滅するんじゃないか？）

８人でも、ドラゴン討伐はかなり厳しいとアレンは認識している。

アレンたちも、学園のダンジョンに最下層ボスとしてドラゴンが出てきた時、かなり苦労した。

『難易度は相対的なものです。どなたにとっても難易度が高いと言えるかは分かりかねます』

これ以上詳しくは教えてくれないようだ。

「分かりました。では転移してください」

聞こうと思っていたことは聞けた気がするので、課題をもらえるところに飛ばしてくれるように言う。

『では、転職ダンジョンへ、どうぞ』

転職ダンジョン案内システムの言葉と共に、アレンたちの目の前の景色が一気に変わった。

アレンたちは、かなり広い部屋に立っていた。

「ずいぶん広い部屋だな」

「そうね。向こうに何かあるわよ。アレン」

セシルの指さす方には、キューブ状の物体が浮いている。

とりあえず、課題とやらに関係があるだろう考え、キューブ状の物体へと向かった。

『こんにちは。廃ゲーマーの皆様。私は転職ダンジョン課題用システムT１０２３５。皆様に１つ目の問題を出します』

(Tって転職のTか？)

「問題？」

Tが気になったが、課題に集中する。

『はい。これから出す問題の答えとして、正しいと思う番号の扉へお進みください』

キューブがそう答えた次の瞬間、奥の壁に、５枚の扉が現れる。

「扉が現れた！　何か書いてあるよ!!」

メルルのテンションの高さに、ディグラグニは頑張って作った甲斐があったなとアレンは思う。

メルルが指さす方を見ると、それぞれの扉には、光る文字で①から⑤までの番号がふられていた。

『では問題です。回復魔法を使うことができない職業は、次のうちどれでしょうか？』

キューブが言い終わると、今度はアレンたちの目の前の空間に、光る文字が現れた。

「わ！　何か光った!!」

メルルは驚きながらも何かワクワクしている。

光る文字は5種類あった。


【転職ダンジョン1問目】
①　聖騎士
②　パラディン
③　僧侶
④　魔法剣士
⑤　聖者

「えっと、たしかこれは④の魔法剣士よね？」

セシルは問題の答えが分かったようだ。

「ええ、そうですわよね」

セシルの回答に、ソフィーが同意する。

確かに、アレンも、この中では魔法剣士だけが、魔法使いと剣士の派生職業で、回復魔法が使えないと記憶していた。

（なるほど。俺らには簡単だけど、俺らのように転職についてある程度勉強していないと、難しいと感じるかもしれないな）

こんな情報社会でもない世界では、正解にたどり着くための知識を、誰もが持っているわけではない。

アレンは問題の内容と答えを魔導書にメモしていく。

こういった情報は、アレン軍の内部で共有する予定だ。

そして、メモし終わると、全員で5枚の扉の前まで移動した。

「じゃあ、とりあえず俺は③に進むから、皆は④に進んでくれ」

アレンは絶対に間違いだと思われる、「③」の扉を選択し、残り4人には「④」の扉を選択するように言う。

「え？　大丈夫なの」

「まあ、即死するような罠はないだろうし」

（たぶん）

そう言うアレンに対し、まあ、アレンならと思ったようで、皆は反対しなかった。

そんな仲間たちに背を向け、アレンは③の扉を開ける。

扉の向こうは、長くまっすぐな通路になっていた。

背後に獣Aの召喚獣を、隣に霊Aの召喚獣を召喚し、通路を進んでいった。

結構な距離を進んだところで、扉に行き当たった。

（ん？　もう終わりか？）

アレンがそう思った瞬間だった。

パアア!!

「ん？」

『グルルル!!』

巨大な虎型の獣がいきなり現れ、アレンに向かって飛び掛かって来た。

「ハヤテ」

『は!!』

獣Aの召喚獣がそう答えた時には、銀色の巨体がアレンを飛び越えて、虎型の獣に襲いかかっていた。そのまま虎型の獣と取っ組み合いになった獣Aの召喚獣に、霊Aの召喚獣が加勢して、2対1の戦いになる。

（ふむふむ。強化のレベルが9になったのだが、結構粘るな。この強さならランクAの魔獣か）

2体の召喚獣によるほとんど一方的な攻撃が続くが、それでも虎型の獣は倒れない。

その強さから、アレンは、虎型の獣の魔獣としてのランクはA相当と判断する。

なお、現在、連れている召喚獣に対して王化は使っていない。

王化スキルは、Aランクの召喚獣に対して使えるが、各系統につき1体ずつしか王化させられず、現在、王化した召喚獣は、S級ダンジョンでアイアンゴーレム狩りをしているメルスに与えているので、ここでは使えない。

そんなアレンは、「邪神教」の教祖グシャラを倒して以降、ずっとスキル経験値を稼ぐことに集中していて、先頃、強化レベルを9まで上げていた。

強化レベル9の性能は、加護となるステータス2つを5000増やすというものだった。

アレンは、アレン軍の運営について、アドバイスも方針の説明もするのだが、仲間たちの協力と理解もあって、召喚スキルの経験値を稼ぐことにも時間を使えていた。

魔王軍と戦うためには、アレン軍を強化するよりも、アレン自身の召喚レベルを上げることが大事だと、アレンの仲間たちは誰よりも分かってくれていた。

そんなことを考えている間に、獣Aの召喚獣と、霊Aの召喚獣が、虎型の獣を倒した。

『タイガーロードを1体倒しました。経験値150万を取得しました』

経験値100万超えなら、Aランクの魔獣と考えてまず間違いないが、その中でも割と強い方だと思う。

才能がない者なら、何人いても敵わないだろうし、才能を持っていても苦戦することは間違いなく、戦い方が悪いと全滅するかもしれない。

(罠を踏んだ覚えがないのは、間違った答えを選択したら、通路の中央に魔獣が出る仕掛けだからか?)

そのまま先に進むと、たどり着いた先は広間になっていた。

またもやキューブ状の物体が浮いていて、その隣に、セシルたちが立っていた。

「ん？　行きつく先は同じなのか」

「あら、やっと来たわね。どうだった？」

「ああ、魔獣が1体出てきたぞ。不正解だと攻撃を受けるらしいな」

だが、不正解でも、魔獣を倒しさえすれば、先に進めるようだ。

アレンは通路の途中でAランクの魔獣が出たことを説明する。

次の階層に行こうとセシルが言ったが、それを無視して、アレンは通路を戻り、残る選択肢も全て試してみた。

　結果は次の通りとなった。


【転職ダンジョン1問目で現れる魔獣のランク】
①Cランク
②Cランク
③Aランク
④魔獣なし（正解）
⑤Bランク

（確かに、入る時に説明を受けたとおり、CランクからAランクの魔獣が出てくるな）
　③の選択肢は「僧侶」、⑤の選択肢は「聖者」だったことを考えると、間違えにくい問題に不正解した場合には、ペナルティなのか、強い魔獣が出る仕様になっているようだと分析する。
　検証が終わったので、セシルたちの待つ広間に戻る。

『課題の合格おめでとうございます。次の課題に行きますか？　それとも転職ダンジョンから脱出しますか？』

　キューブが話しかけてくる。

「脱出すると、ここから始めることができるのですか？」

『いえ、最初からになります』

どうやら、途中からのリスタートはできないらしい。

（1問目をクリアした時、全員無事とは限らないからな。そのための救済措置か）

「ちなみに、課題はいつ誰に対しても共通なのですか？」

『いえ、課題の形式も、出題内容も、ほぼ無限に用意しております』

（なるほど、課題の内容は職業に関係ないのか。問題タイプでもないかもしれないと）

無数にある課題と、同じ種類の課題でも問題が異なるのであれば、対策するのは結構難しいと思う。しかし、よく考えているなと感心もする。

魔導書に、キューブから聞いた内容を記録し、傾向と対策について考えながら、次の課題を受けることにする。

「次の課題をお願いします」

『では2つ目の課題に転移します』

アレンたちの目の前の景色が変わった。

そこはかなり広い空間だ。

前後左右360度に亘って、景色がはるか先まで続いている。

そして、何かポコポコした障害物のようなものが視界に入る。

「これが次の課題か？」

『はい。私は転職ダンジョン課題用システムT20235。どこかにある転移用システムに話しかけることが課題クリアの条件です』

そうかとアレンは鳥Eの召喚獣を上空に飛ばし、覚醒スキル「千里眼」を使って、キューブ状の物体を探す。

　何体かのキューブが、今いる場所から数キロメートルずつ離れたところに浮いているのが分かった。

　キューブ同士も、それぞれがキロメートルずつ距離を取っている。

　どうやら候補となるキューブは1つではないようだ。

「あっちにキューブがあるぞ」

　見つけたキューブの中から適当に1つを選んだアレンが歩き出すと、仲間たちもついてきた。

「アレンが一緒だと、こっちが考えたりする間もなく、アレンが正解しちゃうから、課題に取り組んでる感じがしないわね」

　セシルのそんな言葉を背中で聞きながら、アレンがキューブを目指して進んでいくと、先ほど遠くに見えた、ポコポコとした出っ張りが岩であることが分かった。

　それらの岩を通り過ぎ、さらに進むと、幅が数メートルはある長い水路が現れる。

　行く手を阻むように現れた水路をのぞき込むと、数メートルの大きさの魚影が見える。

　どうやら水系の魔獣が泳いでいるようだ。

　辺りを見回すと、水路の近くにレバーのようなものが設置してあるのが見えた。

　近づいて、レバーを動かすと、水路の水がどこかに抜けていき、水路に下りて向こうへ渡れるようになった。

「たぶん、こういったレバーを動かしたり、あそこに見える岩を水路に落としたりして先に進んでいくんだと思う」

ポコポコと配置されていた岩は、水路に落として道を作ったり、流れる水をせき止めるためにあるようだ。

「なるほど、素晴らしいですわ。アレン様」

褒める役のソフィーが、両手を胸元で握りしめ感動してくれる。

「でも、転職と何の関係があるのかしら？」

1つ目は職業に関する知識を試すものだったから、転職に関係がある課題ではあろうが、レバーを引いたり、岩を動かしたりして通路を作り先へ進むといった、パズルを解くようなことが転職と関係があるのかとセシルは思う。

「え？　課題を解かないと転職できないぞ」

アレンにはセシルの疑問が理解できなかった。

前世で遊んでいたゲームでは、意味や関連のないクエストをひたすらやらされていたから、それが常識だと思っている。

お使いクエストみたいに、町にアイテムを買いに行くことが、なぜレベルの上限を上げることになるのかなんて、疑問に思うことすらなくなっていた、前世の記憶が残っているのだ。

「だからって、なんでこんなことしないといけないのよ」

「だから、課題を……」

「もういいわよ！」

どうやら、これ以上アレンと会話するのは無理だとセシルは判断する。

アレンとの会話では、こういったことがしばしば起こるので、いちいち気にしていてはこっちがおかしくなってしまいかねない。

（才能も持たず、攻撃力があまり成長しないタイプの人だと、あの岩を動かして水路を塞ぐのは難しいんだろうな）

アレンはアレンで、セシルとの会話の食い違いに気付きもせず、課題に集中している。

（とりあえず、鳥Bの召喚獣に乗れば何分もかからず課題をクリアできるんだけどな。今後参加するアレン軍のために真面目に課題を解くか）

よく見ると、水路の中には宝箱がいくつか沈んでいた。

岩を落として水路をせき止め、召喚獣に開けさせたら、ほとんどが宝箱に擬態した魔獣だった。

その度に召喚獣を戦わせたが、結果、Bランクの魔獣ミミックだけではなく、Aランクの魔獣アビスボックスまでいたことが分かった。

きっと、こういったものを取ろうとして、命を落とす冒険者もいることだろう。

宝箱に擬態した魔獣の割合についても記録する。

既に鳥Eの召喚獣がゴールであるキューブのありかを捉えた後なので、逆算するように答えから何をすべきか導いていく。

そして、アレンが考え抜いた「効率のいいルート」をたどることで、一行は1時間もかからずに、ゴールとなるキューブ状の物体にたどり着いた。

「今回、戦闘はなかったね」

メルルはアレンの後についていくだけで、特に苦労もなく課題が終わったなと思った。

「そうだな」

アレンが近づくと、キューブ状の物体が声を発した。

『課題の合格おめでとうございます。次の課題に行きますか？　それとも転職ダンジョンから脱出しますか？』

「ん？　ああ、ちなみに転移システムはあなただけですか？」

転移する前に思いついたことを質問する。

『それはお答えできません』

（なんだと？）

「みんな、ちょっと、他のキューブにも話しかけてみる」

「いつもの『検証』ね。好きにしなさいよ」

セシルがあきれながらも同意してくれたので、アレンは仲間たちと共に鳥Bの召喚獣に乗って他のキューブのところへ移動し、話しかける。

4つ目のキューブまでは、先ほどのキューブと同じことしか言わなかった。

しかし、これで最後かなと思った5つ目のキューブに近づき、話しかけようとした時のことだった。

ブンッ
キューブに近づいただけで、目の前の景色が一気に変わったと思ったら、巨大な狼型の魔獣の群れの中にいた。

『グルルル!!』

『グルルル!!』

『グルル!!』

「なんだか魔獣の群れの中に飛ばされたみたいだな」

「……そうみたいね」

転移した先で襲ってきたのは、A級ダンジョンの最下層ボスと同程度ランクの魔獣の群れだった。

しかし、S級ダンジョンをクリアし、周回すらしているアレンたちが苦戦する相手ではなかった。

全ての魔獣を倒すのに、そんなに時間はかからなかった。

「そんなに多くなかったね」

タムタムを操作し魔獣たちを一掃するメルルが、眼下にいるアレンたちに向かって言う。

「まあ、デスゾーンに比べたらな」

転職ダンジョンでは、S級ダンジョンのデスゾーンのように、100体を超えるAランクの魔獣に囲まれるということはないようだ。

ただ、それでも、それなりの数は出てくるし、転移した瞬間に魔獣に囲まれては、態勢を整える間もなく襲われてしまう。

(構成次第では、8人でも全滅するかな。才能なしがいたらかなり厳しいか。逃げ場のない、広間の中央で囲まれていたし)

今後、アレン軍のメンバーが転職をする際には、こうした危険に対処する方法を考えなければならないが、現時点では、具体的な対策は思いつかない。

キューブは全部で5つ、その中に、近づくと魔獣のいる空間に飛ばされる「はずれ」のキューブがあるが、どれが「はずれ」なのかを見分けることはできそうにない。

この転職ダンジョンの課題には運も必要なようだ。

魔獣を全滅させた後なので、キューブへ向かうのを遮るものはない。

ここに飛ばされてきた時から、キューブの存在には気付いていたのだが、魔獣の包囲をかいくぐることはできず、こうして全滅させてからでないと近づけなかった。

『課題の合格おめでとうございます。次の課題に行きますか？　それとも転職ダンジョンから脱出しますか？』

キューブに近づくと、こんなことを言われた。

「はずれ」を引いたとしても、1つ目の課題と同様、出てきた魔獣を倒せば合格となるようだ。

これ以上検証することはないので、最後の課題の待つ階層に飛ばしてもらう。

転移した先も広間だったが、これまでと違うのは、さほど広くないことと、前後左右の壁に1本ずつ、どこかへ続く通路があることだ。

中央にはいつものキューブが浮いていて、アレンたちが近づくと声を発した。

『こんにちは。私は転職ダンジョン課題用システムT３０２３５。この階層のどこかにある転移用システムに、24時間以内に話しかけることが課題クリアの条件です』

「む、今度は時間制限があるのか。24時間を超えるとどうなるのですか？」

『課題に失敗したと判定され、転職ダンジョンの外に転移させられます。以後、再挑戦される場合には、1つ目の課題から受け直していただきます』

「……とりあえず、正面の通路から行ってみよう」

「うん！」

メルルがワクワクした声で返事をしてくれる。

メルルとしてはすぐにでも転職したいが、アレンがする検証の意味を分かってくれているようだ。

アレンは、仲間たちと正面の道を進む一方、残る３本の道には、それぞれ召喚獣を進ませて、効率よくルート検証を行っていく。

「これって迷宮よね」

「そうみたいだ。他の道はもう少し分岐があるようだがな」

「そうなの？」

召喚獣を進ませた他の道と比較して、正面の道だけなぜか、分岐が一切ない。

やがて、道が大きくカーブした先に、１体のドラゴンがいた。

『ほう、真っ直ぐやって来たか。愚かなる人間たちよ』

ドラゴンのさらに奥に、キューブが浮かんでいるのが見えた。

どうやら、このドラゴンを倒さないといけないようだ。

「やれ、オロチ」

竜Ａの召喚獣を召喚する。

『おう、アレン殿』

『おう、アレン殿』

『おう、アレン殿』

『ぬ、グアアアアア!?』

竜Ａの召喚獣は、強化してあるので、攻撃力が１５０００に達している。

竜Aの召喚獣の5つの首と、アレンたちが同時にドラゴンに襲い掛かる。

数分で、どや顔のドラゴンをボッコボコにして、キューブのところに進んだ。

そうこうしているうちに、こちらも強化して、素早さの値が1500に達した鳥Aの召喚獣たちが、この迷宮の全容を把握し、その情報をアレンと共有した。

それによると、どうやら4つのルートは、それぞれ分岐の数とキューブまでの距離、そしてキューブの前に立ち塞がる敵の強さが違うようだ。

正面の道は、分岐は一切なく、キューブまでの距離は短めで、Aランクの魔獣が1体出た。

魔獣相手に苦戦しなければ、小一時間程度で課題をクリアできるだろう。

左の道は、分岐は数キロメートルおきと多いが、最短ルートでもキューブまでの距離はそれなりに長く、Bランクの魔獣が結構出た。

多少道に迷っても、4、5時間あれば魔獣との戦闘に突入できるはずだ。

右の道は、分岐は少ないがキューブまでの距離は長く、Bランクの魔獣が結構出た。

後ろの道は、分岐が数百メートルおきと多く、キューブまでの距離も長く、Cランクの魔獣がそこそこ出た。このルートが一番長く、道に迷わなかったとしても、10時間以上はかかりそうだ。

さらにいうと、2つ目の課題の時もそうであったが、宝箱に擬態した魔獣がいて、しかも、この階層の方が多いように感じる。

宝箱を見かけたら、霊Aの召喚獣に確認させているが、ほとんど擬態した魔獣だった。

もし宝箱からアイテムを手に入れたいなら、転職ダンジョンではなく、通常のダンジョンに行った方がいいと魔導書にメモを取る。

そして、今回、転職ダンジョンの３つの課題を受けてのメモを読み返し、アレンには分かったことがある。

この転職ダンジョンは、才能を持たない者でも攻略できる可能性がある。

しかし、２つ目の課題は、運次第で魔獣の群れと戦わなければならなくなる。

もちろん、３つ目の課題でも、正面や左右の道を選べば、才能を持たない者ばかりでは全滅しかねない。

つまり、才能を持つ者の護衛なしに、才能を持たない者が転職ダンジョンに挑んだとして、３つの課題を全てクリアできる確率は、どんなに多く見積もっても２割を下回るだろうと推測できる。

この見解を、アレンは自分の発案によって立ち上げ、運用が始まった冒険者ギルドの情報部にも提供しようと思う。

才能を持たない者が、その状態から初めてレベルをカンストさせるのは、かなり大変だ。

経験値でいうと、２・５億も稼がなくてはいけない。

生まれつき才能を授けられなかったので、今からでも才能が欲しいと願っている者は多い。

最終的に転職ダンジョンに挑戦する各々が、これらのリスクを踏まえた上で判断してほしいというメッセージも伝えることにする。

そんなことを考えて、それを魔導書にまとめながら、キューブの元に向かう。

『廃ゲーマーの皆様、３つ目の課題の達成おめでとうございます。これで全ての課題を達成されましたので、皆様を転職のための空間へお送りします』

ブンッ

また別の階層に飛ばされた。

そこにもキューブが浮かんでいた。

「あなたが転職させてくれるのですか？」

アレンはキューブに話しかけた。

『はい。廃ゲーマーの皆様、私は転職システムT０２３５です。皆様の中で、ここで転職ができるのは、メルル様、です。転職なさいますか？』

転職の対象から、アレン、セシル、ソフィーは除外される。

以前から聞いていた話のとおり、星の数は４つまでで、転職は一度しかできないようだ。

「うん！」

メルルはワクワクを隠しきれない様子で頷いた。

『メルル様は魔岩将の才能をお持ちですので、魔岩王に転職できます。こちらへの転職でよろしいですか？　なお、転職すると、これまで神の試練を越えて得られた力の半分を引き継いで、新たに最初から神の試練に立ち向かっていただくことになります』

「分かった。大丈夫です！」

（そういえば、勇者も俺のステータスを鑑定したが、レベルについては触れていなかったな）

ヘルミオスは単独で他人のステータス値を鑑定できるようだが、アレンのレベルについては鑑定できなかったのかもしれない。

あるいは、自分を含めたこの世界の住人には、前世で遊んだゲームにおいてレベルやスキルレベルと表現されていたものと同じステータスがあるのだが、それらは別の表現に置き換わっているようなので、それで理解していたのかもしれない。

アレンの魔導書にレベルと表記される数値が増えることを、この世界では「神の試練を越える」という。これはエルメア教会が広めた表現のようで、信仰とレベルアップが密接に絡んでいるように思われる。

『では、メルル様を転職させます』

「おお！　メルルが魔岩王になったぞ!!　やったな!!」

「ほ、本当!?」

メルルは、自分の中で何かが変わったことを実感したが、それをもっと具体的な形で把握したいと思い、仲間たちと一緒になってアレンが開いている魔導書を覗き込む。

・転職したメルルのステータス
【名　前】　メルル
【年　齢】　15
【職　業】　魔岩王
【レベル】　1
【体　力】　839
【魔　力】　1210
【攻撃力】　391
【耐久力】　659
【素早さ】　391
【知　力】　1210
【幸　運】　752
【スキル】　魔岩王〈1〉、飛腕〈1〉、槍術〈3〉、盾術〈3〉
【エクストラ】　合体（右腕）
・スキルレベル
【魔岩王】　1
【飛　腕】　1
・スキル経験値
【飛　腕】　0/10

「これで僕もヒヒイロカネゴーレムを降臨させられるようになったかな」

「ここは広いし、出してみたらいいんじゃないのか？」

「うん！」

ゴーレムを降臨させるための魔導盤を取り出し、はめていた石板を、ミスリルゴーレムのものからヒヒイロカネゴーレムのものに変えていく。

「タムタム降臨！」

「おお!!　浪漫が出てきたぞ!!」

アレンは超巨大化して全長100メートルに達する、朱色に輝くヒヒイロカネゴーレム「タムタム」を見上げ、思わず声をあげた。

・ヒヒイロカネ級のタムタムのステータス

【名　前】	タムタム
【操縦者】	メルル
【ランク】	ヒヒイロカネ
【体　力】	25000+15000
【魔　力】	25000
【攻撃力】	25000+10000
【耐久力】	25000+15000
【素早さ】	25000+10000
【知　力】	25000
【幸　運】	25000

「なんだ、この全能感は！　ふははははは！　ち、力が湧いてくるようだ!!」

メルルがどこかのラスボスのようなことを言い、タムタムに「カッコいいポーズ」を取らせる。

（ステータス値がかなり高くなったな。メルルのスキルレベル3と6でもらえるステータス増加もここに乗るんだろ。っていうか魔神より強くね？）

ヒヒイロカネゴーレムのステータス増加石板は、1枚でステータス値を5000上げることができる。

メルルは、この世界の人類が初めてS級ダンジョンを攻略した報酬として、魔導盤の両面に凹みを増やし、20ヶ所にしてもらっていた。

これで、本体用石板、大型用石板、超大型用石板をはめても、まだ10ヶ所が残り、そこにステータスを増加する石板をはめていけば、これまでにない圧倒的な性能を得ることができる。

実際には、モードイーグルなど特殊形態を起動させるための石板1枚をはめるのに一気に5ヶ所を費やしたり、遠距離攻撃のための長距離狙撃砲の石板をはめられるようにしておかなければならないので、全てを単純なステータス値増加に費やすことはできない。

「これで、さらにメルルが成長すれば、ゴルディノに再挑戦できるな」

転職して、以前のステータス値を半分引き継いでいるので、今のままでも十分高い値を持っているのだが、転職したてのメルルは、これまで使えていたスキルのほとんどが使えなくなっていた。

「じゃあ、またあのダンジョンに籠る感じなのね」

セシルがアレンの言葉に反応して遠い目をする。

また、あの1日にアイアンゴーレム100体を倒すみたいな日々が始まるのねと思う。

「そうだな。欲しい装備が揃うまではそんな感じだ」

現状では、手持ちのヒヒイロカネゴーレム用石板があまりない。特殊用石板や多砲身砲特大用石板が欲しい。

S級ダンジョンのアイアンゴーレムは、アレン軍を強化させるための相手としては十分だが、最下層ボスではないため、すでにアレンたちパーティーを強化させるための相手としては不十分だし、さほどいいアイテムも出なくなっている。

今後、メルルがしっかり育てば、S級ダンジョン最下層ボスを周回する道が開けそうだ。

次々に異なる「カッコいいポーズ」をとり続けるメルルのゴーレムを見上げながら、さらなる展望に思いを馳せるアレンであった。

第三話　ヘビーユーザー島の住民の受け入れ

メルルが無事に転職を果たしてから数日が経ち、5月になった。

その後、メルルはS級ダンジョンに通い、アイアンゴーレムを狩って魔岩王のレベルをカンストさせた。

シアも、こちらはまだ転職前だが、レベルがすでにカンストの60に達しているので、S級ダンジョン周辺のダンジョンで、転職に向けて獣人たちと共にスキルレベルを上げているところだ。

それらのダンジョン攻略に、アレンは召喚獣を派遣し、全力で協力している。

他の獣人と違い、シアは、ダンジョンの攻略がほとんど終わっていなかった。

そのため、一番ランクの低いダンジョンから攻略を開始したが、元々レベルは高いので、すでにC級ダンジョンの攻略を終え、B級ダンジョンも2つの攻略が終わっている。

ダークエルフの王子であるルークは、ダークエルフたちと共にS級ダンジョン周辺でレベルとスキルレベルを上げている。こちらは、スキルレベルだけでなく、レベルもほぼ上げ切れていない。

ルークは、アレン軍に合流した時点でレベル30くらいだった。

ダンジョン攻略の経験もほぼなかったので、C級ダンジョンから始めてもらっている。

こちらは、ベテランの獣人に加えて、アレンの召喚獣も派遣して、攻略をサポートしている。

なお、ルークは家庭教師みたいな者を里から連れてきており、ダンジョン攻略と並行して、あれやこれや勉強中のようだ。

ところで、彼らダークエルフが、S級ダンジョンのあるバウキス帝国に入国するにあたって、一悶着があった。

バウキス帝国は拝金主義体制であり、自国の国益を最優先にする態度を露骨に示して恥じない国風だ。

入国許可も、貿易許可証を発行済みの商人が最優先、その次がS級ダンジョンの招待券を持つ冒険者、それ以外は先送りに先送りを重ね、賄賂を積みでもしなければ発行されないのだった。

当然、ギャリアット大陸の砂漠に引きこもって、他種族との交流を避けてきたダークエルフからの入国許可申請など、彼らにとって面倒以外の何物でもなかった。

しかし、現在のルークらはアレン軍の一員で、そのアレン軍には、バウキス帝国にとって利益となるものが大量にあった。

それは、アレンたちがアイアンゴーレムを狩って、大量に手に入れている、ミスリルゴーレムやヒヒイロカネゴーレムの石板だ。

魔王軍との戦争において、また国防において、ドワーフ族の国であるバウキス帝国の主戦力は、ドワーフにしかなれない「ゴーレム使い」と、彼らの乗り込む巨大兵器ゴーレムである。

それらは強化のために石板を大量に必要とするが、その中でも、ミスリルゴーレムの石板やヒヒイロカネゴーレムの石板は、なかなか手に入らないため、喉から手が出るほど欲しいものでもある。

そして、その石板を、もっともコンスタントに手に入れることができるのは、現時点ではアレンのパーティーのみだ。

だから、このことをチラつかせたら、アレン軍関係者がバウキス帝国へ入国する際には、ほとんどフリーパス状態となった。

なお、アレン軍のメンバーは、全員冒険者として登録しているが、この登録とそれにともなう冒険者将の発行は、全てエルマール教国の冒険者ギルドで行った。

S級冒険者には、冒険者ギルド副本部長と同等の権限が与えられているため、その権限を使って最優先で準備させた。

その結果、レベル上げを、エルフは学園のダンジョンで、獣人とダークエルフはS級ダンジョンで、それぞれ行うことになった。

各種族のメンバーの、約3分の2はダンジョンに通い、残りはヘビーユーザー島で開拓に従事している。

そこへ、今日、エルマール教国からの移住者5000人が到着した。

ここはヘビーユーザー島でいくつか作る町の1つ、「エールの町」になる予定だ。

エルマール教国の「エル」からアレンが命名した。信仰上の理由により、居場所を失ってここに来た者も多いかもしれないが、いつか自分らのルーツに誇りが宿ることもあるかもしれない。

「こ、ここが、我らが新しく住む場所か？」

「まだ誰もいないのだな」

「あ、あの山、フレイヤ様がいらっしゃるのか？」

町の中央広場に連れてこられた彼らは、期待と不安の入り交じった顔で、あたりをキョロキョロと見回している。

ヘビーユーザー島は、全長10キロ、幅8キロという、楕円形の八丈島ほどの大きさの島だ。

岩がちな、というよりは、ほとんど巨大な岩が空中に浮かんでいるも同然のこの島に、アレン軍と合わせて数万人が住むことになるので、少ない土地を有効活用しなければならない。

そのため、町ゾーンに設ける建物は、基本的に3階建てにした。

10人世帯用、5人世帯用、3人世帯用、1人用など、数パターンの間取りを用意した。

大通りや、町中央に設けられた広場に隣接した建物などは、1階を商業施設にできるよう設計した。

「では15時に島について説明をしますので、エールの町の町長、副町長の方々はのちほど町長宅に集合をお願いします。それまではあらかじめお伝えした番号に従って、引っ越しを開始してください」

「う、うむ。分かったのじゃ」

見た目が町長っぽかったという理由で、アレンから町長に任命された人が、アレンの言葉に頷いた。

総勢5000人、世帯数にして1000戸を数える移住者たちを、効率よく住居に案内するために、彼らには、この島へ来るまでに、くじ引きをさせて、住むことになる建物ないしは部屋を決めていた。

彼らはその時のくじを手に、広場に並ぶ十数枚の掲示板を確認し、その後、広場の出口で手渡される地図を見ながら、三々五々、割り当てられた建物を目指して移動を開始した。

アレン軍のメンバーのうち、島の開拓に従事する組も、高いステータス値を活かし、引っ越しを手伝うことにする。

やがて、昼過ぎになると、広場に配給食が運ばれ、そのことを知らせる鐘が鳴った。

広場には、巨大な時計の魔導具を備え付けた大きな時計台もあるのだが、それとは別に、時間を伝えるために鳴らしたものだ。

なお、火の神フレイヤには、鐘の音が煩わしいのではと思い、事前に鐘を鳴らしてもいいかおうかがいを立てたが、「それこそ人の営みというものよ」と嬉しそうに言った。

事前に気を遣ってもらえたことが嬉しかったようだ。

昼食後、再び引っ越しが開始され、さらに2時間半が過ぎたあたりから町長宅にぞろぞろと、移住者の中で引っ越しを終えた者たちが集まってきた。

そこには、町長、副町長に加え、先に引っ越しを終えて、すでに鍛冶に勤しんでいる名工ハバラクを含めた鍛冶職人たち、そして今回の話し合いの結果を軍とも共有するため、各軍の将軍、隊長がおり、彼らが次々と席についていく中、3人の冒険者を連れた青年が、所在なげな様子でアレンに話しかけてきた。

「僕がここに座っていいの?」

「ペロムスが真ん中だから、そこで話を聞いてくれ」

「分かった」

「ん?　俺らはどうするんだ?」

「傭兵隊の隊長のレイブンさんたちはペロムスの隣に座ってください」

アレンの指示で、青年――アレンたちとは学園時代からの知り合いである商人ペロムスが、上座の長いテーブルのほぼ中央に座するアレンの隣に座り、彼の興した「廃課金商会」の保安部門「ペロムス廃課金傭兵団」の幹部――レイブン、リタ、ミルシーが、ペロムスの隣の席に着く。

彼らは、ペロムスが会社を動かしていく上で、手伝いが必要だろうと考えたアレンの紹介で、「廃課金商会」に就職し、いまでは総勢200人ほどの構成員を束ねる存在にまで成り上がった。

さらに、ペロムスとアレンを挟んだ反対側に、アレンの仲間たちが座る。各地のダンジョンに潜っているメンバーは不参加の予定だったが、シアとルークに限り、戻って来てもらっていた。

会議の参加者が全員揃ったことを確認して、アレンが口を開いた。

「では、まず市長から挨拶をお願いします」

「ぼ、僕だよね。……皆さん、初めまして。僕はラターシュ王国に本店を置く『ペロムス廃課金商会』の代表を務めております、ペロムスといいます。本日をもって、このヘビーユーザー島にある4つの町を含めたヘビーユーザー市で市長を務めることになりました。よろしくお願いします」

丁寧な口調でペロムスが挨拶をし、集まった人々にお辞儀をすると、レイブンたちも続いてお辞儀をした。

すると、そうですかと理解が追い付かないまま町長、副町長たちも頭を下げた。

「商人なのか、ずいぶんお若いようだが」

「ん？　ペロムス商会だと？　あの貿易で稼いでいる商会か？」

「市長とはなんだ？」

集まった移住者から、こんな声が聞こえてくる。

（お？　商人かな。既にペロムス商会の名前を知っている者が現れ始めたか。さすが、世界87位の会社だ）

「こほん。ペロムス市長の挨拶が済みましたので、まずざっくりとこの島の運用について話をします。お手元の資料を見ながら話を聞いてください」

そう言って、アレンは開拓組のエルフたちに手伝わせて作成した羊皮紙を示した。

同じものが、参加者の席に用意されていて、彼らが羊皮紙を見ると、そこには縦に長い楕円形をした島の地図が描かれている。

島の中央には山があり、そこの神殿には火の神フレイヤを祀る祭壇があるので、決して山には登らないように言う。

畏れを知らずに行動しても大概のことは許されるのは使徒となったドゴラのみで、火の神フレイヤの怒りを買うので決して近づくなと言う。

「も、もちろん近づきませぬのじゃ」

「それから、白竜が1頭、山の中腹にいますので、そちらにも注意してください」

これはラターシュ王国の白竜山脈を根城にしていた白竜の幼体であるハクだ。

白竜山脈にて、竜AとBの召喚獣に育てられて順調に成長していたが、ここに連れてきて育てた方が、2頭の竜の召喚獣分の枠を戻せると考えてのことだ。

「白竜、ドラゴンがいるということですか!?」

「はい。まだ幼体のドラゴンで、現在育成中です。幼体ということもあってか、人を見るとかなり寄ってきますので、目が合ったら背中を見せずゆっくり後退してください」

山からハクが下りてきたら、町に待機しているはずの霊Aに対処を依頼するように伝える。

２頭の竜の召喚獣がコツコツ育てた甲斐があってか、ハクは今のところ人を襲ったことは一度もないのだが、子犬のような人懐っこい性格で、人間を見かけると地響きを立てて駆け寄って来るようになってしまった。

害意はないが、何も知らない住民が突然遭遇し、怯えるあまり反射的に攻撃してしまったら、よからぬことにならないとも限らない。

だから、あらかじめ火の神フレイヤに対する畏れを植え付けておけば、同じ山に住んでいるうちは、住民とも安全な距離を保っておけるだろう。

ゆくゆく成長し、人間との距離感も分かってきたら、島のマスコットになってくれたらと思う。

「それから、皆様にはできれば朝晩、火の神フレイヤ様に向かってお祈りを捧げていただきたく存じます」

夜になれば、東西の炎が大きくなるので、島の東西南北にある４つの町からも見えるはずだ。

「もちろんですじゃ。このような温情をかけていただき、本当に感動しております。毎日祈らせていただきます」

そう言って町長はアレンにも頭を下げた。

「フレイヤ様の神殿は、そちらにいらっしゃるハバラクさんを筆頭に、火を扱う職人方が運営します」

アレンの紹介に、名工ハバラクを始め、バウキス帝国から移住してきたドワーフの鍛冶職人たちがお辞儀をした。

彼らは、それぞれの工房を持ち、各10人前後の弟子を連れてきている。その全員が、持ち回りで神殿の掃除や供物の準備などの世話をすることを了解してくれた。

それは、彼らが、かつて火の神フレイヤを信仰していた旧メルキア王国出身のドワーフたちだからだ。フレイヤも、そんな彼らに世話をされて、かなり機嫌がいいと聞いている。

なお、名工ハバラク以下、ドワーフたちは、彼らの方から移住したいと言ってきたので受け入れた、という体を取っているので、バウキス帝国に許可を取る必要はないと思っている。

しかし、筋を通す意味で、職人たちを島が受け入れたことは、バウキス帝国の関係部署に伝えてあった。

「次に、島における町の構成ですが、地図を見てください。島には町が4つできる予定です。それぞれの町に商業施設や宿などの施設を設け、少し離れた所には畑や牧場も作る予定です」

「なるほど。就きたい仕事を聞いたのはこういうわけなのじゃな」

エールの町の町長が地図を見ながら話を聞く。

「はい。最初は配給頼りになるかと思いますが、ゆくゆくは島独自の経済を回して貰う予定です」

5000人がそれぞれ就いていた仕事はバラバラだ。

特に多いのは農民だが、肉屋や八百屋を営んできた者もいる。

なお、農奴はエルマール教国にいないし、この島には農奴も奴隷も作らない予定だ。

今就いている職業と島で何がしたいかを聞いて、世帯ごとに希望の職業を割り振っている。

「町はこれから順次完成するということかの」

「そうです。今回はエール町が完成したので、皆さんをお呼びしましたが、他の町についても、完成し次第、住人を受け入れていく予定です。全ての町の住人が揃ったら、町長会議を開きますので、お二人にはご参加をお願いします」

島の真ん中にある、火の神フレイヤの神殿がある山を挟んで、四方に1つずつ町ができる予定だ。

今回の「邪神教」騒動の準備として、「邪神教」とも呼ばれる「グシャラ聖教」の教祖グシャラは、ギャリアット大陸の東西南北4ヶ所に、それなりの年月を費やして「グシャラ聖教」を広めた。

そして、火の神フレイヤから奪った神器を使い、4ヶ所に光の柱を出現させると同時に、それぞれの地にいた「グシャラ聖教」の信者を、「邪神の化身」という魔獣に変え、人々を襲わせた。

このことで、以前から「邪教徒」として迫害を受けていた「グシャラ聖教」の信者たちは、騒動の被害を受けた国々でいっそうの迫害を受けるようになった。

彼らが、そうした状況からの脱出、あるいは保護を願っていたところに、フレイヤに祈りを捧げてくれる人々を探していたアレンと目的が合致する。

アレンは、人々の信仰の対象ではなくなったことで、弱体化した火の女神に力を取り戻させたいと、かつて「邪教徒」として迫害を受けていた人々が、フレイヤを祈ってくれればありがたいと考えて、彼らを受け入れることにした。

そして、彼らの受け入れ先として、島にエール、ムーハ、カール、クーレの4つの町を作ることにした。

【ヘビーユーザー島の主な構成や町民の数】

・エールの町は、エルマール教国から5000人

・ムーハの町は、ムハリノ砂漠のオアシスの街から２０００人
・カールの町は、カルロネア共和国から５０００人
・クーレの町は、クレビュール王国から３０００人
・島の中央にはフレイヤの神殿のある山
・島の中央の山の中腹では、ハクを育成中
・島の中央の山の麓には、ハバラクたち職人たちの工房群

４つの町は、エールとカール、ムーハとクーレが、それぞれ山を挟んで向かい合う位置に作る予定だ。これは、移住してくる人々それぞれの出身国の、ギャリアット大陸における位置を再現している。

さらに、ムーハには土レンガの建物を、クーレには湖を作る。

本日、エールの町にはエルマール教国からの移住者を受け入れたが、これ以降は、10日ごとに1町ずつ、エールの町と同じように移住者を受け入れていく。

そして、フレイヤの神殿のある山を中心に、２組ずつ向かい合う４つの町を避けるようにして、3ヶ所に軍の拠点を作る。

「種族ごとに軍を編制し、拠点を分けるということか」

ダンジョンに籠っていて、島の開拓に携わってこなかったシアは、このことを今、地図を見て知ったようだ。

「そうだ。まあ、今後、合同で演習を行うが、拠点自体は分ける予定だ」

　今回、町を4つに分けたのは、それぞれ文化も風土も違う国の出身、あるいは種族同士がいきなり一緒に暮らすことで、衝突が起きないようにするための配慮だったが、軍の拠点についても同じことだ。

「ところで、ペロムスさんは『市長』というお立場と伺いましたが、それはどういう役職なのでしょうか？」

「これは共和国に多い制度なのですが、町長を束ねる者ですね。ペロムスは貴族でも王族でもないので、市長ということにしました」

「なるほど。ということは、ペロムスさんはそのお立場に相応しい人物、と考えてよろしいのですかな？」

（ずいぶん張り切っているな）

　適当に抜擢したつもりの町長だが、ペロムスが自らの上に立つべき人なのか知りたいようだ。

「はい。ご存じないかもしれませんが、彼が運営するペロムス廃課金商会は、年商金貨１８０万枚です」

「き、金貨１８０万枚じゃと!?」

（年商でびっくりしているな。年商金貨が１００万枚いくのはかなり難しいらしいし。前世なら年商１８００億円くらいらしいし）

　アレンは、前世の健一だった頃の金銭価値に照らして、金貨1枚が10万円くらいの価値かなという勝手な想定をしている。

「はい、お恥ずかしながら、そういうことです」

ペロムスが話を引き継いで、自分の経歴を話し始めた。

ペロムスは、商業学校1年目の夏に、ラターシュ王国に「ペロムス廃課金商会」を興した。

アレンはそこに、前世の記憶を基にして、アイデアや商材をあれこれと提供したり、ダンジョンに通ったりして稼いだお金を投資した。

さらに、ペロムスには、創造神エルメアから授かった能力があった。

エクストラスキル「天秤」は、ものの価値を当てたり、比べたりできる。

これを使えば、扱う商品が市場でどれくらいの価値を持つか、市場調査をせずとも瞬時に判る。

それを自在に扱えるまでになったペロムスは、その後数年で、ペロムス廃課金商会をガンガンデカくしていった。その過程で、アレンの勧めに従い、貿易業にも手を広げた。

ローゼンヘイムの王女であるソフィーの口利きもあって、ローゼンヘイムとラターシュ王国の貿易を仲介することになったのだが、ここでペロムスのエクストラスキルが貿易に有効だと分かった。

輸入したいものがいくらで買え、輸出したいものがいくらで売れるかを、瞬時に判断できる。

その時点で儲からないものは売らないし、利益率が高く、儲けが大きい商材だけを厳選して売買することができた。

ただ1つ難点なのが、需要までは分からないため、買いすぎると在庫になるということだ。

だが、その難点も、商業学校で学んだ知識と、商会を興してからの2年の間に培ったセンスを駆使してカバーし、なんとか損失を最小限に抑えて切り抜けてきた。

その業績が認められ、ローゼンヘイムとの貿易仲介を始めた翌年には、バウキス帝国とギアムート帝国とも貿易できるように、ローゼンヘイムに仲介を頼み、ラターシュ王国と2国の間に貿易協定を締結させた。

これにより、ラターシュ王国を中心としたローゼンヘイム、バウキス帝国、ギアムート帝国の貿易圏ができあがったのはいいことだが、これで、ペロムス廃課金商会の影響が強くなりすぎてしまった。

ペロムス廃課金商会の寡占をやめさせろとの陳情が、バウキス帝国やギアムート帝国内の貿易商人から上がり始めているそうだ。

そんなこともあって、ペロムス廃課金商会は、今では年商が金貨180万枚に達し、ラターシュ王国でも2番目の規模の商会になった。

なお、1番はラターシュ王国の王族が運営する国営企業のような存在だ。

そして、5大陸同盟内でも、年商額で87位になった。

なお、1位から30位まではバウキス帝国に本店を置くドワーフたちの商会が占めている。

そんなペロムスだが、商会を興す発端となった話がある。

ペロムスは、グランヴェルの街に高級宿を構える大富豪チェスターの娘フィオナに恋をした。

その恋を叶えるために、父であるチェスターに必死でかけあった結果、

「お前の商人としての価値を示せ。そしたら娘との交際を考えてもいい」

という返事をもらったのだった。

3年という猶予の中で、はたしてどれだけの「価値」を示せるかが分からなくなり、焦ったペロムスはアレンに相談した。

そして、アレンから、

「じゃあ、商人としてチェスターの宿屋を買収したらよい」

とアドバイスを受けたことを真に受けて、貿易業と並行して宿泊業を始めたペロムスは、昨年になって、ようやく既存の宿屋を買収し、傘下に引き入れることができるまでになった。

そこから1年の間に、チェスターのものだった宿屋を次々と買収していき、残すはグランヴェルの街の高級宿だけというところまできて、ようやくチェスターに認められた。

「ぜひフィオナを嫁に貰ってくれ。商人としての儂の目に狂いはなかった」

と言われたそうだ。

だが、結局はフィオナにふられてしまい、現在、彼の手には、かつてチェスターの系列だったさまざまな規模の宿だけが残った。

こうして、国内の商品流通と海外との貿易、そして宿泊業で大きくなったペロムス廃課金商会は、常時1000人を超える人を雇い、グランヴェルの街に大きな雇用を生み出している。

そして、その商会の商品流通ルートを守りつつ、大きくなっていく商会を切り盛りするペロムスを支えるのが、レイブンたちだ。

冒険者として、グランヴェル領内で魔獣狩りをしていた彼らは、アレンによって魔獣が狩り尽くされたことで仕事を失い、途方に暮れていたところをアレンの仲介でペロムスのところにやってきた。

「……っと、そういうことをしてきました。その廃課金商会の本店を、僕が皆さんの市長を務めるに当たって、この島に移転することになりました。今後は、この島を中心に、これまでの事業を継続していくことになります」

フィオナの話とか一部を省いて、ペロムスは町長や副町長には廃課金商会の業態について、その場に集まった人たちには一通りの説明をした。

なお、何故、現在、ペロムスがアレンたちに合流したかというと、ペロムスはフィオナに再度アタックしたいので協力してほしいとのこと。

アレンもペロムスに島の発展を手伝ってほしいので、お互いの目的は違えど、協力関係が引き続きできあがった形だ。

（フィオナさんは強い人が好きらしいと。ペロムスは転職ダンジョンに興味があるらしいし、ペロムスも転職して、強くなってもらうかな）

ペロムスの話を聞きながら、アレンはペロムスにしてあげられることを考える。

「なるほど、この島が貿易の基点となるか。いい案だ。……ペロムスと言ったな。アルバハルとも取引する時はよろしく頼むぞ。もちろん、あまり独占しすぎないようにな」

シアは、ペロムスが商人と聞き、役に立つのかと思いながら話を聞いていたが、最後まで話を聞き終えて、その評価を上方修正する。

この島は小さく、ここでの生活は人口1万人を超える程度からスタートする。

開拓地を用意し、自給自足の環境を作る予定だとアレンは言うが、それでも島の、しかも空中に浮いていて、他の国、土地と地続きでない島の中だけで、経済を循環させるのはまず無理だ。

そこに、腕利きの商人が入り込めば、住民の生み出したものを外の国に売り、金を稼いでくることができるようになる。

もちろん、そうした事業を軌道に乗せられるほどの貿易商であれば、アルバハル獣王国に戻ってからも利用価値がある、ともシアは考えている。

「は、はい。よろしくお願いします」

シアがアルバハル獣王国の獣王女と聞かされていたペロムスは、話しかけられて恐縮した様子だ。

「なるほどの。よその国と取引をして生活していくということじゃな」

町長たちも、ペロムスがなぜ市長に選ばれたのか分かったようだ。

その様子から、アレンは、見た目で選んだだけの町長が、意外にも中身が伴ってそうだなと思う。

「きっと、この『天秤』の力は、皆さんのために使うようにと、エルメア神がお与えになったものでしょう。とはいえ、まだまだ若輩者です。至らぬ点もあるかと思いますので、町長さん、副町長さん、そしてお集まりの皆さん、これからどうかよろしくお願いいたします」

ペロムスのそつない挨拶に、町長はにっこりと鷹揚に微笑んだ。

「よろしくなのじゃ」

席を立ち、近づいてきた町長と握手を交わし、皆から拍手を浴びたペロムスは、町長が席に戻るのを待って、再び口を開いた。

「僕たちから、皆さんにお伝えしなければならないことがもう1つあります。……レイブンさん、説明をお願いします」

レイブンが頷いて立ち上がった。

「ご紹介にあずかった、俺はレイブンという。これまではペロムス廃課金商会の傭兵団を束ねてきたが、以後は、この島でペロムス廃課金自警団の団長を務めることになる。こちら、リタとミルシー、2人は副団長だ」

「よろしく」

「よろしくお願いします」

リタとミルシーが挨拶をする。

「ほう？　自警団とな」

「そうだ。俺たちはこれまでペロムス廃課金商会の商品輸送の警護を主に行ってきたが、この島では、主に島の治安を守る任務に就く。軍が外からの敵を防ぎ、俺たちが町でよからぬことが起こるのを防ぐ、とこういうわけさ。自警団のメンバーは、基本的には俺たち廃課金商会傭兵団の中から選出する。腕は保証するよ」

移住者たちが暮らしやすいよう、衝突など起きないよういろいろな配慮をしているが、それでもまったく衝突が起きないとは思えないし、あまり考えたくないことだが、移住者の中には犯罪を犯す者も出るだろう。

そこで、ペロムス廃課金商会の本店がヘビーユーザー島に移ってくるのに合わせて、レイブンたちにも移住してもらい、治安の維持を任せたい。

そう考えて、１００人くらいは収容できる規模の牢屋も、すでに作らせていた。

アレンは、いつの日か、町民の反発が起きてペロムスが牢屋に入れられないかと、前世のゲームの中で見た光景を思い出す。

（今後、自警団の中からアレン軍の中に入りたい者が出たり、人員の交流があるだろうな）

「それにしても、市長ではなく国王の方がいいのではないのか？」

土地があり、軍を持ち、民がおり、他国と取引をするなら、それはもう国家であり、それならば統治者は国王だろうとシアは思い、発言する。

「まあ、王国とか言うと他国が変な反応をしそうだし」

わざわざ国を作ったなんて言って、他国に警戒されてもなとアレンは考えている。

アレンは王国を築きたいわけでもないし、この組織が未来永劫続くわけでもないと考えている。

大層な肩書きは自らの行動を抑制しかねない。

「いや、だが……」

「た、大変だ。町に魔獣が出たぞ!!」

シア獣王女がさらに反論しようとすると、会議室に町民が飛び込んできた。

「魔獣ですか。どこに出たんですか?」

アレンの問いに、息も絶え絶えといった様子で、町民はこう答える。

「馬小屋だ！　し、知らない魔獣がいたんだ!!」

彼は故郷では牧場を営んでおり、移住してからも牧畜を行うことになっていたが、自分に割り当てられた牧場を見に行ったのだという。

そして、馬小屋の作りを確認しようと中に入ると、そこに魔獣がいた。

何かデカい馬だなと思ったら、見たことのない魔獣であったので、驚いてここまで知らせに来たのだという。

牧場からここまでは結構な距離があったと思うが、しょせんは狭い島だ。

「場所を教えてください。この地図だと、どの馬小屋ですか？」

「ええっと、ここだ。この馬小屋だ」

町民は、壁に貼られたエールの町の地図の1ヶ所を指差した。

アレンは、金の豆を島のあちこちに蒔いて、Aランクの魔獣も入って来られない強力な結界を張ったはずだったが、町民が知らずに引っこ抜いてしまったのかと思う。

そして、たまたまそのタイミングで近づいてきた魔獣が、結界の隙間から島の中へ入ってしまったのか。

引っこ抜かれないよう対策も考えないといけないが、今は起きてしまったことを解決しないと。

それに、もし町民が金の豆が育った姿である、結界の木を抜いていないのなら、その魔獣はSランク相当ということになる。

「みんなも行くよ。金の豆の結界を突破してきたからね。気を抜かないで」

アレンは仲間たちと共に町長宅を飛び出すと、鳥Bの召喚獣に乗って、目的地に急行した。

「ここかしら？　でも馬小屋は無事ね？」

セシルが言うように、確かに、町民が示した馬小屋には、破損された形跡は見当たらない。

「たぶん、そうだ。ここからは見えないな。みんな、注意して」

アレンとシアが先頭に立ち、馬小屋の中を覗き込む。

すると、そこには、確かに馬っぽい何かがいた。

馬っぽい何かとアレンは目が合った。

アレンの理解を超えた現象が目の前に起きている。

「こ、このお方は確か」

シアが驚きの声を上げた。

アレンの仲間たちも、全員がその姿を覚えていたようで、背後で彼らの息を呑む音が聞こえた。

『……』

馬の寝床にするために敷き詰めた藁の上に、四本の脚を畳んで座っていたのは、全身を鱗で覆われた、角の生えた馬のような姿だった。

調停神ファルネメスだ。

（ありのままに今起きていることを言うぜ。馬小屋を作って町民に世話をさせようとしたんだ。そしたら、馬が入るスペースに調停神がいたんだ）

通常サイズの馬用に作ったので、通常の馬よりひと回り大きい調停神には少し狭そうだなという感想がアレンの中に溢れてくる。

「こ、これはどういうことでしょうか？　調停神様」

しかし、調停神ファルネメスは、アレンの問いにすぐには答えず、アレンをはじめ、自分を見つめている者たちをゆっくりと眺め回した。

そして、おもむろに口を開く。

『クレナはいないようですね』

その声は優しい女性の声のトーンで、初見時とだいぶ雰囲気が違うなとアレンは思う。

「そうですね。今はここにはおりません。呼びましょうか？」

どうやらファルネメスはクレナに会いに来たようだが、あいにくクレナは今、ドゴラたちとアイアンゴーレムを鬼狩り中だ。

『そうですか。いえ、結構です』

ファルネメスは言うと、もたげていた首を下げ、とぐろを巻くように体の側面にくっつけて、丸まった姿勢をとった。

そして、それっきり、すやすやと寝息をたてはじめた。

「これはどういうことよ？　なんで馬小屋に調停神様がいるのよ。っていうか寝てるのよ」

理解できないと言わんばかりに、セシルがアレンに問う。

「まあ、馬と一緒に飼えばいいんじゃないのかな。ハク枠だな。名前はファルにするか」

アレンはセシルの問いに答えず、勝手に話を進める。

アレンとしては、この調停神について、町民たちに神だのなんだのと説明すると、、彼らの中からファルネメスを信仰の対象とする者が出てきて、火の神フレイヤへの信仰が分散してしまうと困る。

もちろん、すぐにどこかに行ってしまうかもしれないが、留まるようなら、追い出す必要もない。ここが気に入ったのなら、ここにいてもらっても問題ないと考える。

「でも、このままでは狭そうだな。隣との仕切りを取り除いて、馬2頭分のスペースを確保することにしよう」

あとは、馬小屋担当になった町民たちに、藁と水を与えて丁寧に世話をするように伝えようと思う。

「何かとんでもない島になってきたわね」

セシルはため息をつく。

「いえ、これもアレン様の御力です！」

褒める役のソフィーが、両手を胸元で握りしめ感動してくれる。

（いや決して俺の力ではない。ん？　ローゼンどうした？）

だが、その頭の上では、精霊神が寂しそうに調停神を見つめているのが目に入った。

『……』

だが、アレンはどうしていいか分からず、ひとまずそのままにしておくことにした。

＊　＊　＊

それから10日が経過する。

「ファル～。ちゃんと食べてる～」

クレナが人参らしき野菜を大量に抱えて馬小屋を訪れた。

『クレナさん、食べています』

丁寧な口調で答えるファルネメスに、クレナは抱えていた野菜のうち1本を差し出した。

「ああ、前に持ってきた分はすっかり食べちゃったんだね。でも、今日もいっぱい持ってきたからね、たんとお食べ」

ファルネメスは長い首を伸ばし、クレナの差し出す野菜を直接食べ始めた。

なお、神には、人間界の生き物と同じような食事は不要らしい。

しかし、精霊神ローゼンは人間の料理をモリモリ食べているので、食事ができないわけではないのだろう。

クレナは今もS級ダンジョンを起点に活動しているが、たまにこうしてヘビーユーザー島に戻ってくる。ハクと、そしてこのファルに会いたいようだ。

この島と外部を行き来するうえで、1つ便利なことがある。

鳥Aの召喚獣を王化すると、転移の覚醒スキルの使用頻度が、これまでの1日1回ではなく、1時間に1回に短縮されることが分かった。

これで、クレナは頻繁に島に戻ることができるようになった。

この様子を、仲間たちがほほえましく見守るそばで、アレンは1人考えに耽る。

(さて、調停神は何をするためにこの島に居着いているのだろうか)

アレンは、調停神がなんでこの島にやって来て、しかもそのまま居座ってしまったのか、精霊神に聞いてみた。

すると、精霊神は、もう神界に調停神の居場所はないのかもしれないと答えた。

調停神は、創造神エルメアの意に沿わない神を裁くという役割を与えられているらしい。

つまり、その姿を見るということは、自分が裁かれるかもしれないと神々に思わせるということで、誰もが調停神を恐れた。

それは、当の調停神からしてみれば、けして居心地のよい環境ではなかったのかもしれない。

また、メルスからは、神を裁く役割について、創造神からの指示も厳しいものだったという話も聞いた。バスクの戦いで消耗してしまったのか、現在は亜神ほどまで力を失っているらしい。

いずれにしても、このまま休ませてあげてほしいと精霊神から言われた。

他にも、10日で起きたことがある。

ペロムスがヘビーユーザー島の市長を務めながらダンジョンに通い、予定通り転職を果たした。

これで、ペロムスは豪商の才能を得た。

フィオナの「結婚するなら強い男がいい」という望みに少しは近づけただろうか。

アレンはこの決意を聞いて、なるべくペロムスの負担を減らそうと、各町については、それぞれである程度方針を決めていいことにした。

さらに、ペロムスと一緒に転職ダンジョンを攻略したことで、才能を持たなかったレイブンとリタが、それぞれ剣士と盗賊の才能を得た。

僧侶の才能を持っていたミルシーが、聖者となった。

「そろそろ、フィオナさんに交際をお願いするのか?」

「そ、そうだね。できれば、もう少しダンジョンに通ってからかな」

ペロムスは、エルフの隊に加わってレベルを上げてからでないと、再チャレンジする勇気は出ないとのことだ。1人だけ青春しているなとアレンは思う。

そんなアレンも、ある程度島の開拓の指示や、移住者の受け入れの準備が落ち着いてきたので、数日前からS級ダンジョンに通い始めた。

ひとまず、ステータス値5000上昇の指輪を、アレン軍の戦士5000人全員分手に入れることを目標にしている。

武器と防具もヒヒイロカネか、できればアダマンタイト製のものを装備させたい。

指輪と武具が揃えば、Aランクの魔獣相手にも後れを取らないはずだ。

「シアは、転職後順調か？」

スキル上げを終わらせたシアは星4つの「拳獣王」になり、さらにレベル60にカンストし、現在、1日15時間を超えるスキル上げをしている。

「これから獣王陛下と会うからな。アレンのおかげよ」

父である獣王陛下に会う前に1つでも多くスキルを上げておきたいらしい。

シアは5大陸同盟の会議に呼ばれており、その会議にアレンの仲間たちも出席することになった。

「じゃあ、皆、ムーハの町に行くよ」

共有しているメルスの視界に、ダークエルフの里ファブラーゼにある避難所と、ヘビーユーザー島へ移住したいと申し出た人々の姿が映っていた。

今日は、彼らが島に移住してくるので、廃ゲーマーのパーティーメンバーを全員集合させていた。

アレンたちが、鳥Bの召喚獣に乗って向かった先には、エールの町よりやや小さめのムーハの町がすでにできあがっている。

そこに並ぶ家は、どれも日干しレンガでできたドーム状だ。

この島に砂漠はないのだが、雰囲気が大事だとアレンは考えている。

アレンたちが到着するのとほとんど同時に、メルスが移住者を連れて島に転移してきた。

「こ、ここが新しい私たちの町なのか」

「あのお山に、慈悲深きフレイヤ様がいらっしゃるのか」

「聞いていた通り、ずいぶんと涼しいところだな」

彼らは、ダークエルフの里ファブラーゼと同じく、ムハリノ砂漠に点在するオアシスにある町のうち、「邪神の化身」の襲撃を生き延びた、ルコアックをはじめとするいくつかの町からの総勢2000人の避難民だ。

『連れてきたぞ』

「メルス。ご苦労。……こんにちは、あなたが町長ですね」

アレンは、ムーハの町の町長になる予定の人に話しかける。

今回も町長はこちらで選んだ。

霊Aの召喚獣を、ダークエルフたちが作った避難所に潜り込ませ、リーダーシップのある老人を選んだ。そして、エールの町同様に、引っ越しを済ませたあと町や島の概要について説明をする。

こうして島はにぎやかさを増していくのであった。

＊　＊　＊

ムーハの町に住人を受け入れてから10日ほど過ぎた。

旧カルロネア共和国からの5000人ものカールの町への移動も終わり、残すは魚人国であるクレビュール王国から3000人の魚人を迎えるだけとなっていた。

魚人には水が必要ということで、湖を一から作らねばならず、一番時間がかかる。

そして、今日は午後から5大陸同盟の会議がある日だ。

「そろそろ荷物の準備はいいか」

S級ダンジョンの最下層にある、ボス部屋の前で、アレンはパーティーの仲間たちに声を掛ける。

る。

「ああ、いいぜ」

ドゴラが昼飯替わりの骨付き肉をかじる速度を上げた。

最近、ドゴラは前にも増して食欲旺盛になっているが、それが使徒になったこと、エクストラモードになったことと関係しているのか、それとも年頃の15歳なので腹がよく減るのかは分からない。

前回、バウキス帝国の皇帝に謁見したのは、「邪神教」騒動の前後であったが、その時と同様に、5大陸同盟の会議に参加する人々を乗せた魔導船が、各国からギアムート帝国に向けて出発している。

しかし、鳥Aの召喚獣の覚醒スキルで、条件を整えておけばどこにでも転移できるアレンたちは、わざわざ魔導船に乗る必要がなく、直前までアイアンゴーレム狩りをしていた。

今回の5大陸同盟会議は、ギアムート帝国の帝都ベルティアスで行われる。

魔王軍の侵攻がひとまず落ちついたことで、このタイミングでの開催となったようだ。

実は、アレンはSランク冒険者になった時から、冒険者ギルドのマッカラン本部長から、5大陸同盟の会議に参加するよう要請を受けていたのだが、直後にエルマール教国からの救難信号が全世界に向けて発信されたこともあり、現場に向かっていて、参加していなかった。

だが、その後、紆余曲折を経てアレン軍を結成することになったので、いい機会だから会議に参加して、軍を作ったことも報告しようと思っている。

S級ダンジョン最下層から、S級ダンジョン一階層の町に新しく設けた拠点に転移する。

ここは、二階層へ向かう入り口からは少し離れた場所なのだが、金貨15万枚を費やしても、2区画分を買うことができたのはここだけだったのだ。

現在は、主に、アレン軍の獣人とダークエルフが活動拠点として使っている。

獣人の戦士たちは、まず学園都市の転職ダンジョンで転職してから、ここを拠点に、近くのB級ダンジョンなどでレベル上げをしている。

さらに、そこにはレベルがまだ十分に上がっていないダークエルフたちも含まれていた。

「よし、シアもルークもいるな」

シアとルークも準備が整ったようだ。

「ああ、もう行くのか」

拳を握りしめ、物思いにふけっていた様子のシアが顔を上げて言った。

「ああ、って別に、戦争に行くわけじゃないぞ」

アレンがそう受け取るほどに、シアの顔には厳しい戦いに赴く戦士の覚悟のようなものが表れていた。

（ただ、家族に会うんだよね）

「もちろんだ。よし、行こうか」

シアは拳をパンと叩き、立ち上がる。

これから、アレンはシアと共に、アルバハル獣王国の獣王やゼウ獣王子と会うことになる。

ゼウ獣王子は、ローゼンヘイムで十英獣と共に魔王軍を迎え撃ち、みごとに撤退させた後、中央大陸を転戦し、そこでもアルバハル獣王国の最終兵器ともいえる十英獣を縦横無尽に活躍させ、戦場のあちこちに魔獣たちの屍の山を築いた。

その功績を認めたか、あるいは別の思惑があってか、この活躍の直後から、ギアムート帝国内に、ゼウ獣王子をアルバハル獣王国の次期獣王にと後押しする動きが見え始め、今回も、現獣王とは別に招待の打診があったとのことだ。

そうしたことが、同じく次期獣王候補として鎬《しのぎ》を削るシアの闘争心に火をつけたのかもしれない。

アレンは、次いでルークを見る。家族と離れ離れになった上、年頃ということもあり、多少の不安もあったようだが、かなり溶け込んできているようだ。

他のダークエルフや獣人と共にダンジョンに潜っている間に、レベルが順調に上がったことで、自信がついたのかもしれない。

（ルークはいい感じに軍に慣れてくれて助かるな。ある程度、成長したらパーティーに入れて、さらに実践で揉むかな）

ルークは他のダークエルフと同様に3つのC級ダンジョンの攻略が終わり、B級ダンジョンを攻略中だ。

48人で突入する数の暴力と、指輪の装備によるステータスの上昇、そして召喚獣も手伝っているので、かなりの速度で攻略を進めている。

ルークになで回されているところを見ると、黒いイタチの姿をした精霊王ファーブルは、彼に心を許しているようだ。

「もう荷物の準備は大丈夫か」

「ああ、問題ないぞ」

アレンたちとも、ルークは割とラフだ。

人間であるアレンには、8歳前後の少年に見えるが、本当の年齢はアレンたちと同じ15歳だ。

ルークは王族であり、精霊王ファーブルも引き連れているが、最初の出会いがオーガごっこであったことも関係を深める上で良かったのかもしれない。

そんなルークも含めて、会議への参加者が全員そろったので、鳥Aの召喚獣の覚醒スキル「帰巣本能」を使い、ギアムート帝国へ向かう魔導船に転移する。

たとえ目的とする魔導船が移動中であっても、「巣」には問題なく転移できる。

転移先の広い場所には、金勘定をしているペロムスがいた。

「ああ、すまないな。ペロムスだけ魔導船に乗ってもらって」

アレンはそう言って、あれこれ書かれた羊皮紙が何枚も散らばっている状況を見る。

ペロムスには、5000人の兵全員に給金を払うといくらになるのか、計算してもらっていた。

「あ、うん。別にいいさ。皆の給金も計算しないといけないからね。ざっと月に金貨15万枚はしそうだな。全員転職が済めば、この倍近くになるよ」

このまま行くと、アレン軍の兵全員に給料を払うには、S級ダンジョンの2区画を買収するのと同じくらいの費用が、毎月かかってしまうようだ。

「やっぱりそれくらいするか」

(まあ、そんなもんだよね)

アレン軍は5000人の兵を抱えている。

当然、彼らにはそれぞれの生活があり、地上に家族を残してきた者もいる。

魔王から世界を救うという崇高な目的があるからといって、タダ働きをさせていいわけではない。

才能があり、アレン軍に参加する前にもそれなりの立場に就いていた者も含めた5000人に、それぞれの能力に見合った給金を払うのは、当然のことだ。
何をするにもお金がいるのだ。
やがて、ペロムスが、給与体系を以下の通りに考えたと報告してきた。

【アレン軍の基本給※月給】
・全員一律金貨10枚

【才能による加算額※月給】
・星2つは金貨20枚
・星3つは金貨40枚

【軍の役職による加算額※月給】
・十人長（10人の長）は金貨5枚
・隊長（100人の長）は金貨10枚
・連隊長（500人の長）は金貨20枚
・将軍（1000人の長）は金貨50枚
・大将軍（数千人の長）は金貨100枚
・ダンジョンで稼いだ金額の3割を、参加した軍の兵に分配最後の項目は、ダンジョン攻略のモチベーションを上げるために必要な措置だとペロムスは言う。

この辺りは、傭兵団を抱えるペロムスらしい考えだ。

アレンが武器や防具、指輪を惜しみなく与え、召喚獣も繰り出して攻略を手伝っているので、アレン軍はまさに破竹の勢いでダンジョンをクリアしまくっている。

そこで得られた金や、換金可能なアイテムは、いったんアレン軍が預かって換金し、参加した兵に分配するボーナスとする3割を引いた残りの7割を、島を開拓する兵や、非戦闘員などへの経費として用いる。

なお、参考までに、現在、グランヴェル子爵家から、グランヴェル騎士団団長ゼノフには毎月金貨15枚が支払われ、レイブランド副騎士団団長には金貨10枚が支払われている。

グランヴェル家が男爵家から子爵家に上がったこともあり、給金を増やしてこれくらいだ。

このことは、アレン軍の給金の参考にするため、ラターシュ王国の王都にいるグランヴェル子爵に確認した。

ちなみにペロムスも、200人からなる傭兵団を抱えていた。

ペロムス廃課金傭兵団という名前で、全員が冒険者登録をしている。

その彼らは、今ではヘビーユーザー島に移住し、ペロムス廃課金自警団と名前を変えたが、以前と変わらない給金を払っているという。

ほとんどの者が才能を持っているので、全員の月給を合わせると金貨5000枚ほどになるそうだ。

それでも、ダンジョンに通わせて稼がせているので、赤字にはならなかったとペロムスは言う。

なお、自警団についても、その才能や役職に見合った給金が必要だ。

もちろん、まだ産業がなく、外貨を稼げない島では、島民への配給などあらゆることにお金がかかるが、それも含めて、アレンは問題ないという算段だ。

アルバハル獣王国の獣人部隊の兵たちの給金は、邪神教討伐のためアルバハル獣王国が払ってきた。結局、「邪神教」騒動が解決するまでに1000人の兵が死んだのだが、そのための弔慰金も獣王国が出している。

だが、残る2000人の獣人兵が、シアと共にアレン軍に参加することになった際には、獣王国からの支出は不要と伝えている。これは、ローゼンヘイムやファブラーゼの里についても同様だ。

シアは、獣王国からの給金が停止して何故かホッとしている様子であった。

兵に関する負担は全て、アレンたちとヘビーユーザー島が出し、外部出資は可能な限り廃する。

そうすることで、指揮権が移行する可能性を極力なくしたいし、たかだか金貨30万枚や50万枚くらい、頑張ればすぐにでも稼げるつもりでいる。

『まもなく、ギアムート帝国の帝都ベルディアスに到着します。魔導船が揺れますので、席について、立ち歩かないようにお願いします』

壁に据え付けられた魔導具から、着陸の際の放送が流れる。

やがて、魔導船はゆっくりと帝都の魔導船発着地に着陸する。

着陸した魔導船から伸びた階段を下りていくと、豪華な馬車の前に騎士団が控えている。

「お待ちしていました。アレン様御一行でございますね。王宮にご案内します」

豪華な馬車に揺られ、アレンたちは、帝都にある王宮まで運ばれていくのであった。

第四話　５大陸同盟会議

アレンたちを乗せた馬車がギアムート帝国の王宮の入り口をくぐると、そこには、騎士や役人が待ち構えており、そのまま待合室に案内された。

そして、メルスに作らせた魔力の種を端から消費し、スキルレベルを上げて待っていると会議に出席する時間になったようだ。

王宮の騎士が、アレンたちを迎えに待合室までやって来た。

だが、そのうちの１人が、神器カグツチを背中に背負おうとしたドゴラを見て、つかつかと近寄ってきた。

「武器はここに置いていってください」

世界の王族や代表とまみえる会議に武器の携帯は許可されていないと言う。

「ん？　ん～、じゃあ、俺は会議いいわ」

「え？　そ、それは……」

ドゴラの態度が予想外のものだったのか、騎士はたじろいだ様子を見せる。

ドゴラにしてみれば、各国の王族が集まって難しい話をする場にいて、自分が何か発言することもなかろうし、そこで交わされる話を聞いても、どこまで理解できるかも分からないから、そういうことはアレンに任せるに限ると思っている。

それに、常に神器の近くにいた方がいい気がしている。

だが、その時だ。

『ドゴラよ。これも人の世の取り決めよ。わらわは構わぬ。世界に顔を売ってくるのだ』

神器カグツチからフレイヤの声がした。

どうやらこの場の会話を、神器を通じて聞いていたようだ。

「そうなのか？」

（最近かなり機嫌がいいからな）

アレンがそう思うくらい、火の神フレイヤは最近、特に機嫌がいい。

へビーユーザー島に移住して、３つの町に住むようになった人々が、毎日朝晩、フレイヤの神殿で焚く炎に向かって、祈りを捧げているからだ。

さらに、エルマール教国のニールの街に、フレイヤとドゴラの石像が設けられたことも、彼女の機嫌が良い理由のようだ。

これは、アレンが企画したのだが、エルメア教会の神官たちは、快く引き受けて、早々に設置してくれた。

設置場所はニールの街の中央広場で、結構大きい像だ。

これに、信心深いエルマール教国の民たちが、日々祈りを捧げているという。

これらの信仰がフレイヤに力を取り戻させたのだろう。

数日前に、炉の火が熱と勢いを取り戻したと、名工ハバラクから連絡があった。

早速、ドゴラのためにオリハルコンの斧を作り始めたそうだ。

なお、今、ドゴラは神器カグツチとは別に、アダマンタイトの大斧を携えている。

移動時には、この2本の大斧を背負っている。ちょっとあり得ない格好なので、何も知らない人がドゴラを見て、通り過ぎてから振り返って二度見するのを目撃したのは、二度や三度ではきかない。

その2本の斧と、他のメンバーの武器も待合室に残し、特にカグツチは丁重に扱ってほしいと伝えてから、アレンは仲間たちと共に、騎士と役人たちに連れられて廊下に出た。

(やっぱりなんかきれいな王宮だな。できたばかりだからか)

ラターシュ王国の王宮と比べて、明らかにきらびやかで綺麗な内装を見ながら、帝国の財力を見せつけられた気分になる。

ギアムート帝国の帝都は、以前は大陸の北方にあったが、魔王軍の侵攻を受け、今の位置に遷都した。魔導船の発着地を広くしたり、広い会議室を作ったりと、考えられた設計になったという。

遷都当時の皇帝は、5大陸同盟を提案し、今の魔王軍に抵抗するための世界組織の原型を作ったとされる「賢帝」ベルティアス8世＝フォン＝ギアムートであり、彼が没した後、ここは彼の名前にちなんで帝都ベルティアスと名付けられた。

そのベルティアス8世が設計したことで知られる会議室に通される。

会議室には、すでに会議の参加者が集合していた。

部屋の中央に鎮座する円卓には、ギアムート帝国皇帝レガルファラース5世＝フォン＝ギアムート、バウキス帝国皇帝ププン3世＝ヴァン＝バウキス、ローゼンヘイムの女王レノアティール、アルババハル獣王国の獣王ムザ＝ヴァン＝アルバハル、そしてクレビュール王国の王ホラノロイ＝ヴァン＝クレビュールがそれぞれの席に着いている。彼らとは別に、勇者ヘルミオスを始め、5人の盟主の側近や、オブザーバー的な立場の者も、円卓に席を与えられていた。

さらに、その円卓を取り囲むようにして、100近い机と椅子が半円状に配置され、それぞれに同盟加盟国の代表者が座り、円卓の盟主たちと、円卓の手前に設けられた壇の上にいる人物とのやりとりを注視している。

「結構いるのね」

思わず、セシルが声を漏らす。

「そうですわね」

アレンの連日のアイアンゴーレム狩りの犠牲者となったソフィーも同意する。

ここ最近、セシルとソフィーの連帯感が半端ない。

アレンは、廃ゲーマーのメンバー全員でアイアンゴーレム狩りをするのは効率が悪いと判断し、パーティーを2つに割ろうと言い出した。

以後、2パーティーが並行してアイアンゴーレムを狩っているのだが、その内訳は以下の通りだ。

・アレン、クレナ、セシル、ソフィー、フォルマール、王化霊A、王化竜A
・ドゴラ、メルス、キール、メルル、王化獣A、王化石A、王化魚A

そして、アレン組とドゴラ組で、1日に何体のアイアンゴーレムを狩れるか、勝負しているが、

1日10時間を超える狩りを何日も続けているうちに、セシルとソフィーのやりとりが、以前にも増して増えていき、なんなら戦闘中の連携も、これまで以上に洗練されているような印象をアレンは受ける。

その2人のひそひそ声を背中で聞きながら、アレンはずかずかと会議室に入る。

「アレン様はこちらにお願いします」

「はい」

アレンだけが、円卓の手前の壇に案内され、仲間たちは近くに並べられた椅子に座らされる。

アレンは、先にいた人物を見たが、冒険者ギルドの本部長マッカラン本部長だった。

どうやらこの檀は、盟主たちが何かを問いただすために会議に召喚した者を立たせるためのもののようだ。

(結構こってり絞られていたな)

実は、アレンは、前日の会議開始からここに通されるまでの、会議の流れを把握していた。

それは、ローゼンヘイムの女王のポケットに忍ばせていた鳥Gの召喚獣と感覚を共有していたからだが、それによって、マッカラン本部長への質疑と応答の一部始終も聞いていたのだ。

この5大陸同盟の会議は、別にアレンたちを待って始まったわけではなく、アレンたちを呼んだことも、多くある議題の1つに過ぎない。

この世界は、魔王軍だけでなく、他にいくつも問題を抱えており、この会議はその問題について検討し、1つずつ解決していくためのものだった。

もちろん、問題ごとといっても、最適解や、答えが1つしかないことなどない。

5大陸同盟という形で終結した各国の、政治的な力の大小、国際的な立場の上下などはあれど、建前としては可能な限り合意を目指すべく、検討を重ねていくのだ。

だが、そうすればするほど、簡単に答えに行きつかないのは、どこの世界も同じなのかもしれない。

アレンはエルフの女王の服の隙間からチラッと見た今回の5大陸同盟会議のカリキュラムを思い出す。カリキュラムの内容はまさにアレンたちの今度の行動の軌跡を見ているようだ。

【前日の5大陸同盟会議カリキュラム】
・邪神教教祖グシャラによるギャリアット大陸の被害状況
・ギャリアット大陸の復興支援案

【本日の5大陸同盟会議カリキュラム】
・S級ダンジョン攻略の報告
・転職ダンジョンの活用と問題点の共有
・アレン軍の活動内容のヒアリング

【今年起きた出来事】
・2月　　S級ダンジョン攻略
・3月～　邪神教グシャラによるギャリアット大陸の甚大なる被害

・4月　転職ダンジョン開始
・6月　5大陸同盟会議開催

そんなことを考えながら、アレンは先ほどまで盟主たちからあれこれと、糾弾に近い質疑を受けていたマッカラン本部長に声を掛ける。

「なんか、大変でしたね」

「ふむ。いつもこんな感じじゃよ。近いからといって毎回呼ばんでほしいの」

うんざりしたような顔で答えるマッカラン本部長を責めるだけで、これまで1時間以上が経過していた。

今回、本部長が責められたのは、転職ダンジョンを広く冒険者が使えるように開放したからだ。

ギアムート帝国は、転職ダンジョンを完全に5大陸同盟主導で運営したいと考えているようだった。

しかし、実質的にダンジョンの管理を行うのは冒険者ギルドだし、その冒険者ギルドからすれば、国家や5大陸同盟の垣根を越えて、冒険者として登録されている人々の才能の星の数が増えた方がいいに決まっている。

転職ダンジョンに入れば、亡くなる冒険者もいるが、それでも彼ら1人1人が強くなれば、生産性が上がることに違いはない。

もちろん、アレンは転職ダンジョンで亡くなる人が減るようにと、自らが攻略して得た情報を冒険者ギルド情報部に伝えている。

一方、5大陸同盟は、先の魔王軍の侵攻の後処理に追われ、転職ダンジョンを告知するのが遅れてしまった。

そういう理由からも、冒険者ギルドがさっさと転職ダンジョンの条件を満たした者は誰でも利用できるよう開放し、攻略情報を公布したのが気に食わなかったようだ。

もちろん、冒険者ギルドと5大陸同盟は基本的に協力関係にある。

しかし、利害が対立したら、自らの利益を大事にしますよということだ。

多くの利害が対立し、その中で折り合いをつけたり、ぶつかり合いながら、この世界は回っている。

なお、冒険者ギルドの総本部はギアムート帝国の帝都に置かれており、マッカラン本部長はのらりくらりしながらも、かなり頻繁に呼び出しを受けているらしい。

（さて、俺らが呼ばれた理由は、「軍の強さ」「指揮者の人となり」「活動目的」について聞きたいからのようだが）

アレンは、5大陸同盟会議への召喚を受けてから、自分が呼ばれる理由を考察してきた。

5大陸同盟からすると、例年どおり、魔王軍が攻めてきたので戦争していたら、20年ぶりに誕生したSランク冒険者が、才能のある者たちと何か組織を作った。

（Sランク冒険者が、才能のある者たちと何か組織を作ったが）これはいったいどういう目的で、何をするために作られた組織なのか
そもそも、アレンという奴は、Sランク冒険者に認定された以外に、どういう奴だと、そういうことが知りたいのだろうと推測している。

そのアレンが壇上に立つと、目の前の円卓に座る5大陸同盟の盟主たちが、こちらをじっと見つめてきた。

その中で、座っているのに他の4人より頭1つ分デカく、胸の前で腕を組んでふんぞり返っているアルバハル獣王国のムザ獣王の隣に、以前、一緒に飯を食った仲の、魚人王国クレビュールの国王がいた。

連合国は、5大陸会議に出席する代表を、持ち回りで決めているのだが、今年はクレビュール王国が代表になったようだ。

（オルバース王も来ているな。あとはゼウ獣王子もか。ギアムート帝国の特別扱いか）

円卓を取り巻く加盟国の中に、ダークエルフのオルバース王がいる。

ムザ獣王とは別に、ゼウ獣王子が座っているのが見えた。

ダークエルフの里ファブラーゼは今回の会議で、正式に5大陸同盟への加盟が認められた。

魔王軍との戦いには想像を絶する額の金と、これまた想像を絶する量の物資が必要だ。

それらは、もちろん加盟国で負担し合うのだから、加盟国は1国でも多い方がいい。

加盟を表明してきた国に、よっぽどのことがないかぎり、反対意見が出ることはなかった。

そして、オルバース王の横にいるゼウ獣王子だが、基本的に1国につき1人の参加という原則を破って、彼が参加しているのは、彼が次の獣王になった時のために恩を売っておこうというギアムート帝国の思惑が見え隠れするなとアレンは思う。

なお、十英獣も、この王宮で待機している。

ムザ獣王自らが、彼らをアルバハル獣王国に連れ帰るために、迎えにきたということのようだ。

その十英獣だが、S級ダンジョン攻略からローゼンヘイム、中央大陸へと転戦を重ねても、1人も欠けることなくその役目を果たしていた。

ゼウ獣王子に目移りしていたアレンに、円卓から声がかかった。

「……そんなに緊張せずともよいぞ、アレンよ。ここにはそなたの敵はいない」

声の主は、ギアムート帝国皇帝レガルファラース5世＝フォン＝ギアムートだった。

金色の髪に赤みの強い茶色の瞳、そしてどこか厳しさのある整った顔立ちをしている。

「いえいえ、このような場に慣れておりませんので、粗相がないか緊張しかございません」

アレンはそう答えながら、ギアムート皇帝の声は、この広い会議室によく響くなと思う。

（マイクが付いているのか？）

よく見ると、円卓に着いた盟主たちの前には、マイクのような魔導具が置いてあり、同じものが、自分の立っている壇上の演台の上に置いてある。

アレンは演台に近づくと、マイクのような魔導具に向かって、さっきと同じことを言った。

すると、その声は、さっきのギアムート皇帝の声と同じく、会場に広く響き渡った。

おそらく、この会議室の各所にマイクのような、拾った音を受け取り、増幅して響かせる魔導具が置かれているのだろうと思う。

「ほう、緊張はないか。勇者ヘルミオスに並ぶ英雄だからなのか」

ギアムート帝国皇帝のその言葉に、アレンはニコリと笑ってみせる。

各国の代表やゼウ獣王子を見ていただけなので、緊張など全くしていない。

そして、その態度から、ギアムート帝国皇帝は、アレンにもその仲間たちにも、緊張がほとんど感じられないことに気付いた。

この場で緊張しているのは、ルークとペロムスだけだ。

「はあ。中央大陸に英雄を名乗る者が出てきたか。どんどん湧いてくるわい」

ムザ獣王が、鼻息を荒くしてそう言い、アレンに厳しい視線を向けてきた。

(俺のことを知ったのは、学園で勇者と戦った時かな。それにしても、獣王は勇者を持ち上げ続けたギアムート帝国の皇帝のやり方が気に食わないと)

アレンは、学園の2年生の時、勇者ヘルミオスと対戦し、闘技台を破壊するほどの激しい戦いだったことが、5大陸同盟の盟主たちに知られるきっかけになったのだろうと思う。

その後、ローゼンヘイムでの魔王軍との戦い、S級ダンジョン攻略とSランク冒険者認定、そしてエルマール教国からの救難信号への対応を経て、今や、5大陸同盟加盟国の代表者たちから、興味津々の視線を注がれることとなったようだ。

「ふむ、ここにお集まりの皆様は、アレン、そなたに興味があるようだ。そなたは『アレン軍』なる軍を組織したようだが、その目的を、この場で我らに教えてくれまいか?」

「私の目的は魔王を倒すことです」

アレンは、ギアムート帝国皇帝の問いに、きっぱりとこう答えた。

「ほう、魔王を倒すか」

ギアムート皇帝の声が、拡声の魔導具によって会議室に広がる。

アレンは「魔王軍と戦う」のではなく、「魔王を倒す」と断言した。

今から100年以上前に魔界に現れ、それから50年後、人間界に侵攻を開始し、世界を滅ぼそうとしている魔王は、「終わりの魔王」と呼ばれ恐れられている。

侵攻開始から60年以上、魔王を倒すことはおろか、魔王軍の侵攻を防ぐので精いっぱいのこの世界は、諸悪の根源とおぼしい魔王を倒すという発想すら、先送りにされ、誰もがその可能性を忘れつつある状況だ。

そんなことを目標にして、いまさら小規模な軍を組織したのかと、各国の代表は耳を疑った。

「はい。そのために仲間たちと活動してきましたが、8人では限界がありますので、この度、軍を結成することにしました」

「ほう。アレンよ、そなたはまたずいぶんと自信家のようだな。魔王を倒す……ヘルミオス、そなたはどう思う？　できると思うか？」

ギアムート帝国の皇帝は、同じく円卓の隣席に座るヘルミオスを見る。

彼の功績が現在世界を動かしているといっても過言ではない、5大陸同盟の盟主と同じ円卓に着くことを、誰にも疑わせていない。

なお、ギアムート帝国の皇帝は、これからヘルミオスにアレンのことを聞こうとしているが、これまでマッカラン本部長からも様々な話を聞き出していた。

アレンは強くなることへのこだわりがとても強いこと、何かを分析したり調査するのが好きであること、そうした自分の目的を遂げるためなら手段を選ばず、他人の気持ちを斟酌《しんしゃく》せずに傍若無人なふるまいをする傾向があること、地位や名誉には全く興味がなく、権威になびくこともないこと、その一方で、どこか気まぐれなところがあり、丁寧に話をすれば自分に利益がないことでも協力してくれる場合があるので、ひとまず慎重に対応した方がいいと、そういったアレンの性格を、マッカラン本部長はこの会議の場で話していた。

実際に、アレンは去年、魔王軍がローゼンヘイムへ侵攻した際に、急に対魔王軍戦線に飛び込んでいったり、エルマール教国の救難信号に真っ先に対応したりと、何を考えているのか分からないところがあった。

いずれの場合も、生き延びて魔王軍を退けていることが不思議なくらいで、その特異性も含めて、ギアムート皇帝ら5大陸同盟の盟主たちを始め、加盟各国の耳ざとい代表者たちも、彼の動向には気を配っていた。

だから、そのようにある種異様な存在であるアレンが、「魔王を倒そうとしている」と言っても、それが本気なのか、夢物語を語っているにすぎないのか、結果の予測はおろか、真意もつかめない。

そのことから、あきらかに困惑の色が会議室の中に広がっていくのだが、当のアレンもその空気の変化だけは感じていた。

(まあ、人数や才能だけ見れば弱小の組織と思われても仕方ないからな)

元々10人かそこらのパーティーだったのが、いきなり5000人規模の軍に膨れ上がったが、それでも、5大陸同盟が対魔王軍戦線に送り出すものと比較して、けして大きいとは言えない。

各大陸で、要塞に配備される軍でも、もっと規模は大きいだろう。

その程度の規模の軍で「魔王を倒す」と言っているのは本気なのか、もしそうなら、それは頭がおかしいのではないかという顔が、円卓を取り巻く席のあちこちに見られる。

そして、その困惑の色は、ヘルミオスの次の返答によって、より色濃く会議室を漂うことになる。

「まあ、アレン君は、僕が初めて会った時から、ずっとそのことを目的にしているみたいだからね。

案外、できちゃうんじゃないかな。少なくとも、僕よりは可能性がありそうだ」

この返答に、会議室内が一斉にざわめき始める。

「なんと……本気でそう思うのか、ヘルミオス？」

「うん。というより、未来のことは、それこそ神ならぬ身の我々には判りようがないよね」

ヘルミオスは、ギアムート皇帝にため口で返事をする。

なんでも、ヘルミオスとギアムート帝国皇帝は同い年だということだが、それだけで、皇帝と勇者がこの関係というのは考えられない。

だが、ギアムート皇帝の人となりについての噂を思い返すと、ヘルミオスには彼とあまり仲よくして欲しくない。

（まあ、噂は噂、本当はいい人かもしれないけどな。王宮に噂はつきものだし）

ギアムート帝国の現皇帝は「鮮血帝」と呼ばれている。

彼の前には、帝位継承者となるべき3人の兄がいたが、その全員が不慮の死を遂げ、先代の皇帝すら急死して、彼が若くして皇帝に即位したためだ。

その「鮮血帝」が、アレンをじっと見つめている。

だが、次にアレンに声を掛けたのは、彼ではなかった。

「聞くところによると、おぬしは世界中から才能のある者を集めて、アレン軍とやらを組織したそうだな。それならば、その強さはいかほどか？」

それは、アルバハル獣王国のムザ獣王だった。

「強い、弱いで言うと、皆様方より強いでしょう」

（それでも、魔王どころか上位魔神相手でも厳しい戦いなんだけどさ）

「ほう？」

あなたより強いよとはっきり言い切るアレンの発言に、ムザ獣王の顔の周りの毛が逆立っていく。

その様子を見ながら、獣人は毛深いから怒っていても肌の色や血管が見えにくいなとアレンは思う。

だが、そこにギアムート皇帝の声が割って入る。

「獣王よ、どうか本気になるな。この若者とて、我らと取っ組み合いを演じて、参加者の目を楽しませるためにここにいるのではない。……しかし、我々よりも強いとはたのもしいことだ。ならば、魔王を倒せもしよう。そうだ、その言葉が真であるか偽であるか、いっそこの場で調べさせてもらおうか。はっきりとそれを示せば、この会議の参加者も安心するからな」

その口ぶりから、どうやらギアムート皇帝は、アレンのその言葉を引き出したかったようだ。

皇帝がアレンたちが入ってきた扉に向かって顎をしゃくると、その場に立っていた騎士が、扉を開けてなにやら運び込み始めた。

「ん？　調べる？　ヘルミオスさんが鑑定するのですか？」

「そうだ。話が早いな、さすがはS級冒険者だ。だが鑑定をするのはヘルミオスではない。それでは皆に伝わらないからな。持ってまいれ！」

騎士たちが漆黒の板と水晶を運び込み、それに続いて神官たちが会議室に入ってくる。

（鑑定の儀か。それにしても物々しいな。この世界は鑑定好きだな）

アレンは、5歳の鑑定の儀、そして学園を受験した時にも鑑定を受けた。

これで三度目かと思う。

アレンがずいぶんデカい板だなと思いながら見つめていると、少し離れたところに座っているセシルが、アレンに声を掛けてくる。

「アレンどうするの？　鑑定受けるの？」

「まあ、いいんじゃないのかな。皆が不安がって、俺たちの活動に支障が出ても困るし」

アレンとしては、傍若無人で他人に対して何も協力をせず、力だけを示して畏れられる魔王のような存在を目指しているわけではない。

5大陸同盟にも協力的な顔を見せつつ、必要な要望は通していく。

こういった打算的な行動をアレンは取ることもできる。

協力をするメリットと断るデメリットを天秤にかけて、どうすべきかを判断する。

それがアレンの、今回の会議でしたいことだった。

「いいですよ、鑑定を受けましょう」

アレンの声が会議室に響き渡る。

「殊勝な心掛けだな。そうだ、わが帝国最強の英雄の力と比較してもよいかな？」

どうやらこの鑑定には、ギアムート帝国の力を見せつける意図も含まれているようで、獣王がまたかよという顔をしている。

と思ったら、獣王は本当にその気持ちを口にした。

「またか……」

そして、その言葉も拡声の魔導具に拾われる。

その頃には、鑑定の準備が整っていた。

いつの間にか、漆黒の板と、水晶を乗せた台が壇と円卓の間に置かれていて、円卓を半円状にぐるりと取り囲む代表たちにも見えやすい向きに調整されている。

そして、こちらもいつの間にか円卓を離れていたヘルミオスが、水晶の乗った台の側に立っていて、鑑定の儀を行う神官に話しかけられている。

「では、この水晶に手を当ててください」

「うん」

ヘルミオスが水晶に触れると、さながら会議室の壁に設けられたスクリーンのような巨大な漆黒の板に、光る文字が浮かび上がった。

・ヘルミオスの鑑定結果
【名　前】　ヘルミオス＝フォン＝セイクリッド
【年　齢】　25
【職　業】　英雄王
【体　力】　3555+3600
【魔　力】　2550+3600
【攻撃力】　3555+3600
【耐久力】　3555+3600
【素早さ】　3555+3600
【知　力】　2550+3600
【幸　運】　3199+3600
【エクストラ】天稟の才、神切剣
【スキル】　英雄王、回復、飛翔、鑑定、聖霊剣、英傑、組手、斧術、剣術、槍術、盾術、投擲

（お？　なんでエクストラスキルが2つあるんだ？　聞いていないんだけど。それになんかすごい数のスキルだ。これも天稟《てんりん》の才の影響か？）

アレンは疑問に思ったことがあるのだが、それ以上に会場は沸き立った。

「おおお！　勇者ではなく英雄王になっておるぞ!!」

「初めてヘルミオス殿の鑑定を見るのか？」

「いつ見ても素晴らしい鑑定結果だ」

圧倒的な数値が並んだ鑑定結果を見て、各国の代表から感嘆の声があがる。

昨年のローゼンヘイムでの魔王軍との戦いの結果、英雄王に転職した勇者ヘルミオスは、既にレベルが60でカンストしていた。

そして、鑑定の儀ではEからSまでランクで表されていたステータスの上昇値が、今回ははっきりした数値で表示されている他、使えるスキルも詳しく表示されているところを見ると、これは詳しく鑑定ができる特別な鑑定セットのようだ。

しかし、それでもアレンが創造神エルメアから持たされている魔導書ほどの性能はないようだ。

レベルや、スキルレベルの値が表示されていないし、経験値欄もスキル経験値欄もない。

そこで、アレンは、この世界の一般人が、「レベルが上がる」ことを「神の試練を越える」と表現していたことを思い出す。

レベルやスキルレベルが表示されないのは、信仰に関わるからなのかと思う。

そういえば、学園で初めてヘルミオスと出会った時、勇者の特殊能力でステータスを鑑定されたが、その時もレベルがいくつだとは言われなかった。

とりあえず、魔導書にヘルミオスのステータスを記録する。

(天稟の才とは何なのか、後できっちりヒアリングするとしよう)

アレンは学園にいたころ、ヘルミオスに才能やスキルについてあれこれ聞かれたことを思い出す。

その際は、最小限の情報提供に留めたものの、ローゼンヘイム侵攻では、魔神レーゼルを倒すため召喚士のスキルや才能の情報開示をかなり踏み込んで行った。

だが、当の本人は実は隠し玉なのか分からないが、エクストラスキルをもう1つ隠し持っていた。

先ほど1時間詰められていたマッカランへの追及が可愛く思えるほどの追及をすると心に誓った。

「それでは次の方は……」

神官がチラリとギアムート皇帝を見る。

「そうだな。パーティー全員の鑑定結果も気になるが、その前にS級ダンジョン。隣にいるはずだ。呼んでまいれ。アレンは最後に見たいぞ。なんでも魔王を倒すと豪語しているらしいからな」

ギアムート皇帝はアレンを見てニヤリと笑って言った。

「は!」

(たしか、俺たちの前にS級ダンジョン攻略の報告会をやっていたもんな)

先ほど見た会議のカリキュラムを思い出す。

邪神教の教祖グシャラの騒ぎが起こる前、前人未踏のS級ダンジョン攻略が行われた。

5大陸同盟は自ら所有する軍の力を鼓舞するため、また、攻略した者たちの労いも含めた報告会が行われていた。

アレンにも声がかかっていたのだが、その場にはガララ提督もゼウ獣王子もヘルミオスもいる。

アレン軍と話がごっちゃになるのもどうかと思って、そちらのカリキュラムの参加を遠慮した。

「お！　やっほー、アレン」

「これはロゼッタさん」

「うほん！」

大きな声で進行役の役人が咳払いをし、ロゼッタに黙れと強めの視線を送る。

ぞろぞろと入ってきたが、それは世間話に花を咲かせるためではないと言わんばかりだ。

「もう、分かっているわよ。鑑定すればいいのね」

ヘルミオスのパーティーの皆がどんどん鑑定をしていく。

十英獣やガララ提督のパーティーもいるのだが、彼らはこの場に来ないようだ。

流石のギアムート帝国の皇帝も安易に他所の大国の英雄を自らの力を見せびらかすために使わないようだ。

だが、ラターシュ王国の英雄に対しては違ったようだ。

「これに手を当てれば良いのだな？」

「そうです」

ロゼッタは鑑定をしたら、才能が怪盗王になっていた。

転職ダンジョンは星4つまでの転職が可能なため、ヘルミオスを除く9人全員の転職は済んでいると聞いていた。

片方の目を眼帯で覆ったラターシュ王国のドベルグが鑑定のため、水晶に手をかざした。

・ドベルグの鑑定結果
【名　前】ドベルグ＝フォン＝デモンブレイカー
【年　齢】71
【職　業】剣王
【体　力】3555+1200
【魔　力】2550
【攻撃力】3555+1200
【耐久力】3555+1200
【素早さ】3555+1200
【知　力】2550
【幸　運】3199+1200
【エクストラ】甲破剣
【スキル】剣王、斬撃、冥王剣、地雷破、強力、組手、剣術、盾術

最後に鑑定したドベルグも無事、転職が済んでおり、星４つの剣王になれたことを確認する。

ただ、剣王の才能はまだまだカンストしていないようで、才能によるスキルの数は足りない。

（ふむふむ、ヘルミオスさんもドベルグさんもフルネームだな。貴族だし）

アレンは魔導書にヘルミオスのパーティー「セイクリッド」10人の才能を記録していく。

中には家名がついている者もいるが、きっと高い才能と実績が買われて、貴族に召し抱えられた者なのだろう。

家名のないローゼンヘイムと違い、家名を新たに考えるのは大変なんだなと、パーティー名がそのまま家名になっていたり、ドベルグの願望がそのまま家名になっている者を見て、しみじみと思う。

【セイクリッドパーティーの才能と名前】
・英雄王：ヘルミオス
・剣王：ドベルグ、シルビア
・聖騎士王：ベスター
・聖王：グレタ、イングリッサ
・魔導王：リミア、ローラ
・弓王：グミスティ
・怪盗王：ロゼッタ

「これで最後か。では、アレンのパーティーの鑑定結果を見せてくれ」

ようやくヘルミオスのパーティーの鑑定が全て終わったので、アレンの仲間たちが鑑定するようギアムート帝国の皇帝が言う。

「で、では、どなたから鑑定されますか？」

「じゃあ、僕から」

一番戦闘職ではないペロムスが鑑定をすると言う。

神官がそう言って、なぜかヘルミオスと比較されるべきアレンではなく、転職して豪商になったペロムスの、そしてまだ転職もしていないルークの鑑定を始める。

だが、この2人の鑑定の結果について、会議の参加者からは何の反応もなかった。

まだまだ成長中の2人だ。

続いて、またもアレンではなく、シアが鑑定を受けた。

・シアの鑑定結果
【名　前】　シア＝ヴァン＝アルバハル
【年　齢】　15
【加　護】　獣神
【職　業】　拳獣王
【体　力】　3211+1200
【魔　力】　1721
【攻撃力】　3640+1200
【耐久力】　3211
【素早さ】　2991+1200
【知　力】　1485+1200
【幸　運】　2139+1200
【エクストラ】獣王化
【スキル】拳王、真強打、真駿殺撃、真地獄突、真爆拳

「アルバハル獣王国には強い王女がおられるようだ。羨ましい限りだ」

転職して10日程度しか経っておらず、スキルまでカンストできていないのだが、それでも、才能の星の数は4つだ。

高いステータスに各国の代表から声が漏れる。

「獣神ガルムのご加護があるのだな」

どこの国の代表だろうか、感嘆の声があたりに響いた。

やはり、アレンのパーティーに入っていても表示されないのかとアレンは思う。

しかし、その時だ。

「ふん！　この程度とは、獣神ガルムの名に泥を塗るようなものだ。中央大陸の勇者に迫るほどの値を出せないなら、わざわざ恥をさらすまでもない！」

獣王がため息をつきながら愚痴を零し、その声は拡声の魔導具を通して会議室に響き渡る。

それを聞いたシアの顔が一瞬で青ざめ、それを見たドゴラが難しい顔をする。

「では、次の方、お願いします」

「じゃあ、次は僕だね」

メルルが立ち上がり、トコトコと水晶のところに行き、鑑定結果が表示される。

「おお！　新たな魔岩王が誕生したのか!!」

結果を見た参加者の1人が思わず立ち上がり、それにつられたのか、どんどん立ち上がるのであった。

メルルは魔岩王に転職した後、ドゴラたちのアイアンゴーレム狩りに合流した。

ノーマルモードなので、アイアンゴーレムを1体倒しただけでも、レベルは一気に1から60まで上がり、カンストできる。

シア同様に、1日10時間を超える狩りを続け、職業レベルを4まで上げた。

しかし、それでも各国の代表が目を見張るには十分なステータス上昇のスキルはまだ1つしかない。

スキルレベルが育ち切っていないため、ステータス値だったようだ。

そもそも、魔岩王は、バウキス帝国ではガララ提督に次いで2人目、逆に言うと、現時点では2

人しか存在しない、超貴重な戦力だ。

さらに、バウキス帝国には、かつてのメルルと同じ魔岩将の才能を持つ戦士が、現時点で14人はいる。

同じ3つ星の剣聖や聖女が魔王軍との苛烈な戦いのさなかに命を落としていったのに対し、彼らは堅牢なゴーレムの操縦席にいて、先の魔王軍との海戦でもかなりの数が生存していた。

その全員が、今後、転職を果たせば、バウキス帝国は14人を超える魔岩王を所属させることになる。

そのことを想像したのか、各国の代表の中には、青ざめた顔で唾を飲み込む者もいた。

そして、そうした各国代表の様子を見て、満足げな様子の人物がいる。

とっちゃん坊やといった見た目で、明らかに体のサイズに合っていない椅子に座っている、バウキス帝国皇帝プップン3世＝ヴァン＝バウキスだった。

「ほほ。メルルよ。もう転職を終えているのか。大儀であるぞ」

「ありがとうございます」

メルルはバウキス皇帝に深く頭を下げた。

ざわつきが一段落したので、鑑定の儀を再開し、クレナ、キール、セシルと、星4つ以上の才能が続いていく。

「彼らは皆、すばらしい才能の持ち主だな。特に、クレナという者の数値も、勇者ヘルミオスに引けを取らぬぞ」

星5つの才能を持つクレナの鑑定までが終わり、ざわつきがどんどん大きくなる一方、ギアムート皇帝の表情は険しくなっていく。

どうやら、勇者ヘルミオスのステータス値と評価に大きな自信を持っていたようだ。

「これがS級ダンジョンを攻略した者たちの力か!!」

「さすがは、魔王を倒すとは、大口ではなさそうだな」

「聖王、おお、エルマール教国を救いし新たな教皇か」

「教皇見習いです！」

キールは教皇と呼ばれたことに反論するが、この場に集まった代表者たちの立場を考えてか、叫び返しても丁寧な言葉を遣うなとアレンは思う。

次に名前を呼ばれたのはドゴラだった。

ドゴラは「やっと順番がきたか」と、水晶の乗った台に近づいていく。

ギアムート帝国皇帝は、ヘルミオスから受けた報告の中で、たしかこの男はパーティーの中でも大した力はなかったとされていたことを思い出しながら、漆黒の板に注目した。

しかし、次の瞬間、彼の視界は一瞬、真っ白な光に塗りつぶされた。

そして、それは、この会議室に集合した全員が見たのと同じ光だった。

ドゴラの触れた水晶から、太陽の光よりもまばゆい光がほとばしり、会議室を覆ったのだ。

それは一瞬のことだったが、あちこちで驚きの声があがるのには十分で、しかも、光が消えた後、驚きの声を上げた人々は、漆黒の板に表示された結果に、再び驚くこととなった。

・ドゴラの鑑定結果
【名　前】　ドゴラ
【年　齢】　15
【加　護】　火の神
【職　業】　破壊王
【体　力】　6329+4800
【魔　力】　2927+2400
【攻撃力】　6588+4800
【耐久力】　5835+4800
【素早さ】　4473+4800
【知　力】　2765+2400
【幸　運】　4288+4800
【スキル】　破壊王、真渾身、真爆撃破、真無双斬、真殺戮撃、全身全霊、真闘魂、斧術、双斧術、盾術

「ん？　どういうことだ？　なんだ、このステータスは……、こ、攻撃力がとんでもないことになっておるぞ!!」

「火の神の加護だと？　フレイヤ様のお力を宿しているのか！」

「なんだ。先ほどのクレナとやらを超えるほどの力があるではないか！」

参加者たちの驚きの声を聞きながら、アレンはぼんやりとこんなことを考えている。

(ドゴラはレベル80を超えて、まだ上がり続けるな。いくつまで上がるんだろうな。破壊王のレベル3になった時に覚える「真闘魂」の補正値は、震えがくるくらいデカいだろうな)

ドゴラは、ヘビーユーザー島での静養を終え、アイアンゴーレム狩りを始めてから、今日までに8000体ほどを狩り、レベルを84まで上げることができた。

また、破壊王の職業レベルを3まで上げることができた。

その結果、ステータス値を底上げするスキル「真闘魂」のレベル1を体得することができた。

このスキルは、スキルレベル1の時には魔力と知力のステータス値を2400上昇させ、それ以外のステータス値を4800上げる。

なお、まだノーマルモードだった時に取得した「闘魂」では、魔力と知力のステータス値の上昇はなく、それ以外のステータス値を2400上げるにとどまっていた。

エクストラモードとノーマルモードでは、これほどステータス値に桁違いの差を生むのかと思う。

そして、エクストラモードに達してからは、スキル名に「真」という表示が追加されたのだが、これにより、スキルの消費魔力が以前の5倍以上にまで上昇したものもある。

この結果もあってか、1か月を少し超える程度の短期間のうちに、ドゴラは才能のスキルレベルを5に上昇させることができた。

さらに、大斧2刀流を選んだドゴラは、神器カグツチとアダマンタイトの大斧をふるって戦うちに、双斧術という新しいスキルまで体得した。

「ドゴラなる者は、中々に嬉しくなるような力の持ち主だな」

獣王はドゴラのステータス値に感心しているようだ。

そして、ようやくアレンの番が来た。

（また不完全な鑑定結果くるよこれ。皆震え上がって見るがよい）

5歳で受けた鑑定の儀では、才能欄が文字化けしていた。

学園を受験した時は、成長速度も勘案して、能力値は全てEと表示された。

不遇の鑑定結果がまた表れるのかと、全く期待をしていない。

水晶に触れると、結果はすんなりと漆黒の板に表示される。

ドゴラの時のように、特に過剰な演出があるかもしれないと身構えていた人々は、一瞬拍子抜けしたような顔つきになったが、次の瞬間、アレンの鑑定結果に、再び目を見張ることになったようだ。

・アレンの鑑定結果
【名　前】アレン
【年　齢】15
【職　業】召喚士
【体　力】3815+2000
【魔　力】6060+14000
【攻撃力】2124+2000
【耐久力】2124+3800
【素早さ】3951+5000
【知　力】6070+16800
【幸　運】3951+2000
【スキル】召喚、生成、合成、強化、覚醒、拡張、収納、共有、高速召喚、等価交換、指揮化、王化、削除、剣術、投擲

「おおお、なんだ、この魔力と知力の高さは」

「なるほど、アレン軍の代表は、知略に優れているということか？」

「2万を超えた知力など見たことがないぞ」

（鑑定結果が三度目の正直でまともに表示された件について。ドゴラより騒がしくならないね。まあ、戦争は剣や槍を持って戦うってイメージだろうからな）

この世界の人々にとって、魔王軍との戦争は日常化しており、結果、1人でどれだけ多くの敵を倒すことができるかが重要視されるようだ。

そして、ここにいる王族は才能を持たない者がほとんどで、魔王軍と戦ったことのある者は少ないだろう。

そんな彼らにとっては、ドゴラやクレナの方が、アレンよりも魔王軍と戦う姿を想像しやすいのかもしれない。

ドゴラを筆頭に、魔岩王メルル、剣帝クレナ、聖王にして教皇見習いのキールなど、優秀な仲間を持つアレンを、知略を使って彼らを操る存在と分析したようだ。

（落ち着いたら、話を進めたいんだけど）

いつまでも静まらない会議室の様子にうんざりしながら、アレンは演台に隠した手元で、メルスが生成し続けてくれる魔力の種を使いながら、スキル経験値を稼ぎ続けている。

効率厨のアレンにとって、鑑定結果が表れてから演台に戻った後も続く、こうした死に時間は、スキルレベルを上げるために使うに限る。

今もって規模も目的も定かでない、しかし確実に進行中であろう、上位魔神キュベルの策謀に対抗するためには、一刻も早くSランクの召喚獣を召喚できるようになりたい。

だが、その作業も、ギアムート皇帝の叫び声に中断される。

「インブエルよ。こ、これはどうなのだ？　流石にやり過ぎだとは思わぬか？　どうやって隠していたのだ？」

ギアムート皇帝の額には太い血管が浮かび、その声には隠そうとしても隠しきれない怒りが滲んでいた。

そして、その目は、同心円状に座る加盟国代表者の最前列にいる、ラターシュ王国の国王インブエル＝フォン＝ラターシュを睨みつけていた。

転職して英雄王になった勇者ヘルミオスのレベルとスキルレベルがカンストし、とんでもないステータスになったぞと自慢をしたかったのかもしれない。

そして、ヘルミオスを超える者は現れないと確信していたのかもしれない。

それなのに、蓋を開けてみれば、アレン軍の主要メンバーである若者たちのステータス値に各国の代表者が圧倒され、彼ら彼女らの話でもちきりになってしまったことが我慢ならないようだ。

「か、隠すなど……」

「ほう。違うのか？」

ラターシュ王国の生まれが半数以上を占めるアレンのパーティーの存在が、世界中に知られるようになったのは、ここ1年くらいの話だ。

「いえ……」

（何か責められているな。だが、いいぞ。もっとやれ）

１００ヵ国を数える5大陸同盟の加盟国が集まる中、ギアムート皇帝は結構辛辣な言葉でラターシュ国王を責め続ける。

「5大陸同盟の考えに協調できないというのであれば、脱退してもらっても構わぬのだぞ!!」

覇権主義的な態度を隠さない大国であるギアムート帝国が、同じ中央大陸の各国を攻めないのは、彼らが5大陸同盟に加盟しているからだと言われている。

同じ同盟に加盟している国を攻めることで、残る同盟盟主4ヵ国から非難を浴びることを避けたい。

「と、とんでもありませぬ。この数十年、ラターシュ王国は同盟の理念に協調しております」

「王国派と呼ばれておるではないか。何を言う！」

王国派は、5大陸同盟に同調する学園派と対立する、自国を最優先とする保守派の派閥だ。

アレンは、学園で勇者ヘルミオスと対決し、ローゼンヘイムでの戦争に参加し、S級ダンジョンを攻略し、20年ぶりのSランク冒険者となった。

それらのことを、ラターシュ王国は知っていたにもかかわらず、常に5大陸同盟への報告が遅かった。

5大陸同盟も、そして盟主国それぞれも、独自の情報網を持っていて、報告されなくとも、アレンの存在や動向については知っていた。

だから、報告が遅いことには気付いていて、そこにはなんらかの意図があると勘ぐっていた。

そして、今回のとんでもない鑑定結果に、とうとう、ギアムート皇帝の怒りがラターシュ国王に向いたという話だ。

「鮮血帝」の異名を持つギアムート皇帝は、一度怒り出すと手が付けられない。

その剣幕に、居合わせた各国の代表は、これからも協調していこうというところで、そこまで言わなくてもと思っていることが分かり、微妙な表情をしている。

ギアムート帝国以外の4盟主国の代表は、それぞれにうんざりしたような表情をして、事態を静観する構えのようだ。

バウキス皇帝はあくびをし、アルバハル獣王は腕組みをして、顔をしかめて目を閉じている。

クレビュール王国の魚人王はおろおろしてあたりを見回している。

そして、ローゼンヘイムの女王だけが、閉じていた目を開き、仲裁の口を挟もうとした。

その時だった。

「申し訳ありません。ギアムート皇帝陛下」

アレンが口を開いた。

「む？　アレンよ。どうした」

皇帝の視線がラターシュ国王から逸れ、額の血管が引っ込んだ。

ラターシュ国王はホッと胸をなで下ろす。

「お怒りは十分分かるのですが、ラターシュ王国の国王も魔王軍との戦いに勝ち抜くことを何よりも大事にしております」

「何の話だ？」

ギアムート皇帝がそう言ったのと同時に、ラターシュ国王も同じことを考える。

「いえ、ラターシュ王国の王女レイラーナ姫も私たちの拠点で活動しております」

（フォローしてあげるんだからね）

「ぶ!?　あ、アレン。なぜ今それを言うのだ!!」

それは今一番言ってはいけないことだとラターシュ王国の国王が叫んだ。

そんな彼の様子に、なるほどアレンとラターシュ王国はそういう仲なのかと、各国の代表がラターシュ国王を注視する。

「ほう、それはまことか？」

ギアムート皇帝の額に、再び太い血管が浮き出てくる。

ギアムート皇帝に睨まれ、直視できず、ラターシュ国王は青ざめた顔でうつむくしかなかった。

「そ、それは……」

我が子かわいさに、学園に行くと言って聞かないレイラーナ姫の言うとおりにさせたばかりか、彼女のお気に入りの教育係も同行させたのだが、ある日、側近から眩暈がするような報告を受け取ることになった。

レイラーナ姫と、彼女のお気に入りの教育係が、共にアレン軍の活動拠点に住むことになったという。そして、一緒にダンジョンの攻略を始めた。

「なんだその顔は。言い逃れできぬと悟ったということか。なるほど、語るに落ちたな、このような力のある者たちを隠してきたのには、やはりそれなりの理由あったのだな」

ギアムート皇帝は、ラターシュ国王がアレンたちの存在を秘匿したのは、アレンたちの実力をいち早く知り、自国の戦力増強のために用いたのだろうと言いつのった。

だが、拡声の魔導具によって会議室中に響き渡る、ギアムート皇帝の一方的な話に、アレンは、自分たちのこれからの活動方針との間に、はっきりとした相違点を見つける。

（ん？　ああ、これはいい機会かもしれぬ）

そして、ギアムート皇帝の話を遮るべく、演台に置かれた拡声の魔導具に顔を寄せ、口を開く。

「何度も申し訳ありません。我々の活動方針について、誤解があるようです」

「なに？」

ギアムート皇帝は口を閉じた。

S級冒険者とその仲間たちが、５０００人の軍勢を使って何をするつもりか、それを知るためにアレンたちを呼んだからには、ひとまず耳を傾けるようだ。

「たしかに、我々はラターシュ王国と友好関係にあります」

「ぬ。ふむ、それで？」

「しかし、我々はラターシュ王国には属していませんし、インブエル国王陛下の指示も受けてはいませんし、５大陸同盟の下部組織でもありません」

「ほう」

ギアムート皇帝は訝しげな顔になる。

どうやら、マッカラン本部長が語ったアレンの人物像には間違いがないようだ。

「アレン軍は独立した組織として、今後魔王軍と戦います。その際、５大陸同盟の会議等で決まった作戦や指示を伝えることはお控えください」

「好き勝手にやると言うことか？」

「そのとおりです。特に皆様から何らかの指示を受ける理由はありませんので」

（命令してくれるなよ。マジで）

アレンはそう思いながらギアムート皇帝を見る。

ギアムート皇帝は、アレンの発言に唖然としていた。

この世界において、5大陸同盟が完全にはコントロールできない組織が2つある。

エルメア教会と冒険者ギルドだ。

その2つは、これまで5大陸同盟と協力関係にあり、今でもそうだが、それぞれが5大陸同盟とは異なる目的の下に動いている。

だから、利害にズレが生じれば、同盟に背を向けることはおろか、対立する可能性すらある。

アレンの話が本当なら、アレン軍は、この2つに続く第3の独立組織として、5大陸同盟の前に現れることになる。

ギアムート皇帝はローゼンヘイム女王を見た。

アレンは、5大陸同盟に名が知られるようになった時、ローゼンヘイムの参謀という立場だった。

その立場を彼に与えたのは、この女王だ。

ギアムート皇帝は、お前のところの参謀が好きにするぞと言っているが反対はしないのかという意味を込めた視線を送るが、女王は涼しい顔でいる。

「アレン様は、5大陸同盟に協力しないとは言っておりませんよ」

ローゼンヘイムの女王がそう言うと、アレンは尻馬に乗る。

「はい。そのとおりです。5大陸同盟軍の作戦行動には今後アレン軍と協調したほうがいいこともあるでしょう。今後、私たちの軍の拠点にも通信の魔導具を設置します。何かあればご相談ください。なお、魔獣狩りについては積極的に協力する予定です」

実は、すでにヘビーユーザー島には通信の魔導具を設置していた。

だから、必要とあれば直接連絡を受けることができるのだが、5000人の軍だからと甘く見て、強気に出られても困る。

「何を言っている……？」

ギアムート皇帝はアレンが何を言っているのか分からない。

アレンは「5大陸同盟軍の作戦行動には今後アレン軍と協調したほうがいいこともある」と言うが、自分たちは勝手にやると言いながら、同盟軍には協調せよと言うのでは、受ける理由のない指示をしているのはどちらだという話だ。

「世界には、魔獣に苦しめられているものの対応に苦慮している国は多くあると思います。私たちアレン軍が対応するということです」

「……魔獣狩りについて話しているのか？」

「はい。詳しく説明します」

ギアムート帝国の皇帝は意味が分からなかった。

アレン軍は魔王軍と戦うために結成された組織ではなかったのかと思う。

だが、これこそがアレンの考える、アレン軍の活動方針との認識のずれだった。

アレンは、アレン軍を強くするためには魔獣狩りが必要だと考えている。

アレンは、ギアムート皇帝だけでなく、各国の代表にも理解させようと、丁寧に説明しようとする。

世界各地に凶悪な魔獣がいて、どこでもそれらの対処に苦慮しているはずだ。

クレナ村の近くにいた白竜みたいな存在が、ラターシュ王国だけでも何体もいる。

その中には、S級の魔獣もいれば、聖獣も存在する。

こういった存在の中で人々の害になる者たちを、アレン軍が安く討伐するぞと言う。

アレン軍の強化には、強い魔獣の素材が必要だ。

オリハルコンやアダマンタイトだけでなく、アイアンゴーレムからは金属製の武具が手に入るのだが、木や、魔獣を素材とした武器や防具は手に入らない。

だが、金属ではなく、高ランクの魔獣の素材や、世界に数本しかない古代樹のような素材が武器になる場合もある。

弓、杖などは、金属製のものよりも、そうした魔獣の素材や魔力のある木などでできたものの方が、威力を発揮しやすい。

防具に関しても、誰もがアダマンタイトなどの硬く重い金属でできたものを装備したいわけではない。

回復職や斥候、軽ファイターなどは、軽く、動きやすい装備でなければならず、そうした装備で、かつ防御力を高めようとするなら、魔獣の鱗や甲羅、あるいは木の皮や、もっと不思議な素材を用いる必要がある。

例えば、Sランクに達した巨大なドラゴンを倒せば、その素材から、100人を超える軽装戦士のための武器や防具が製造できる。

そして、そうした魔獣が住む国が、50年以上、いつ終わるとも知れない魔王軍との戦いに疲弊しているなら、その苦悩をアレン軍が安く解消する。

そういうアレン軍のメリットを、各国の代表者に伝えようとする。

また、もしそうした魔獣たちから得られたアイテムの中で、必要なものがあれば、産出国を優先して交渉し、売却や提供も行うと言う。

「ほほ。アレンよ。ヒヒイロカネゴーレムを早く揃えてほしいぞ」

バウキス皇帝が欲しいものを口にする。

「はい。バウキス帝国皇帝陛下。ガララ提督用の1セットがようやく揃いましたので、のちほど、そちらにお譲りしますね」

「ま、まことか。それは超大型であるのだな？」

とっちゃん坊やのバウキス皇帝が、椅子から前のめりに身を乗り出す。

「もちろんです。貴国にはアレン軍に対して格別の配慮をいただいておりますので」

アレンはバウキス帝国に対して、ヒヒイロカネゴーレムの本体用石板1セットと大型用石板と超大型用石板を渡すと約束していた。

それは、バウキス帝国が、いまだにヒヒイロカネゴーレムの石板を揃えていないからだ。

ヒヒイロカネゴーレムの石板は、S級ダンジョンの最下層でしか手に入らず、従ってその入手難度は極めて高い。

転職ダンジョンができたことで、バウキス帝国はこれまで以上の魔岩将、魔岩王を抱えることができるようになったが、そうした未来に向けて、ヒヒイロカネゴーレムの石板を揃えることは急務となっていた。

そして、アレンはそれを知ると、アレン軍をS級ダンジョン及びその周辺で自由に活動させてくれれば、ヒヒイロカネゴーレムの石板を無償で提供する用意があると話を持ちかけた。

バウキス帝国は2つ返事で了承したのだった。

「では、いずれガラ提督と魔導技師大臣を遣わすぞ。ゴーレム使いと魔導具使いも、近いうちに100人ずつやろう」

「皇帝陛下。それは助かります」

(お？　魔導具の使い手だけでなく、ゴーレム使いも出してくれるの？)


【それぞれのゴーレムや魔導具を動かすのに必要な才能】
・魔岩兵★1つ　ブロンズ級のゴーレムを動かす
・魔岩士★2つ　アイアン級のゴーレムを動かす
・魔岩将★3つ　ミスリル級のゴーレムを動かす
・魔岩王★4つ　ヒヒイロカネ級のゴーレムを動かす
・魔技職人★1つ　家庭的規模の魔導具を扱える
・魔技工★2つ　村や町規模の魔導具を扱える
・魔技師★3つ　都や国規模の魔導具を扱える
・魔技匠★4つ　世界規模で魔導具が扱える

魔導具使いは、持っている才能の星の数によって、動かすことのできる魔導具の規模が変わるようだ。

家庭用のものから、町、都市、そして国の規模でなければ運用できない大規模なものまで、様々な魔導具がある。

なお、魔導具にはボタンのようなスイッチがあるのが一般的で、その効果を発揮させるだけなら、魔導具使いの才能は必要ない。

アレンは、ヘビーユーザー島の神殿の地下にあった、魔導具っぽい施設を扱える魔導具使いを求めていた。

魔導具の大きさから、魔技師ほどの才能ならなら動かせるのではと考える。

「よいよい。そなたのその珍妙な物言いも許そう。だから、次のセットも早めに頼むぞ」

「もちろんです。なるべく早めにご用意します」

(もうすでにあるけど)

もったいぶった方が感謝されそうだと悪知恵が働くアレンは、生真面目なキールに、「表情にも出すな」と睨みを利かせることも忘れない。

ギアムート皇帝は、この様子を見ながら、5大陸同盟内にアレンが影響を及ぼし始めていることを悟る。

ラターシュ王国はもちろんのこと、ローゼンヘイムも、バウキス帝国までアレン軍に協力的だ。

さらに、魔獣を討伐できずにいる国に助けを提供すると呼びかけることで、アレンが何をしようとしているのかを悟る。

ギアムート皇帝はヘルミオスを振り返った。

その怒りに満ちた視線に、しかし、ヘルミオスは平然といつもの笑顔で応じる。

「僕はちゃんとアレン君のことを話していたよ」

ギアムート皇帝は苦虫を嚙み潰したような顔をした。

「あとで話があるからな」

彼がそう言った時、これまでふんぞり返って胸の前で腕を組み、目を閉じて沈黙を守っていたアルバハル獣王が目を開いた。

「それで、貴様の話は終わりか？」

自分に話しかけているのだと気付き、アレンはアルバハル獣王を見た。

「はい。以上になりますが、シアと獣人の部隊をお貸しくださりありがとうございます」

ほとんど会話に参加していなかったため無視していたが、声を掛けられては反応しないといけない。

改めて、シア獣王女と2000人の部隊がアレン軍に参加してくれたことに礼を言う。

だが、アルバハル獣王の反応は、アレンの予想外だった。

「世迷い言を申すな、この無礼者めが。獣人が人族に『貸し出される』などと、我らの祖先がガルレシア大陸に移り住んだ1000年前からあってはならぬこと。シア、これ以上の話は無用だ。獣王国に帰るぞ」

アルバハル獣王は、威嚇のうなり声を思わせる低い声でそう言った。

だが、シアが反論する。

「お父上……いえ、獣王陛下。私は自らの考えで、アレン軍に参加すると決めたのです。アレンは言葉足らずですが、そう言いたかっただけなのです」

シアのこの叫びに、アルバハル獣王は胸の前で組んでいた腕を解くと、椅子の肘掛けを摑んで立ち上がった。

「では、間違っておるのはお前だ、シア。今のお前に、余に逆らい、アルバハル獣王国を離れることなどできると思っているのか？」

獣王はシアのアレン軍参加について反対の意思を示すのであった。

第五話　シアのけじめ、獣王との戦い

「私はすでに成人しています。自らの行動には、自らけじめをつけたいと存じます」

シアは静かに、しかし探るような口調でこう言った。

それを聞き、ムザ獣王は、こちらは冷たい口調でこう言った。

「騎士ごっこで満足していた小娘が、言うようになったな。では、どうするというのだ？　自分でけじめをつけることができると言うのなら、それを証明してみせることこそ、けじめをつけることになるだろう。それをどう示す？」

２人の会話に圧倒され、会議室は静まりかえってしまったようだ。

アレンは、ギアムート皇帝までもが口をつぐんだのを見て取る。

（ギアムートの皇帝もビビっているな。ムザ獣王は、気に入らない相手にはすぐ手を出す脳筋系の王らしいしな）

勇者ヘルミオスを、各国の首脳の前でボッコボコにした獣王に、異論を唱えられる者などいないという。

だが、そうではなかった。

「獣王陛下に、果たし合いを申し入れます」

シアの答えは、ムザ獣王に真っ向から異を唱える態度を示すものだった。

（シアはこうなることが分かっていたのか。まあ親子だしな。っていうかよくあるみたいだし）

5大陸同盟の会議に臨むシアの、厳しい戦いに赴く戦士の覚悟のようなものが表れていた顔を思い出す。こうなることが分かっていたようだ。

アレンも、ムザ獣王が、気に食わない相手には容赦しないことを、シアから聞いて知っていた。大臣が奏上してきた政策を、彼自ら吟味して、少しでも気にくわない内容だったら、絶対に通さないのだという。

説得など効果があった例《ため》しはなく、どうしてもその政策を通したいと思うなら、自分に果たし合いを申し入れろと言っている。

獣王と拳を交える覚悟を示せば、考えなくもないということらしかった。

そして、そうした獣王と大臣の果たし合いは、年に数回程度、実際に行われているらしい。

もちろん、これによって重傷を負った大臣も多く、死に至った者も1人や2人ではないとシアは話していた。

「よかろう。レガルファラース殿、闘技場を借りるぞ」

「な!?　今からか？」

ギアムート皇帝が驚愕の声をあげるのを聞きながら、アレンは魔導船から下りてくる時に、王宮に隣接した四角い訓練施設のようなものが見えたのを思い出す。

（そうか、あれは闘技場だったのか）

「ああ、これ以上、その無礼者から聞くべき話もなかろう？」

そう吐き捨てて立ち上がると、ムザ獣王の身長はアレンより頭2つ以上デカく、縦も横もドゴラよりもかなり大きい。

「た、確かにアレン軍とやらの話は終わったが、この後もまだ解決していない議題が……」

そう言いつのるギアムート皇帝の声を背に、ムザ獣王はどすどすと足音を響かせて会議室から出て行った。

そして、シアもその後を追った。

「これは困ったことになったね。シアさんは無事では済まないよ」

会議室を出て行くシアの背中を見送りながら、ヘルミオスがぽつりと呟く。

「そんなにですか？」

アレンの言葉に、ヘルミオスは静かにうなずいてみせた。

「……私たちも参りましょう。これは5大陸同盟の今後に関わる重大事です」

ローゼンヘイムの女王が静かに立ち上がった。

獣人全てに号令を下せる立場のアルバハル獣王が、獣人たちのアレン軍への参加を禁止しかねないことに加え、王位継承権を持つ娘と対決するという事態は、アルバハル獣王国の将来に大きな影響を及ぼすだろう。

それは、結束して魔王軍に立ち向かうべく結成された5大陸同盟の今後にも、少なからぬ影響を及ぼしかねない。

5大陸同盟の残りの盟主たちは、ヘルミオスに案内されて、王宮から少し離れた所にある闘技場に移動した。

アレンたちもそれにくっついていくと、闘技台の側に座り込んだシアが、目をつぶり、拳を握りしめているのを見た。

アレンたちが近づくと、シアは目を開け、アレンを見上げる。

「いずれこうなるとは思っていたが、お前たちに話す機会を作れなかった。すまない」

「いや、親子喧嘩だからな。止めはしないが無理はするなよ」

「分かっておる」

シアの返事を聞きながら、アレンは闘技台に立つムザ獣王を見る。

(獣王は装備なしか)

獣王は、身につけていた赤地に金の縁取りをしたマントを脱ぎ、裸の上半身をさらしている。

武器、防具はおろか、鳥Eの召喚獣で細かく確認しても、指輪や腕輪などの魔法具も装備していない。

完全に素のステータスのみで獣王はシアと戦うようだ。

アレンはふと思い立ち、クレナを振り返った。

「クレナ。シアに腕輪を貸してやってくれ」

「うん」

アレンは、シアが彼女なりのけじめをつけることよりも、自分の仲間であるシアの確実な勝利を優先する。

だが、それを聞いて、シアは首を振った。

「よい。獣王陛下は何も装備していないからな」

そして、鎧もナックルもその場に残し、闘技台へと上がっていく。

闘技台の上で向かい合う父娘を、５大陸同盟の盟主たち、そして各国の代表が観客席から見下ろす。

「別れは済ませてきたか？」

獣王がシアに呼びかけた。

「そんなことはいたしません」

シアはきっぱりとそう答える。

「ほう」

「私はアルバハル獣王国の、いえ、ガルレシア大陸最初の獣皇帝になる。そのために、これから彼らと共に歩みます。ですので、別れは、獣王陛下、あなたにお伝え申し上げる」

シアは静かに、しかし、今度は探るようなそぶりはなく、きっぱりと言い切った。

それを聞いて、獣王の顔が歪んだ。

「その立ち振る舞い随分……ミアに似てきたな」

「……母の名前を口にしないでいただきたい。父上が親衛隊を動員して殺したようなものでしょう？」

明らかに怒りを覚えたシアの表情が急変する。

親に対する表情とは思えないほどの怒りようだ。

「たしかにそうだな。その憎しみに満ちた眼つきもミアそのものだ」

それでもムザは「ミア」の名を口にせずにはいられないようだ。

否定することもなく同意するのだが、その目に浮かんだ寂しい光に、シアは気付かなかった。

（なんだなんだ？　いきなりどうした？）

アレンが知らない父子の過去があるようだ。

「私も母上のように良いようにできると思ったら思い違いだ!!」

畳みかけるように吐き捨てる。

「できるものならやってみろ。その拳をもって我の生き様を否定してみることだな」

ムザはそう言うと、深く息を吸い、全身の力を抜いた。

そこへ、シアが仕掛けていく。

飛びかかると見せかけて、ムザの間合いの直前に着地すると、低く身を屈めてから、掬い上げるようにして父の腹に拳をたたき込む。

ズムッ！

「な!?」

だが、そのシアが驚きの声をあげる。

父がこの程度の攻撃を受けるとは思えず、躱された後にどう動くかまで考えていたのに、完全に虚を衝かれた。

そこへ、深いため息と共に、父のこんな声が降ってきた。

「けじめをつけるなどとでかい口を叩きおって、お前の覚悟はこの程度か!!」

そして、次の瞬間、シアは跳ね飛ばされていた。

「がは!!」

とっさに腹をかばった片腕に、ムザ獣王の脛《すね》が叩きつけられるのを感じた時には、シアの体は闘技台の端に向かって宙を滑っていた。

だが、痺れるような痛みが残る片腕をかばいながら、ムザ獣王の腹を殴った方の腕を闘技台に叩きつけ、自分の力で方向を変えると、シアは闘技台に両足で着地した。

そして、再びムザ獣王へと向かっていく。

だが、その拳が再び父に届くことはなかった。

相手の間合いに入る直前で急停止し、ムザ獣王の死角に入るべくサイドステップに移ろうとしたシアの足を、ムザ獣王が低く屈んだ姿勢から繰り出す足払いで掬い上げた。

宙に浮いた娘の体に、父の巨大な拳が叩き込まれた。

驚愕の表情を浮かべ、闘技台でバウンドしたシアの体を、今度は文字どおり横なぐりの拳が襲う。

シアは必死に腕をあげ、ムザ獣王の攻撃を防ごうとするが、その防御ごと、ムザ獣王は殴りつけ、蹴り払う。

「どうした！　自分でけじめをつけるのではなかったか？　それでもミアの子か！　それとも、これまでしてきたことは騎士ごっこに過ぎなかったとようやく悟ったか!!」

かつて、ムザ獣王の忠臣だったルド将軍を世話係としてつけられたところから、シアの冒険は始まった。

シアは兵を集め、自分の指揮する部隊を大きくしていった。

その様子から、他国からは「戦姫」と呼ばれるようになり、そのことを誇るようになった。

獣王位を求めるようになり、獣王になるための試練を授かり、「邪神教」の教祖を追う中で、実戦経験を積んできた。だが、それでも父には敵わない。

「ぬぐあ!?」

胸の前でクロスした両腕に、獣王の膝をまともに食らい、シアの体は高く跳ね上げられ、闘技台に落下して、受け身も取れずに叩きつけられた。

「シア、もう、よせ。獣王陛下に謝るのだ!!」

思わずそう叫んだゼウ獣王子は、果たし合いの開始時には客席にいたのに、いつの間にか闘技台の側にやってきている。

その声を聞いて、ムザ獣王は息子をじろりと睨み付ける。

「みっともない口を利くな、ゼウ」

「獣王陛下、シアを許してください」

ゼウ獣王子が、これまでアレンが聞いたこともないような、身も世もない叫び声をあげるのを聞き、ムザ獣王が、こちらも誰も聞いたことのないような吠え声をあげた。

「そのような口を二度と利くでない！　獣王にならんとする者が、許しを請うなどあってはならん！　我らが同胞と、お前の妹を『お貸しくださって』などとぬかしおる、そこの礼儀知らずな人族と友誼を結んだと言うが、そうした厚顔無恥なふるまいから同胞を守らねばならぬのが、お前たちが目指す獣王であるぞ！　刃向かう者をそう簡単に許すことなどしてはならん！　まして、立ちはだかるものに許しを請うなど、言語道断である!!」

（なるほど。だからベクを獣王太子に推薦したのかな。獣王には厳しさが重要であると）

中央大陸への侵攻すら考えているという長男ベクは獣王太子として、獣人たちを導き、守るためには非情に徹しなければならないのだろうか。

それは、妹の身を案じるゼウにも、現実を確かめるより先に夢を見るシアにもできないことだ。

だが、そんなゼウ獣王子にもシアにも、獣王は、獣王になるための試練を課したのではなかったか。もしかして、この果たし合いも、獣王になるための試練の1つではという考えがアレンの頭をよぎる。


【獣王位継承権を持つムザ獣王の子供たち】
・長子ベク（獣王太子）
・次子ゼウ
・末子シア
※獣王に成るため、獣王位継承権を持つ者たちが競っている状況

「で、ですが獣王陛下……」

「話にならん。よもや、この無礼者だけでなく、バウキス帝国や中央大陸にまでほだされて、お前は浅はかな勘違いをしたとしか思えん」

ムザは、ゼウが、バウキス帝国でS級ダンジョンを攻略した英雄と称えられ、中央大陸では魔王軍からの侵攻に対して十英獣と共に戦ってくれた同胞と受け入れられていることを知っている。

そのようなことに舞い上がっているようでは、獣王になどなれないという。

「いえ、そのようなことは……」

「ならば、次はお前がここに来い。シアよりもやれるというなら、すぐにでも上がってこい」

ムザ獣王はそう言いながら、闘技台に叩きつけられた姿勢から起き上がろうともがく自分の娘に近づいていく。

「な!?　私がでございますか」

「そうだ。余に勝てば、その時からお前が獣王だ。シアの命を救いたいなら、それが一番の早道ではないか？」

そして、その巨大な手でシアの頭をわしづかみにし、ゆっくりと持ち上げていく。

シアの背が、腰が、膝が、闘技台を離れ、ついにそのつま先までもが宙に浮く。

その時だ。

「ゼウ兄様、手出し無用……。私は獣王陛下を超えねばならぬ」

ムザ獣王の手の中から、シアの声が聞こえた。

「これは……まだ私の戦いだ！」

そして、シアの腕が持ち上がり、自分を掴み上げているムザ獣王の腕に絡みつく。

だが、ムザ獣王がその太い腕を一振りすると、シアの腕は振りほどかれ、その体はぶらぶらと振り回される。

全身を容赦なく打ち据えられて、シアはもう力が入らないようだ。

「どうする、ゼウよ。余との果たし合いを望むか？　それともシアをこのままにしておくか？」

しかし、そう言われても、ゼウ獣王子は闘技台の側から動けずにいる。

「……見込み違いであったか」

ムザ獣王はそう吐き捨てると、シアを吊り下げているのとは反対の手を大きく振りかぶった。

巨大な拳が、満身創痍のシアに叩き込まれようとしている。

「ぬぐ、は、放せ……」

シアは気力だけは折れないでいるようだが、その声にはすでに力がない。

「わ、分かり……」

そう口にしながら、ゼウが闘技台の縁に手を掛け、よじ登ろうとした、その時だった。

「てめえ！　シアを放しやがれ!!」

アレンの隣で、闘技台どころか、観覧席の各国の代表全員にも聞こえるほどの怒鳴り声があがった。

「なんだ、貴様は？」

ムザが、声のする方を睨んだ。

「シアを放せっつってんだよ!!」

目を充血させ、怒りに身を震わせて、ジャガイモ顔の男――ドゴラが闘技台に飛び上がった。

ドゴラが闘技台をドスドスと踏みしめて獣王の元に向かう。

シアがボコボコにやられているのを見ていられなかったようだ。

獣王位とか立場とかそんなことよりも大事なものがこの男にはあった。

ズンズンと歩いて、獣王の間合いに入る。

だが、獣王は動かない。

やがて、ドゴラと獣王は向かい合い、見上げる者と見下ろす者が視線をバチバチにぶつけ合う。

「今、余の前に立つということが、どういうことか分かっておるな？」

まず、ムザ獣王が口を開いた。

「おう。親父が娘を殴るなんて、ダメだ」

ドゴラが言い返した。

ドゴラにとって、父とは寡黙な存在であった。

ただひたすらに、武器屋という己の仕事を続ける愚直な男だった。

その父から、ドゴラは叱られたこともなければ、そもそも自分のすることにあれこれ言われた記憶もなかった。

ただ、ドゴラが、ある日、武器が欲しいと言ったら、翌朝、丸太を削ったらしいこん棒のようなものが枕元に置いてあった。

父とは、そういうものだと思っていた。

だから、父が娘に手を上げるなど、ドゴラには許せるはずがなかった。

「そうか、火の神の加護を受ける者か」

獣王は、ドゴラの鑑定結果を思い出したようだ。

その手が、摑んでいたシアの頭を離した。

落下しかけたシアを、ドゴラが空中で抱きとめる。

「手出し……無用……」

シアは朦朧としながら、ドゴラを見上げてかすれた声でそう言った。

「ダメだ。仲間が殴られているのを黙って見てられるか」

ドゴラはそう返すと、その場でくるりと向きを変える。

それを見ていた誰もが、あの恐ろしいムザ獣王に背を向けるなど、どういうことになるかと息を呑む。

しかし、予想に反して、ムザは何もしなかった。

闘技台の縁に向かってゆっくりと歩み去るドゴラの背中を見つめている。

「……」

やがて、ドゴラは闘技台の縁にたどり着くと、ぴょんと地面に飛び降りて、仲間たちのところへ向かう。

「キール、回復を」

「ああ、分かった。オールヒール」

ソフィーとクレナがぐったりしたシアを引き取り、慎重に横たえたところに、キールが回復魔法をかける。

シアがみるみる回復していく様子に、しかしドゴラは背を向けると、闘技台の方を見据えながら、鎧を脱ぎ始めた。

「ドゴラ君、やめておくんだ。そんなことをしたら死んでしまうよ。たぶん、あれでも、シアさんには手加減をしていたと思うし」

ヘルミオスが声をかけるが、ドゴラはそのまま腕輪や指輪などを外していく。

「大丈夫、俺は死なない」

そして、上半身裸になると、闘技台に向かって再び歩き出す。

その背中を見送るヘルミオスに、アレンが質問する。

「ヘルミオスさんが獣王に敗れたのって、もしかしてこの闘技場だったとか？」

「そうだよ。……そんなことよりも君は仲間の心配をするべきだよ」

「もしかして、獣王は何も装備していなかったってことですか？」

「そうだよ。こっちはオリハルコンの武器と鎧を着ていたけどね、歯が立たなかったなあ」

「スキルは使いましたか？」

「いやさすがにそれはできないよ。そんなことをしたら殺し合いになっちゃうからね」

（学園で俺には使っただろう。って言っても一発だけだったかな。まあ、あの時も渋っていたか）

ヘルミオスが、シアは無事では済まないといった意味が、シアと獣王の戦いを見ていて分かった気がする。

「実はね、僕も、今のドゴラ君みたいに武装を解除して対戦しようとしたんだ。でも、皇帝陛下にやめろと言われてしまってね。まあ、それでもほぼ一方的にやられまくってしまったけど、こうして生きているんだ。忠告は聞くべきと思ったし、だから、ドゴラ君にも、一応忠告させてもらったのさ」

そう言って苦笑するヘルミオスに、アレンは思いついたことを聞いてみる。

「獣王を鑑定することはできますか？」

勇者ヘルミオスは鑑定スキルを持っている。

「できないよ。それでいうと、君やドゴラ君も完全には鑑定できないみたいだ」

（お？　それって？）

アレンとヘルミオスがそんな話をしている間に、ドゴラは闘技台にたどり着くと、縁に手をかけ、よじ登り、立ち上がって、こちらを睨みつけてくるムザに向かって大股で近づいていく。

「……貴様もあの礼儀知らずの人族の仲間であったな。見所のある奴と思ったが、惜しいものだ」

獣王がいやに静かな口調で言った。

「ん？　何の話だ？」

「まあよい。貴様にも、最初の一撃は打たせてやる」

「そうか」

次の瞬間、ドゴラが拳を掲げ、メキメキと音を立てるほど万力を込めたと思ったら、全力で獣王の腹にめり込んでいた。

「ふぐ!?」

ムザ獣王は食いしばった歯の間から低いうめきを漏らす。

思った以上に痛かったようだ。

だが、次の瞬間には、その巨大な拳がドゴラを横殴りに叩き飛ばしている。

「ほう……火の神の加護を受けているだけはあるようだな」

ドゴラの体が吹き飛ばされていく先を見向きもせず、ムザがそう呟いた時には、ドゴラは数メートルほど離れた場所に着地した。

ムザ獣王を睨みつけたまま、ドゴラが顔だけ横に向けて、血の混じった唾を吐くと、白い歯が一本、闘技台に転がった。

「……これであいこだな」

ドゴラはそう呟き、コキコキと首の骨を鳴らし、準備運動は終わったと言わんばかりに獣王に向かって突進した。

「小癪な真似を……」

ムザ獣王も前へ出て、ドゴラの突進を拳で受け止める。

両者の拳がぶつかり合った瞬間、闘技場に空気の破裂する音が響いた。

そして、そこからは、大小二つのシルエットが真正面から殴り合う乱打戦に突入する。

鋭いパンチ、重い蹴り、打ち下ろす肘、跳ね上げるつま先が、途切れることなく次々とくり出される様子は、まるで2つの竜巻がぶつかり合っているかのようだ。

この光景を見守る者たちが、双方の気迫と技のぶつかり合いの凄まじさに息を呑む中、アレンはドゴラと獣王の動きに注目している。

（む？　ステータス的には獣王の方がやや優勢か？　いや、ステータスによってといったところか。攻撃力は獣王の方が上で、素早さもか。これは厳しい戦いになるな）

ドゴラの拳は、当たれば確実に獣王にダメージを与えるようだが、次第に、それが当たらなくなっているのだ。

ドゴラも獣王も、最初に打ち合った場からほとんど動かずに打ち合っているように見えるが、それは双方押しも引きもしていないだけだ。

獣王は、細かく位置を変えたり、上半身を反らしたり足をあげたりと、その場で的確に攻撃をかわしているし、ドゴラの蹴りを脛で逸らしたり、ドゴラの拳を手の甲で払ったりと、だんだん直撃を避けるような動きが増えている。

これは、ムザがシアと同様、近接戦闘系のスキルである拳術や組手を習得しているからだろう。

一方、そうしたスキルを持たないドゴラは、獣王の攻撃を受けるばかりで、次第にダメージが蓄積してきている。スタミナもどんどん失われていくのか、避けようとする動きにもキレがなくなり、やがて、ストレートをかわされた上に、腹にカウンターを食らってしまう。

「ぐ!?」

ドゴラはその場に膝をついてしまう。

その表情からも声からも、かなり痛そうだが、歯を食いしばって我慢しているようだ。

「どうした。そろそろ限界か？」

ムザ獣王が、構えは解かないまでも、拳を止めてドゴラを見下ろした。

「うるせえ。今思い出してんだ。ってああ、そうか」

ドゴラはぶつぶつと呟きながら、再び立ち上がった。

「そのまま倒れていれば、命だけは助かっただろうな」

「……」

ドゴラは答えず、再び打ち合いの構えをとる。

「いい度胸だ。やはり、あの礼儀知らずの人族の仲間になどしておくにはもったいないが……ふん！」

ムザ獣王は話しかけながら、半ば不意打ち気味のフックをドゴラめがけて打ち下ろした。

次の瞬間だ。

「ぐふ！！？」

苦痛の声を漏らしたのはムザの方だった。

その腹に、打ち下ろされた獣王の拳をかいくぐり、懐に入り込んだドゴラの拳が突き刺さっていた。

ドゴラは、クレナのように、考えるのではなく、感じたまま最善の動きができるような天才肌ではないし、アレンのような、なぜかいつでも役にたつ便利な前世知識も持っていない。

だが、学園での学習やS級ダンジョンでドベルグから受けた指導を忠実に守り、実践してきた。

英雄になりたい凡人は、与えられた全てを真面目に吸収し、一つずつ自分のものにしてきた。

（なるほど、これがドゴラの戦い方のベストか。耐久力はドゴラの方がかなり高いんだろうし）

アレンはドゴラが自分の特性を活かした戦い方を得たのだと納得する。

ドゴラのような重戦士は、敏捷であったり、巧みに動く敵と戦うには、細かい攻撃は避けずに受け続け、強力な攻撃がくる時に生じる相手の隙にカウンター攻撃を叩きこむ、というものだ。

もちろん、この場合のカウンター攻撃は、敵をひるませ、攻撃を継続できなくするほどの、重い一撃でなければならない。

アレンは知らなかったが、ドゴラは、剣聖ドベルグからこうした戦い方を教わっていた。

うまくいけば、先ほどのムザの一撃を躱しながら攻撃できたように、敵の攻撃をキャンセルし、こちらの攻撃だけを相手に叩きこむことができる。

もっとも、それには、敵の細かい攻撃を受け続けるだけの耐久力と、隙を窺い待ち続ける不屈の精神、そして注意力が必要だった。

ドゴラは、唯一これまで持っていなかった「注意力」を、ムザとの戦いで獲得しようとしていた。

「どうした、そろそろ限界かよ？」

ドゴラがムザを見上げて言った。

「小癪な……！　それで勝ったつもりとは!!」

ムザ獣王の膝が跳ね上がった。

ドゴラは両腕をクロスしてこれを受けるが、それはムザが誘った動きだった。

再び乱打戦が始まるが、今度はムザ獣王だけが一方的に攻め立てる。

ドゴラは耐久力でムザの拳を必死にこらえるばかりだ。

そして、ムザの拳がいったん引き、下から掬い上げるようなアッパーを繰り出そうと動きだした
その瞬間に、その拳めがけてすさまじい勢いの頭突きを振り下ろした。

ドゴラの頭突きに、スピードが乗り切っていなかったムザの拳が弾き返される。

その反動で、ムザの体が捻じれ、弾かれた拳とは反対側の腹が晒されてしまう。

次の瞬間、そこにドゴラのフックが突き刺さった。

「がは！」

ムザの口から血の塊が吐き出される。内臓を痛めたようだ。

その体が、ついに闘技台に尻もちをつく。

一方のドゴラは、割れた額からだらだらと血を流しながらも、その場にまだ立っていた。

「どうだ……」

ドゴラは獣王を見下ろして言った。

「貴様ら人族の情けを受けるなど……獣王にあるまじきことよ……」

獣王はドゴラを見上げて言った。

（勝負ありだな。つうか完全にエクストラモードじゃねえか。獣王になるとエクストラモードになるのか？）

アレンはこの様子から、ムザのステータスについて考察する。

獣王のレベルがいくつか知らないが、武器も防具も持たずドゴラとこれだけの戦いをするのなら、ノーマルモードの域を完全に超えている。

なお、勇者ヘルミオスの鑑定スキルでは、加護やエクストラモードやヘルモードなどの成長モードによって異なるステータス値の上昇や追加スキルは鑑定できないようだ。

ちなみに以前、魔神は全く鑑定できないとヘルミオスから聞いたことがある。

これは以前メルスから聞いたAランクの召喚獣ではSランクの魔獣や魔神を鑑定できないという話からも裏付けられる。

「情けをかけるなんてつもりはねえよ。だけどな、あんたとこれ以上やり合うと、シアがつらいだろう」

「シアが……」

「そうだよ、親父のくせに、娘がどんな気持ちでいるかも考えらんねえのか。どうせシアはいつかはあんたのところから出ていくんだ、そのことを分かってほしいだけなん……」

ドゴラがそう言った時だ。

「な、ならぬ！　それだけはならぬ。シアは行かせぬぞ！　シアだけは行かせぬ!!」

ムザはそう叫ぶと、飛び上がるようにしてその場で立ち上がった。

次の瞬間、その体が膨れ上がり、体毛が伸び、鼻から下が迫り出して、巨大なライオンを思わせる姿に変身していた。

ゼウ獣王子の時も、シアの時も見たが、これは完全に獣王化だとアレンは察する。

（え？　獣王化するのか？）

『グルルルル!!　我は負けぬ!!　負けられぬのだ!!』

そして、その状態のままドゴラに襲い掛かった。

「ぐあ!!」

二足歩行の巨大なライオンの姿に変わったムザは、ドゴラに横殴りの一撃を食らわし、闘技台の縁へと吹き飛ばした。

吹き飛ばされたドゴラは、闘技台で2、3回バウンドし、なんとか起き上がったが、両腕は妙な方向に折れ曲がっていた。

そこへ、今度は両手足を使った四足疾走で獣王が迫る。

カッと開いた口がドゴラの頭を嚙み砕こうとして、上下の牙が嚙み合った。

しかし、ドゴラは横っとびにそれを躱して、闘技台の縁沿いに横へ逃れようとする。

しかし、先ほどの殴り合いでスタミナが尽きかけているのか、足の動きは鈍く、こちらを振り向いた獣王の、巨大化した両腕の間合いから逃れ出られない。

獣王は片手を振り上げ、凶悪な鋭さを持った巨大な爪を振り下ろそうとした、その時だ。

「何、ドゴラの覚悟に水差してんだ。死にさらせ!!」

アレンの声がムザの耳元で炸裂した。

『ガハ!?』

獣王は後頭部に一撃を喰らい、闘技台の中央へと吹っ飛ばされる。

ドゴラは、さっきまでムザがいたところに、アレンが浮遊しているのを見た。

「おい……」

「選手交代だ。下がっていろ、ドゴラ。あれは俺がなんとかする」

（さて、3回戦といこうか）

心の中で、シア、ドゴラに続いて自ら戦うことを宣言する。

各国の代表が何事かと驚愕する中、飛翔したアレンが闘技台の上で舞った。

ドゴラとの戦いに負けそうになった獣王がスキル「獣王化」を使用したのに対し、ボロボロになったドゴラと交代するために、アレンが戦いに割り込んだのは、正義など一切ない完全な不意打ちだ。

だが、それはわざとであった。

誰の目から見ても実力差のあるムザとの戦いに、武器も防具も持たず、対等の条件で挑んだドゴラに対して、ムザ自らその条件を捨てて殺しにかかるなら、それはいよいよ敵と認定しても誰も文句は言わないだろう。

「ドゴラ、お姫様抱っこはしてやらんぞ」

「うおい!?」

そう言ってドゴラの足首を摑むと、闘技台の外に向かって放り投げる。

もちろん、ジャガイモ顔のドゴラを投げる先は、ヘルミオスのいる場所だ。

案の定、ヘルミオスは涼しい顔でドゴラを受け止め、即座に回復魔法をかけてあげた。

それを横目で確認しながら、アレンは再び宙に舞い上がると、空中で腕組みをしたまま、ムザ獣王を見下ろしてこう言った。

「まだやるんだよな?」

それに対し、ムザ獣王は、ほとんどライオンと変わらなくなった顔を怒りに歪め、全身の毛を逆立てて叫んだ。

『ぐるるる。恥知らずの人族め。シアは渡さぬぞ!!』

次の瞬間、獣王がアレンめがけて飛び上がり、凶悪な爪を振るった。

「むん!」

アレンはすでに召喚獣ホルダーの編成を魔力主体のものから攻撃力と素早さ主体のものに変更していた。

いまや1万どころか2万を超えた攻撃力を有しているアレンの振るう、アダマンタイトの剣が、獣王の攻撃を迎え討つ。

『ガフア!?』

アレンの剣と打ち合ったムザの爪が砕けた。

だが、2人が打ち合った直後、ムザがアレンから距離を取るように飛びすさると、その爪はすでに、ドゴラの頭突きを受けて裂けた拳と同様、獣王化の超回復力によって再生している。

こんな相手と対峙するアレンには、正々堂々と戦うつもりは最初からない。

クレナから聖珠を奪い、さらに攻撃力が3000上昇するネックレスと、攻撃力が5000、素早さが5000上昇する指輪まで装備している。

防具は、S級ダンジョンの銀箱から入手した中衛向きのものに変えている。耐久力がそれなりにありつつ、あちこち動く際の邪魔にならないようなバランスの防具だ。

これにより、アレンは、攻撃力と素早さの値が25000前後になり、体力と耐久力の値も10000を超えた。

そしてなにより、Aランクの召喚獣による加護をこれでもかと受けている。

獣Aのクリティカル率アップ、鳥Aの飛翔、石Aのダメージ軽減、霊Aの物理耐性強など、単騎での戦闘を優位に運べると考えた加護を持つ召喚獣カードを、それぞれ1枚ずつホルダーに持っている。

ステータス加算の加護と違って、こうした加護のあるカードを何枚も持っていても、重複して加護の効果が上がるというわけではない。

さらにキールから耐久力上昇の魔法もかけてもらっている。

これなら獣王化したムザでも恐るるに足らずと、ほとんど一方的にボコボコにしていく。

その様子を、回復したシアが泣き出しそうな顔で見守っている。

そして、そのシアの様子に、ドゴラを回復させながらヘルミオスは気付いていた。

「アレン君、やっぱりちょっとやり過ぎだよ」

だが、ヘルミオスのそうしたつぶやきに気付くことなく、また、シアが葛藤していることなど思いもよらない様子で、アレンはムザの周囲を飛び回り、死角を突いてはアダマンタイトの剣でザクザクと斬り付けていく。

そして、獣王がのけぞったところで、その頭を掴み、闘技台に叩きつけた。

ズウウウウン！

凄まじい音が轟き、闘技台に敷かれた厚い石板が粉砕され、破片と粉塵が噴き上がった。

どれだけの力を籠めたら、これだけの破壊力が出るのかと、観戦する各国の代表は驚愕する。

すり鉢状に凹んだ闘技台に、仰向けに横たわる獣王は、荒い息を吐いて、起きあがろうとしない。

その真上に、宙に浮いたままのアレンがやってきた。

「どうしますか？　私たちの勝ちということでいいですか？」

アレンは言質を取ろうと話しかけた。

「私たち」の中に、ドゴラも含まれ、ついでにシアも含んでいるつもりだ。

獣王は確かに圧倒的に強かったが、本気を出した自分の相手ではないと思っている。

（それにしても、獣王になるとこんなに強くなるのか。さすがSランク冒険者の家系だな）

アレンは、以前、冒険者ギルドのマッカラン本部長に、これまでアレンとバスク以外にSランク冒険者がいたのか聞いたことがあった。

その時、アルバハル獣王家から、何人かSランク冒険者が出たという記録があったと教えてもらった。

ムザ獣王はAランク止まりであるが、先代の獣王ヨゼは、Sランク冒険者パーティーの1人であった。それでいうと、先ほどギアムート帝国の皇帝に詰められていたマッカラン本部長はSランク冒険者パーティー「威風凛々」のリーダーである。

アレンがぼんやりとそんなことを思い出していると、横たわるムザ獣王がこう呟くのが聞こえた。

『……獣帝化《フルビーストモード》』

「ん？」

アレンが身構えるより早く、獣王の体が跳ねるようにして起き上がった。

『グルオオオ!!』

天を仰いで大きく吠えたと思ったら、獣王の体がさらなる変身を始める。

獣王化した時点で通常の倍近い大きさに膨れていた体が、さらにモリモリと膨れ上がり、関節の位置も変わって、二足歩行ができなくなる。

両足が上半身を支えられなくなった代わりに、両腕が前足になって上半身を支え、首の位置、腰の位置、頭の向きも変わって、四足歩行に適した体型になった。

やがて、完全に変身を完了すると、巨大な金色のライオンが、上空に逃れたアレンを見上げ、凄まじい咆哮をあげた。

『ゴアアアアアア！！！！』

（む、これがもう一段階上の獣王の力か。シアの言っていた獣王にならないとできない本当の獣王化か？）

アレンは横ではなく縦に距離を取り、安全圏から獣王の様子を分析しているつもりだった。

だが、次の瞬間、目の前に獣王のムザが迫ったので、驚いて一瞬動きがとれなくなる。

獣王化時よりさらに巨大化し、四足獣の形態になったことで、人型だった時よりも跳躍力が増しているのだとアレンが分析できないでいるうちに、獣王は空中で両手を凄まじい速さで何往復もさせ、長く伸びた爪でアレンを切り裂いた。

「って、がは!?」

咄嗟に両腕でガードしたものの、その両腕をズタズタに切り裂かれ、アレンは鮮血をまき散らしながら吹き飛ばされた。

(スキルも使用してるのに、このダメージか)

アレンはすでに、魚Bの召喚獣の特技「タートルシールド」や覚醒スキル「タートルバリア」などダメージを軽減させるスキルをかけているが、それでも獣王の攻撃を防ぎきれないどころか、大きなダメージを受けてしまった。

アレンがそれを分析しながら、吹き飛ばされたことによる横移動を、慌てて加護スキル「飛翔」によって加速させようとする。

だが、その時には、獣王の体はアレンの横に並んでいた。

『グルアアアア!!』

今度は、片方の前足を凄まじい速さで振るい、アレンをはたき落とす。

横移動を急激な縦移動に変えられて、さしもの「飛翔」でも勢いを殺すことができず、アレンの体は闘技台に叩きつけられた。

闘技台に再びすり鉢状の凹みができ、その中心に、アレンの体が横たわる。

かと思ったら、それを覗き込んだムザの顔めがけて、剣を構えたアレンが飛び出した。

「おら!!」

一声叫び、アダマンタイトの剣ごとムザの顎にぶつかって行く。

だが、鋭い金属音が響き、アレンは上空へ逃れている。

（毛がこんなに硬い件について！）

アダマンタイトの剣はムザの顎の毛に弾かれ、ムザが顔を逸らしたこともあり、突き上げた動きのまま、上空に飛び上がってしまった。

空中でアレンが静止すると、それを見上げたムザの獣の顔がニヤリと笑う。

そして、再びアレンとムザの戦いが始まった。

それはもう試合と呼ぶには凄惨すぎる、ほとんど殺し合いに近い戦いであった。

アレンもムザも、最速で相手を倒そうと急所を狙い合い、その攻撃はことごとくぶつかり合って、その度に闘技台の床石が粉砕される。

だが、互いに致命的な一撃を繰り出しているはずなのに、決定打にならないのは、自分が剣を使っても剣のスキルを持っていないためであり、そんなことでは攻め切れないほどの力をムザが持っているためだとアレンは考える。

（これはたまらんぞ。シアを必ず獣王にしなくては！）

アレンは思わず笑みをこぼす。

バウキス帝国から、ゴーレム使いや魔導具使いを呼び寄せることに成功したが、ムザ家の血を引くシアは、もっとすさまじい力を得ることができるようになるはずだ。

彼女を獣王にすれば、アレンのパーティーをどれだけ強化できるのかとこれからのことを考えてしまう。

そのことを知れたという意味では、たまたま成り行きでそうなっただけではあるが、本気を出したムザと戦うために5大陸同盟会議に参加したといっても過言ではない。

こらえきれない笑みを顔中に浮かべながら、どうやって獣と化したムザを落ち着かせるかを考えていた、その時だ。

「もう駄目だよ!!」

「おわ!?」

アレンはびっくりする。

自分とムザの間に、メルルのヒヒイロカネゴーレムの巨大な手が、文字どおり割って入ってきたからだ。

そして、ゴーレムの足下からは、ヘルミオスの声が聞こえてくる。

「アレン君、周りをよく見てごらん!」

「ん?」

アレンが周りを見回すと、闘技台は完全に破壊され、観客席までもがえぐれたり崩れたりしていて、大損害を被っている。

アレンは、皆無事かなと思いながら、各国の代表を探す。

それらしい一団が、観客席の無事な部分に避難していたが、アレンと目が合うと、彼らの中から
「ひい!? こ、こっちを見たぞ!!」

悲鳴が上がった。

ずいぶん距離があるのに、襲われると思ったようだ。

アレンは完全に恐れられている。

アレンがぼんやりと辺りを見回していると、ムザの巨体がするすると縮小し始めた。

関節の位置が変わり、毛が短くなり、顔も鼻から下が引っ込んで、肉体が縮んでいく。

(ずいぶんちっちゃくなったな)

アレンが見下ろしていると、瓦礫と化した闘技台の上を、赤いマントを手にしたシアが、ムザ獣王に近づいていった。

シアがマントを手渡し、獣王がそれを受け取った。

何かを話しているが、アレンの位置ではよく聞こえない。

「それでは獣王陛下、シア及び部隊共々、アレン軍での活躍にご期待ください」

アレンはムザを見下ろしてそう言った。

だが、ムザはアレンを見ることもなかった。

「ミアよ。シアまでもが我の元を離れていくぞ……。我はお前たちを……」

ムザは小さく呟くと裸の上半身にマントを羽織り、シアを一瞥してから、すたすたと闘技台の瓦礫を越えていった。

(親子喧嘩は一旦終了かな。何か不器用な頑固父親って感じだな)

一切アレンたちを見ようとせず闘技台を後にするムザを見るに、これ以上の問題は生じなそうだ。

敗者を鞭打つようなことをするつもりはないので、アレンもこの場を離れることにする。

崩壊した闘技場は、ギアムート帝国の誰かが片付けるだろう。

少し間が空いて、まだ話が終わっていなかったよねと思って、会議室に戻ってきた。

5大陸同盟の盟主は、獣王を含め全員が揃っていたが、その他の加盟国代表については、集まりが少し悪い気がする。

どうやら、さきほどの戦いの観戦中に逃げ出して戻ってきていないようだ。

アレンが会議室に入ると、ちょうど、ローゼンヘイムの女王が意見を述べているところだった。

「あれほどの力があるのであれば、魔王軍との戦いにおいて、遊軍として機能させられますね」

「遊軍」という言葉を使っているところから察するに、ローゼンヘイムの女王はアレンの自由にやらせるべきだと言っているようだ。

「ふむ……」

ギアムート皇帝が不満げな顔をしているのは、5大陸同盟会議の会議室からすぐに行ける場所に作った闘技場が破壊されたからだろうかとアレンは思う。

「ほほ。そうだの。アレン軍には好きにやってもらいつつ、魔王軍との戦いの際には、5大陸同盟と連携してもらえればよいのではないか」

バウキス皇帝としては、アレン軍を管理する義務もなくなり、石板が手に入り自国のゴーレム軍が強化できればそれでいいようだ。

「……と、特に、連合国には異論はない。クレビュール王国としては、アレン殿の力はよく存じておるので……」

クレビュールの国王がおずおずと意見を述べる。

「……」

獣王は腕組みをし、目を閉じたままなにも言わない。

全ての結果を無言で受け入れるということなのかもしれない。

「ご協力ありがとうございます。残念ながら先ほどの私より、魔王どころか魔神でさえ強いのです」

　アレンは自分の話をしていると思い、会話に割り込んだ。

（まあ、召喚獣は出していないけど）

　強くなって分かったが、先ほどの自分より変貌する前の魔神レーゼルやリカオロンの方が強い。

「……」

「……」

「……」

　5大陸同盟の盟主たち、そして加盟国の代表たちは、いきなりアレンが口を開いたのもさることながら、その発言内容に驚いているのか、誰も返事をしない。

　魔神の力を見たことのある各国の代表はそういないだろう。

　5大陸同盟の盟主たちにおいても同様だ。

　アレンが、これで話が終わるだろうと思った時だ。

　アレンは見ていなかったが、ソフィーがエルフの女王に視線を送る。

　すると、エルフの女王が小さく頷き、再び口を開いた。

「では、異存はないようですので、これ以後、アレン軍と5大陸同盟は協力関係を締結することとします」

　そして、アレンを振り返り、こう言った。

「それで、アレン様を、アレン軍の代表として、どうお呼びすればよろしいですか？」

「え？　なんですか？」

「アレン様、あなたは、５大陸同盟と協力関係にあるアレン軍の代表として、どう呼ばれたいですか？　これから5大陸同盟と連携する上で必要かと思いますが」

（どう呼ばれたいって……ああ、肩書きか？　アレン軍の何たらって呼ばれた方がいいってことか？）

アレンは正直、そこまで考えていなかった。

アレン軍の、そしてヘビーユーザー島の代表でいいと思っている。

しかし、これからはアレン軍の代表として、５大陸同盟の盟主たちとも渡り合わなくてはならない。

「そうですね。ちょっと考えてみます」

そう言って仲間たちを見る。

するとローゼンヘイムの女王が口を開いた。

「でしたら『総帥』はいかがでしょう。『アレン軍総帥』では？」

（ん？　たしか総帥って元帥や提督より偉かったような気がする。５０００の兵の長が総帥か軍の役職には格があり、将軍、大将軍、提督、元帥の次が総帥だったような気がする。

５０００の兵の長なら「大将軍」くらいがピッタリだったりする。

バウキス帝国のガララ提督はゴーレム兵を中心としたバウキス帝国海軍の最高指揮官なので「提督」という肩書きだ。

ローゼンヘイムのシグール元帥はエルフ軍全軍指揮官なので「元帥」という肩書きだ。

総帥は元帥よりもさらに上の肩書きになる。

なお、総帥の上には大帝という肩書きが続く。

こうなると、まるで5大陸同盟全軍の指揮官のような肩書きだ。

正直、何でもよかったので、アレンは皆を見る。

「いいんじゃない？」

セシルは総帥でいいようだ。

「アレン様にぴったりの肩書きですわ！」

ソフィーが両手を胸元で握りしめ感動してくれる。

「まあ、そうですね。特に反対意見がないようなのでアレン軍の総帥を名乗ることにします」

アレンにも断る理由がない。

こうして、アレンが初めて参加した5大陸同盟会議は、獣王と戦い闘技場を大破し、アレンが総帥という肩書きを得る形で終わったのであった。

第六話　商人ペロムスの告白

　５大陸同盟の会議から5日が過ぎた日のことだ。

　アレン、セシル、ペロムスの３人は、グランヴェルの町を治める代官の館にいた。

　代官の館といっても、学園に行く前にアレンが従僕として住んでいたグランヴェル家の館だ。

　その館の車寄せで、これから出かけるアレンたちを、代官が見送ってくれていた。

「それでは、グランヴェル子爵にもよろしくお伝えくださいね。セシル様」

　丁寧な口調でそう言った40過ぎの男が、現在の代官だ。

　アレンが従僕だった頃にはいなかったが、なんでもグランヴェル子爵夫人の親戚であるらしいと、昨日の晩、館で一緒に夕食を食べた時に聞かされていた。

「はい。では行ってきますね」

　セシルがそう答えると、代官は側にいた御者に向き直り、こう言った。

「リッケル、セシル様をよろしくお願いしますよ」

「はい。もちろんです」

　答えた御者は、アレンが従僕だった頃、従僕長としてよいことも悪いことも教えてくれて、アレンの面倒を見てくれたリッケルだった。

そんなリッケルは、従僕長から御者になっていた。

アレンは、彼に久々に会えてよかったと思う。

そのリッケルが、馬車を回してくるために馬小屋に向かう。

「ちょっと、ペロムス。何ていう顔をしているの！」

セシルが、側にいるペロムスの強張った表情を見て、呆れたような声をあげた。

「いや、だって、一度断られているし」

「だから、私たちが付いているんじゃない。私に任せなさい。フィオナのことは私がよく知っているんだから」

セシルが胸を張り、私がなんとかすると言いながら、ペロムスの背中をバンバン叩く。

「って、痛い!?　分かったよ」

不承不承といった口調で答えるペロムスは、今日、これからこのグランヴェルの町に高級宿を構える豪商人チェスターの娘フィオナに告白する。

以前に告白をした時はふられているのだが、二度目のトライだという。

ふられたのは、フィオナの好みである「強い男」に該当しなかったためだと、アレンたちは聞いている。

そのペロムスも、転職を済ませ、ダンジョンでレベルも上げた。

そして、いよいよフィオナの好みである「強い男」になったと思ったのに、なおもじもじしているペロムスに、業を煮やしたセシルが背中を押すと言い、ここまで連れてきた。

そこで、セシルとフィオナの関係を知っているアレンとしても、同席することにした。

やがて、リッケルが御する馬車に乗り込み、グランヴェルの町の中央広場にあるチェスターの高級宿に向かう。

「アレン、この服で大丈夫かな？」

どこかそわそわした口調でそう訊いてくるペロムスは、王都で有名な仕立屋に仕立ててもらったという服を着ている。

「いいんじゃないのか」

（いや、知らんし。というかもうすぐ到着するんだが？）

アレンが魔力の種を使いながら適当に答える。

最強の装備が着ぐるみなら躊躇わず着ることができるアレンは、正直に言うと、普段着ているものとの違いがよく分からない。

襟元だの袖口だの、あちこち気にしてもぞもぞしているペロムスを見ながら、今更服装なんか変えたところで、ペロムス本人はなにも変わっていないのになと思う。

「大丈夫、似合っているわよ、ペロムス。小金持ちになった商人の息子っぽいわ」

セシルは、ペロムスを元気づけようとしてそう言ったようだ。

「そ、それ。あまり褒めていないような……」

ペロムスがそう言った時、馬車が停車した。

「セシル様、到着しましたよ」

馬車の扉を開けて、リッケルが言う。

「ええ、ありがとう。真面目に働くようになったようね、リッケル」

「そんなぁ、セシルさま。このリッケル。いつも真面目に働いてますよ！」

「あら、そうだったわね」

セシルの答えが適当なのは、リッケルの怠け癖が筋金入りで、治る見込みはないと、グランヴェル家の誰もが知っているからだ。

リッケルに先に帰るよう言い、馬車が去って行くのを見送ってから、アレンたちは高級宿に入る。

すると、高級感あふれる服をピシッと着こなした、支配人とおぼしい中年男性が、ペロムスとセシルを見つけて近寄ってきた。

支配人自ら最上階にあるチェスターの部屋に案内してくれたことからも、セシルとペロムスを出迎えるチェスターの気合いが伝わってくるようだ。

果たして、部屋に入るなり、チェスターは両手を広げ、満面の笑みで2人を出迎えた。

「よく来てくださいました。セシルお嬢様、ペロムス」

「ええ。チェスターもお元気そうで」

チェスターとは面識がないアレンは、今日はほとんどお飾りのような存在だ。

だが、そのアレンに気付いた者がいる。

「あら、アレン様！　……と、セシルもいるのね」

チェスターの背後から、耳の下の長い金髪がゆるく波打つ、白地に金の刺繍を施した豪華なドレスを女性が現れた。

チェスターの娘のフィオナだ。

「あら、お久しぶりね。フィオナ。私もいるわよ」

そう言ったセシル、アレン、ペロムスと、フィオナは同い年でもある。

アレンは、グランヴェルの町に襲来したマーダーガルシュからフィオナを救ったことがあった。

その礼としてもらった金貨でミスリルの剣を買うことができ、それを使って、Cランクの魔獣、外殻の硬い鎧アリの魔石を回収することができた。

それからもう5年という月日が流れており、あっという間に時間が過ぎたとアレンは思う。

そういえば、ペロムスがフィオナと出会ったのもそのころだと聞いている。

チェスターがセシルとペロムスを案内し、応接間のテーブルに着く。

アレンとセシルが、ペロムスを挟む位置に座ると、ペロムスの正面にチェスターが、アレンの正面にフィオナが座った。

使用人が茶を運んできて、全員の前にカップとソーサーが揃ったところで、チェスターが口を開く。

「それで、ペロムス殿、商売の方はうまくいっているのですか？」

チェスターは、セシルに対するのと同様に丁寧な口調でペロムスに接しているようだ。

「あ、あの。チェスターさん。前も申し上げましたが、『殿』などと、そのように持ち上げていただくのは……」

「何をおっしゃる、すでにペロムス殿は、我が系列にあった高級宿をその傘下に収めておられるのですぞ。商人たるもの、大切なのはどれだけ生きたかではなく、どれだけの商いをしたかで判断されるべきなのです」

成人したものの、まだまだ若いペロムスこそ、これから多くの部下や配下を持つことになるのを見越して、その実績を周囲も認めるべきだということだろう。

一代で多くの高級宿を開業し、ペロムスの廃課金商会に買収されるまでは、それら全てを廃業させることなく維持してきたチェスターは、誰よりもグランヴェルの町の発展に貢献してきたといえる。

そのチェスターがペロムスを丁寧に扱うということは、これからのグランヴェルの町を、ひいてはラターシュ王国の今後を、経済の面から支える商人としての生き方を引き継ぐとでも言いたいようだ。

なお、チェスターは、王都を含め、ラターシュ王国内に複数の高級宿を持つ豪商人であったが、現在、そのほとんど全てをペロムスの廃課金商会が傘下に収めているのは、チェスターから出された「商人の価値を示す」という課題に合格するため、ペロムスが宿屋の買収を進めてきたためだ。

その結果、今いる、チェスター創業の高級宿の中でももっともランクが高い一軒を除いて、廃課金商会はグランヴェルの町にある全ての宿屋の買収に成功し、チェスターにも傘下に入ってもらって、かつて自分のものだったラターシュ王国内の高級宿の経営を続けてもらっている。

「アレン様、今日はよくお越しくださいました。でも、ペロムスさんとはどのようなご関係なのですか？」

フィオナがアレンに話しかけてくる。

「同じクレナ村の生まれで、同い年だったこともあり、騎士ごっこをした仲ですよ」

ガキ大将をしていたドゴラが、騎士ごっこに行く際、よく連れていたのがペロムスだった。

一方、フィオナは、財力でも影響力でもグランヴェルの町で最有力とも言える富豪の娘ということもあり、アレンが従僕をしていたころ、グランヴェルの館によくやって来ていた。

特に、アレンが彼女をマーダーガルシュから救って以降、かなり頻繁に顔を見せていた。

それでも、ペロムスとの接点までは知らなかったようだ。

「そうでしたの。それで、アレン様は、今は何をなさっておられますの？」

「ああ、今はセシルやペロムスと活動を共にしておりまして……」

フィオナから矢継ぎ早に質問が飛んでくるが、アレン軍がどうのこうのという血なまぐさい話はこの場にはふさわしくないと思うので、その辺りを濁しつつ、ペロムス廃課金商会の事業を手伝っているといった話をする。

(俺じゃなくてペロムスに話しかけてほしいのだが)

「ちょっと、フィオナ。今日はアレンの話をしに来たんじゃないわよ？」

あれこれ聞いてくるフィオナに対して、ついにセシルが口を出した。

「あら、まだ私とアレン様の会話を邪魔するんですの？」

セシルとフィオナの間に火花が飛び散る。

この様子に、セシルの隣ではペロムスが複雑な表情をし、フィオナの隣ではチェスターが呆れた顔をしている。

セシルとフィオナは、アレンが従僕だった頃から、すごく仲が悪い。

貧乏だが貴族の娘であるセシルと、大富豪だが庶民の娘であるフィオナは、ずっとマウントの取り合いをしてきた。

ペロムスがもう一度交際を申し入れるとアレンに告げた時、側で聞いていたセシルが、「じゃあ、私も一緒にお願いしてあげるわ」と言ったので、交際がどうのこうのって話ではなくなるのではないかと思ってアレンは同行を申し出たのだが、案の定だった。

だが、だからといって、今日は昔懐かしいセシルとフィオナの喧嘩を見に来たわけではない。

アレンはそろそろいいだろうとペロムスに話をふる。

「ペロムス、そろそろ黙っていないで何か言ったらどうだ？」

「そ、そうだね。……ふぃ、フィオナさん」

ペロムスがフィオナに声を掛ける。

すると、フィオナがキッとペロムスを睨んだ。

「なんですの！」

（これってもう無理なんじゃね）

フィオナの態度から、ペロムスが思いを遂げることは絶望的なので、他の相手を探したほうがいいのではとアレンは思う。

だが、ペロムスもこうなっては後に引けないのか、顔を真っ赤にしながらも、フィオナの目を見つめてこう言った。

「僕と、こ、交際してほしい!!」

それを見て、これはこれで鋼のように固い意思を感じる。

どうしてもフィオナと交際したいようだ。

だが、フィオナの意思も、ペロムスのそれと同じか、それ以上に固いようだった。

「そのことでしたら、この前きっぱりとお断りしたはずですわ!!　わたくし、強い殿方が好きですの！　そのことをお伝えして、なおそのように言いつのるなら、それはわたくしの気持ちを無視なさるということと受け取りますわ。そのような方を、わたくし、一生好きにならなくてよ！！」

フィオナがそう叫ぶのを見て、アレンはペロムスが玉砕したと判断した。

（ふむ、断られてしまったな。今日はどこかうまい店でも連れて行くかな。S級ダンジョンの拠点周辺にあるかな）

「フィオナ、ペロムス殿がどれだけの商会を築いたのか、何度も話をしただろう」

チェスターが横から口を挟む。

彼はペロムスとフィオナが交際することに前向きであり、ペロムスの商人としての力をフィオナに語って聞かせていたようだ。

ペロムスは、今ではラターシュ王国で2番目に大きい商会の会長だ。

世界的に見ても87番目の年商を上げている。

数年でこれだけの規模にまで事業を拡大できたペロムスは、これからもっと成長するだろうと、チェスターの商人としての勘が囁いた。

それは、チェスター自身にも覚えのあることだったからだ。

商品だろうと人だろうと、しっかりと目利きができるし、だからこそ今日、ここまでの地位に上り詰めたという自信がある。

どうやら、廃課金商会の設立と成長には、アレンとセシルが関係しているらしいことも、チェスターは把握していた。

そして、そのことは、ペロムスの商人としての器を増すものだと考える。

商人は、己の才覚だけで成長するものではない。

交友関係に恵まれて、そのことを有効活用して、はじめて成長できるのが商人というものだ。

それは、チェスター自身にも言えることだ。

今後、自らの商会を成長させるためにも、フィオナとペロムスには交際してほしい。

そこで、フィオナが断ることまでも予測して、今日のこの場に同席した。

だが、自分だけでは、フィオナの考えを変えることは難しいと考え、チェスターはアレンに目配せする。

(おいおい、俺を見てもこれはどうしようもないぞ)

だが、アレンはと言えば、チェスターからの目配せに応えることができない。

この世界では、格や地位で婚姻が決まることを、アレンは知らないわけではない。

しかし、前世の感覚に引っ張られていて、どうしても自由恋愛が基本だと考えてしまう。

だから、アレンとしては、フィオナが断るのであれば仕方ないのではと思う。

「お父様こそ、わたくしが何度もお話ししたことをお忘れですの?」

チェスター1人が、ペロムスがどれだけ優秀な商人であるかを説いても、フィオナはどんどん頑なになるばかりだ。

「僕はダンジョンにも通っているし、これからフィオナに認められるくらいの強い男になるよ」

ペロムスはもう自分が何を言っているのか分からないが、それでも何か言わずにはいられない。

「ですから、そういうことじゃないんですの！　わたくしの気持ちがお分かりなら、せめて強い殿方になるまで顔をお見せにならないで!!」

「ちょっと、フィオナ！　商人に強さなんて求めてもしょうがないじゃない！」

セシルがたまらず割って入る。

「そんなの!!」

フィオナが、これまでで一番大きな声で叫ぶ。

そして、皆の視線が自分に集まっていることを知る。

「……分かってますわよ」

続くフィオナの声が小さくなったのは、1人だけカッとしてしまったことが恥ずかしくなったようだ。

フィオナが落ち着いたので、セシルも声のトーンを下げて話を続ける。

「だいたい、あなたの言う『強い殿方』ってなによ？　強さって一口に言っても、いろいろあるでしょうに。それとも、ペロムスが1人でドラゴンを倒せば認めるとでも言うんじゃないでしょうね？」

「え？　ドラゴン？」

フィオナは、そもそもペロムスがまったく好みではなく、なんとか理由をつけて断りたいだけだ。

だから、商人が1人でドラゴンを撲殺するといった、誰もが不可能と思える条件ならば、ペロムスが諦めるかもと考えた。

だが、そのことを知りもしないアレンは、ただ単に面白がっていた。

（お！　セシル、それはナイスだ）

そして、思いつきのまま、ペロムスに問う。

「ペロムス、フィオナさんは、お前が1人でドラゴンを倒せば、交際を考えるかもしれないけど、いけそうか？」

（装備は全力で貸してあげるんだからね）

フィオナに見えないように、アレンはペロムスに目配せをする。

アイアンゴーレム狩りで入手した武器や防具、そしてクレナが装備しているルバンカの聖珠までも貸して、さらにS級ダンジョン最下層ボスの周回にも同行させれば、貧相なステータスの商人でも、ドラゴンと戦えるんじゃないのかなとアレンは考えた。

「ひ、1人でドラゴン……。それで交際してくれるなら」

ペロムスが目を白黒させながら、それでもそう答えると、それを聞いたフィオナが驚愕する。

「え……正気ですの!?」

「ペロムスはやるって言っているわよ。フィオナどうするの？」

絶句するフィオナに、セシルが追い打ちをかける。

「……結構ですわ。そこまでなさるのなら、考えてさしあげてもよろしくてよ」

（お？　それでいいのか。だったらそんなに嫌いではないのかもしれないな）

フィオナはペロムスのことを完全に毛嫌いしているわけでもないようだとアレンは思う。

でも、自分のせいでペロムスが死ぬかもしれないことを心配しているだけのようにも見える。

「じゃあ、これで決まりね。ペロムスには私たちがついてるから、安心して。もちろん、ドラゴンと戦う時は手を出さないから、それでペロムスがドラゴンを倒せたら、もう一度交際するか考えるってことでいいわね」

セシルの言葉に、アレンがいれば、ペロムスが命を落とすことはないだろうとフィオナは思う。

自分のために死なれては寝覚めが悪いからだ。

「そ、そうですわね。本当にドラゴンを1人で倒せるなら……」

その発言に、アレンは何となく話がまとまりそうだと感じる。

あとでパーティーの皆を集めて、どのドラゴンを倒すか、どうやってペロムス1人でドラゴンを倒すか、相談しようと思う。

その時だ。

「……って、セシル、その腕につけているのは何？」

フィオナが、セシルが腕につけているマクリスの聖珠に気付いた。

先ほど、ここに来るまでは、馬車の中でアレンがこれを身につけていた。

移動中もスキル経験値を手に入れるため、最大魔力の上がるマクリスの聖珠を装備していた。

しかし、馬車から降りるや否や、返せと言わんばかりにセシルが奪い取っていったのだ。

「あら？　よく気付いたわね。これ、アレンからもらったものよ！」

セシルは得意げに胸をそらし、満面の笑みを浮かべてそう言った。

「な!?　こ、これが、1つあれば国が買えるというマクリスの聖珠か……」

グランヴェル領きっての富豪であるチェスターでさえ、マクリスの聖珠を見るのは初めてだ。

「そうよ。クレビュールって王国を知ってるかしら？　その王国が大変なことになっていたから、助けてあげたら、そこの王女様がアレンに渡したの。それをアレンったら、私にこそふさわしいって……」

フィオナとチェスターの視線を集めて、セシルはニマニマが止まらない。

（お？　今その話をすると……）

フィオナはまじまじとマクリスの聖珠を見つめる。

購入しようと思ったら、金貨を数百万枚でも足りないと言われる、このマクリスの聖珠を、セシルはアレンから貰ったと言った。

セシルの顔に視線を移すと、その得意げな表情から、嘘ではないのだろうとフィオナは思う。

そう思うと、フィオナの胸の内から、ある言葉が湧いてきた。

「わ、わたくしも聖魚マクリスの涙がいいわ!!」

フィオナはその場で立ち上がり、拳を握りしめて叫んだ。

ドラゴンなんてどうでもよくなってしまった。

マクリスの聖珠が、『プロスティア帝国物語』では聖魚マクリスの涙と紹介されていることは、女の子なら誰でも知っている。

（まあ、そうなるよね）

「何でそうなるのよ!?」

セシルが信じられないという顔で叫んだ。

「当然じゃない。セシルよりいいものが欲しいわ!!」

セシルとフィオナがまた喧嘩を始める。

同じ光景を、アレンは従僕をしているころからずっと見てきた。

そして、こうなると、たいていの場合、フィオナの方が優勢であったと記憶している。

王都でもなかなか手に入らないお菓子をお土産に、グランヴェルの館にやってくるフィオナは、セシルよりも上等な服を着ていた。

明らかにセシルに見せつけようとしてやっていることなので、そんなフィオナに見せびらかすタイミングを逃したくないセシルの気持ちは分からんでもないが、そんなことをしてもフィオナの対抗意識を煽るだけだ。

だが、そんなことは、アレンにはどうでもいい。

「どうするんだ？　諦めるか？」

廃課金商会の年商は、現在金貨１８０万枚ほどだ。

しかし、これは売上であって、設備投資や諸々の雑費、人件費をさっ引いて残る利益はもっと少なくなる。

利益だけでマクリスの聖珠を買おうと思ったら、10年以上かかるかもしれない。

だが、ペロムスはふっと鼻から息を吐いてから、こう言った。

「……いいや、諦めない。フィオナ、君のために、僕はマクリスの聖珠を手に入れてみせるよ」

その言葉を聞いて、フィオナは視線をペロムスに移した。

その目をじっと見つめる。

ペロムスは目をそらさない。

フィオナはしばらくペロムスの目を探るようにのぞき込んでいたが、深く息を吸うと、にっこりと微笑んだ。

「……いいですわ。そこまでおっしゃるなら、ペロムスさん、必ず聖魚マクリスの涙をわたくしにくださいね。そうしたら、わたくし、あなたのお嫁さんになってさしあげてもよくってよ」

それを聞いて、弾かれたようにペロムスが席を立った。

「ほ、本当!?」

「本当ですわ」

「絶対だよ。絶対に持ってくるから!!」

「期待させていただきますわ。ただし……」

「何?」

「先ほども申しましたけど、わたくし、セシルが持っているのより、いいものが欲しいわ」

「え?　どういうこと?」

聖珠にいいも悪いもあるのかとペロムスは思う。

アレンもセシルも、フィオナの言っている意味が分からなかった。

「わたくし、あなた以外、誰も触れていないものが欲しいの」

(ん?　何だ?　買ったら駄目ってことか?)

よく分からない条件が加わる。

聖魚マクリスから直接もらわないと駄目なように聞こえる。

「ちょっと。それって絵本の中の話じゃない!」

セシルが口を挟んだ。

どうやら、アレンは知らないが、絵本の中にそんな話があったようだ。

「わたくし、これだけは譲れません。……どうします、ペロムスさん?　諦めますの?」

「分かった。聖魚マクリス様からもらったらいいんだね？」

「そうです。……できますわね？」

「できる。僕は、フィオナさんを愛しているんだ。すぐに取ってくるから、待っていてほしい」

ペロムスは諦めない。

初めてフィオナに出会った時から、気持ちはずっと変わっていない。

「では、今日はここまでにいたしましょう。ぐずぐずしている時間はありませんわよ」

フィオナはそう言うと、さっと席を立って、一度も振り返らずに応接室を出て行った。

ペロムスもチェスターも、アレンたちも、彼女の背中をぽかんと見送った。

それから、いくつか話をして、チェスターの営む高級宿をあとにしたアレンたちは、鳥Aの召喚獣の覚醒スキルを使って、S級ダンジョンにある拠点に移動する。

拠点には誰もいなかった。

クレナやドゴラたちはアイアンゴーレム狩り中であるし、シアやルークたちはA級ダンジョンを攻略中だ。

「ちょっと、わ、私のせいじゃないんだからね!!」

転移するなり、セシルがアレンとペロムスからシュタッと距離を取り、両手を胸の前でクロスして防御の姿勢を取る。

どうやら責められると思ったようだ。

「いや、そんなこと言ってないぞ」

（思ってはいるけど）

アレンがそんなことを思っていると、ペロムスはこんなことを言った。

「いや、いいんだ。本当かどうかは分からないけど、フィオナさんが結婚してくれるって言うんなら、少なくとも、ちょっとくらいは考えを変えてくれたんだと思う。セシルのおかげだよ、ありがとう」

「そう？　……それならいいんだけど」

セシルは意外といった顔でそう答える。

「しかし、ペロムスしか触ったことのないマクリスの聖珠って、どういう意味だ？」

「そういう話がいっぱいあるのよ」

そう言って、セシルが話してくれたところによると、『プロスティア帝国物語』には、いくつかの異説というか、あとになって書かれた続編のようなものがあるらしい。

そのほとんどが、『プロスティア帝国物語』の伝説は事実で、それを知った人物が、恋人への愛を証明するため、聖魚マクリスの元を訪れ、なんらかの方法で涙を得て戻るというものだった。

（なんだ。『プロスティア帝国物語』の二次創作か）

この世界に著作権なんてないのかもしれないとアレンは思う。

「ん？　じゃあ、クエスト達成条件が購入不可で、ドロップのみってことか？」

前世の記憶なら、クエスト達成に必要なアイテムは、店で購入できるものもあれば、他のユーザーと取引可能なものもあった。

後者は別のクエストを達成したり、敵を倒したりして手に入れるのだが、そうした者の中には、ドロップした人しか所持できず、他人に渡せないものもあった。

「たぶん、そういう感じよ」

セシルは、アレンのゲーム的思考をどうにか理解したようだ。

「ちなみに、実際に直接手に入れたって話はあったのか？」

「聞いたことないわね」

どうやらないらしい。

しかし、ペロムスを見ると、やる気満々の様子だ。

（なんだか、ペロムスだけ別のゲームをしているみたいだな）

アレンは、かつてゴーレム使いのメルルを見た時に抱いたのと似た感想を、ペロムスに対しても抱いてしまう。

「じゃあ、とりあえず、シアに頼んで、クレビュール王国にプロスティア帝国への入国許可の発行を仲介してもらえないか聞いてみよう」

「え？　そんなことできるの？」

「まあ、交渉次第じゃないかな」

どちらにせよ、聖珠集めは、アレンがやりたいパーティー強化に必要なアイテムだ。

いずれプロスティア帝国にはコンタクトをとらなければならないと考えていたアレンには、いい機会なのであった。

第七話　ヘビーユーザー島の町の完成

アレンたち廃ゲーマーのパーティーのメンバー全員が、ヘビーユーザー島の東に集まっている。

今日はこれから、住民の移住が最後になった、４つ目の町クーレへの移住と、移住者受け入れのための最終工程が、セレモニー的に行われる。

だが、そのための準備が整うまでに少し時間があるので、準備完了を待つ間、雑談をしている。

「シア、転職後はどうだ？」

アレンは、普段は別行動をしているシアに話しかける。

「ああ、問題ない。攻略を優先しているが順調だ」

５大陸同盟の会議の翌日以降も、拳獣王のシアはスキル上げに余念がない。

ルークと共に、既にＳ級ダンジョンへの条件を全て満たし、ルークのスキル上げも手伝っていると言う。

このことを話すシアの様子はさっぱりとしていて、アレンは獣王とのけじめも含めてずいぶん吹っ切れたのかと思う。

なお、シアたちの攻略が早いのは、アレンが召喚獣を派遣し、手助けをしているからだ。

それはペロムスについても同じで、エルフたちやレイラーナ姫、トマスと共に、学園でダンジョンに挑む彼らにも、アレンは援助の召喚獣を派遣している。

なお、シア、ルーク、ペロムスの3人にはレベルよりスキルレベルのカンストを目指すように伝えている。

レベルを上げようと思えば、アイアンゴーレム狩りに同行させれば、1体倒しただけでカンストする。

「獣王になる話は進んでいるのか？」

「む？　それを言うなら『余が獣王位を継ぐ』だろう。……その辺はどうなっているか分からん。ルドたちが貴族を相手にうまくやっていることを信じるよりない」

「いや、試練も越えたし、獣王にはけじめを示しただろう？」

この発言から、シアはようやくアレンの行動原理を理解してきた。

彼は、シアが獣王になれば、それがもっともパーティーの強化に繋がると考えている。

そういう考え方をする人間なのだ。

実際、アレンは、召喚士は様々な特殊能力を持つ召喚獣を扱えるために、戦闘において取ることができる行動の選択肢が他の職業に比べて多いが、それだけでは完璧とも万能とも言えないと考えていた。

つまり、召喚獣に頼って1人で戦うより、パーティーを組んだ方が強いのだ。

だから、ドゴラを強化するために、島に1万5000人からなる4つの町を作ろうとしていて、パーティー強化のためにシアを獣王にしたい。

もちろん、こうした考えの全てを、シアが察したわけではない。

しかし、アルバハル獣王家の継承問題に首を突っ込んでくるのはおそらくそういうことだろうということは分かる。

であれば、こちらとしても、利用できるところは利用し、踏み込むべきでないところには一線を引いておこうと思う。

「……どうやらお前という人間が分かってきたぞ、アレン。そこは我がアルバハル王家の話、余と獣王陛下の話で、お前の踏み込むべきところではない。……だが、父上――獣王陛下と大臣たちとの間で、そうした話があるようだとは伝えておこう」

シアはこう答えるが、アレンは鳥系の召喚獣を各地に放って、自分の興味のある件に関しては情報収集をしているので、アルバハル獣王国がどういう状況にあるのかは、シアに聞くまでもなく知っていた。

5大陸同盟の会議から戻ると、ムザ獣王自ら、次期獣王についての話し合いを始めるよう、大臣たちに布告した。

ゼウ獣王子は、ムザ獣王から与えられた「獣王位継承権を得るための試練」であるS級ダンジョン攻略をみごと果たしたばかりか、その直後に勃発したエルマール教国での「邪神教」騒動と並行する形で、ローゼンヘイムと中央大陸に侵攻した魔王軍に抗するため、十英獣を引き連れて2つの戦場を転戦した。

そして、シアもまた、「獣王位継承権を得るための試練」として「邪神教」教祖グシャラを捉え、それによって引き起こされた「邪神教」騒動を経て、アレンたちの助力を得ながら、最終的にグシャラを討伐した。

さらに、２人が「試練」を授かる前から獣王位継承権を得ていたベク獣王太子も加えた３人の中から、次期獣王を選ばねばならない。

この３人の功績と人柄、そして魔王軍との戦いを中心として混迷を極める５大陸同盟の様子を含めたこの世界の未来において、アルバハル獣王国がどうしていくかも含めて、検討が始まったばかりのようだ。

（さて、２人とも試練を越えたことだし、テミさんの占いは変わったかな）

アルバハル獣王国最強の戦士集団「十英獣」の一員で、宮廷占星術師でもあるテミは、かつて、ゼウ獣王子に「いずれ獣王になる」と言ったそうだ。

シアには、「連合国のある大陸で試練を与えよ」だったとか。

そのテミが、今、未来の獣王を占えば、誰の名前が挙がるかとアレンは考える。

「貴族や大臣を買収する必要があるなら、いくらでも出すからな」

（玉座は金貨を積んで奪うもの。政治は金なり）

アレンは、シアが２人の兄とは歳がかなり離れていて、しかもそのうち１人が獣王太子であることから、勝馬に乗りたい大臣たちの中でシアを推す者は多くないのではないかと考える。

そして、そうした者たちを上手く動かすために、金が必要ならいくらでも出す。

「だから、ペロムス廃課金商会の力を見くびらない方がいい」

アレンが言うと、隣のペロムスがとりあえず同意するように頷いた。

「そ、そうだね」

だが、ペロムスとしては、フィオナのために頑張って大きくした商会が、アレンの意向であちこちに振り回されているような気がしている。

「なるほど、考えておこう」

そう答えるシアは、アレンの傍若無人なやり口に呆れつつ、自分の考えも甘かったのだと考えている。

アレンと出会う前の自分は、獣王となり、さらにその先に、獣人による初めての帝国を築くために、どんな手段でも使うべきだと考えていた。

しかし、臣下の買収までは考えが及ばなかったことを突きつけられたようで、まだまだ世間知らずだったなと思わされる。

そういえば、アレンはS級ダンジョンの冒険者ギルドに設置してある通信の魔導具でシアに連絡を取っている。

そうしたことも、完全に冒険者ギルドを私物化している専横な行いだが、アレンはアレン軍の活動範囲だと思っているようで、そうした振る舞いについても学ぶところは多いのかもしれないと、シアは苦笑する。

「そ、それで、クレビュール王国は、なんて言ってきているの？」

獣王の話が一段落するのを待って、ペロムスはシアに話しかけた。

シアの野性味溢れる容姿にビビって、これまであまり話しかけることができなかったのだが、今はそうも言っていられない。

「いや、まだなにも回答は来ていない。だが、どうやら交渉すること自体が難しいようだ」

シアは、すでにクレビュール王国へ、プロスティア帝国への入国許可を取り付けてもらえるよう話をしている。

　もちろん、プロスティア帝国に入国するのは、ペロムスのために、マクリスの聖珠を手に入れようとしてのことだ。

(まあ、ちょうどよかった。どっちみち聖珠は皆の分いるしな)

　世界中の聖獣が持っているという聖珠は、装備すればステータス値の増加に圧倒的な効果がある。

　だが、アレンのパーティーには、現在、クレビュール王国の王女から貰ったマクリスの聖珠と、バスクとの戦いで手に入れたルバンカの聖珠の2つしかない。

　そのうち、マクリスの聖珠は後衛用のようだが、それでも10個は欲しい。

「強気の交渉をしてくれ」

(開国は砲門をチラつかせ、ビビらせて行うもの)

　だが、シアは首を振った。

「クレビュール王国はそもそもプロスティア帝国の属国だ。当然、プロスティア帝国に対して強くは出られない。そこを無理にせっついても、今度はクレビュール王国とやりづらくなるだけだ」

　クレビュール王国は、海底にあるプロスティア帝国が地上に作った唯一の属国である。

「じゃあ、俺たちの分の入国証の発行は難しいと？」

「そうは言っていない。……いいか、プロスティア帝国に入るための入国証は2種類あり、そのうち、クレビュール王国が発行できるものは、魚人にしか使えないそうだ。もう1つ、プロスティア帝国が発行するものならば、全ての種族が使えるそうだ」

　シアが、クレビュール王国から聞いた説明を、アレンたちに伝える。

なんでも、プロスティア帝国が発行する入国証には、水の神アクアの加護がついていて、身に着けると、魚人でなくても、水中で呼吸ができるようになるという。

だが、それが発行できるのはこの世界の海の中だけで、そのプロスティア帝国から、現在、クレビュール王国は、「邪神教」の騒動を起こしてしまったことで叱責を受けているところだそうだ。

「交渉は時間をかけて行うもの、武力をちらつかせるだけではうまくいかんのだ」

シアは話をそう締めくくった。

そこへ、ドワーフたちが近づいてくる。

「あ、あのそろそろ始めてもよろしいでしょうか？　ラッパ団長が準備は整ったとのことです」

「ん？　ああ、すみません。待たせてしまったようで。始めてください」

待っていたつもりが、話が長くなり待たせてしまっていたようだ。

「ありがとうございます、アレン総帥。では、そろそろ放水式を始めます」

アレンはその肩書きを聞いて、対外的には仕方ないが、島の中でもこう呼ばれるのかと思う。

もちろん、5大陸同盟の会議の中でこの肩書きが決まったことで、どこに行っても大手を振って「アレン軍の総帥」を名乗れるようになったのは、5大陸同盟と交渉していく上でとても大きいことだとアレンは思う。

だが、同時に、島の住民も、軍の戦士たちも、皆、アレンを「アレン総帥」や「総帥様」と呼ぶようになったのは、ちょっと面倒だなと思っている。

（仰々しい肩書きだよ）

その隣では、ソフィーがこっそりと呟いている。

「アレン総帥……」

この肩書きが決まった経緯には、ソフィーが関係しているようだが、そのことをアレンが聞いても『「総帥」って素晴らしいですわ』としか言わず、話を濁すので、アレンは何が真実なのだろうと思う。

そんなことを考えながら、アレンは仲間たちと、魚人のための町クーレの建設地へと向かう。

クーレは、現在、半径1キロメートルにおよぶ巨大な窪みでしかない。深さは10メートル以上あり、底にはしっかりした基礎を築いて、高床式の建物を建てていた。

このあと、ここに水を入れて、魚人が暮らせる環境が完成する。

アレンたちが到着すると、クーレの町長に就任した魚人の老人が話しかけてきた。

「お待ちしておりました、アレン総帥。ささ、お願いしますのじゃ」

「じゃあ、湖生成のための魔導具を起動してください」

「はい」

魔導具使いのドワーフたちが返事をし、魔導具を動かし始めると、四角い魔導具の一面に空いた穴からすごい勢いで水が溢れて出てきた。

「おおお！　水じゃ。水が出てきたのじゃ!!」

町長が感激のあまり、言わずもがなのことを口にする中、魔導具からほとばしる水は、白いしぶきを上げて、窪みに注がれ、溜まっていく。

水を吐き出している魔導具は、アイアンゴーレムを倒した時に出現した銀の宝箱から出てきたものだ。

今までパーティーメンバーに魔導具に精通した者がいなかったため、なんだかよく分からなかったが、魔導具使いに見てもらうと、すぐに「水生成の魔導具（大）」と分かった。

それでも、魔導具の体積を超える量の水が出てくるのはなぜなのか、どこから出てくるのかは分からない。

「このままの水量を維持しなさい。明日までに水面を安定させるのよ」

「はい！　ララッパ団長!!」

女性のドワーフの号令に従って作業するドワーフたちの様子は、まるで女王様と下僕のようだ。

その女性のドワーフ――ララッパ団長に、アレンは話しかけた。

「すみません。着任して早々、こんなに大がかりな魔導具を動かしていただいて」

「どういたしまして、アレン総帥。でもね、私としても、この島にある貴重な魔導具を調べて、扱えるのは嬉しいのよ」

ララッパ団長の、額の真ん中でまっすぐ切りそろえた緑色の前髪の下にある目が、にっこりと微笑んだ。

彼女は、現在25歳。アレンより10歳上のお姉さんで、魔導具を扱う星3つの才能である魔技師を持つ、バウキス帝国の魔導技師団の団長だ。

この才能の持ち主は、バウキス帝国でも50人もいないのだが、それが今回、星2つの才能である魔技工を持つ技師99人を引き連れてやってきた。

なんでも、アレンたちがS級ダンジョンの最下層から貴重な魔導具を大量に持ち出したことを聞きつけて、アレン軍へ参加しようと思ったとのことだ。

アレン軍は魔王軍と戦う軍隊であるため、後方部隊である魔導技師団でも命の危険が伴うが、その危険を冒してでも、大変貴重な魔導具を触りたい、扱いたいと思うドワーフは少なくなかったようだ。

やがて、ある程度水が溜まってきたので、アレンはララッパ団長の側にいた別のドワーフに指示を出す。

「ここからは、ザウレレ将軍、お願いいたします」

「うむ、分かったのである。皆の者、行くぞ！」

「は!!」

ザウレレ将軍の号令を受け、こちらもバウキス帝国からアレン軍に参加した、99人のゴーレム使いのうち、数名が一斉にゴーレムを降臨させる。

そして、ザウレレ将軍のミスリル級ゴーレムを操縦し、「水生成の魔導具（大）」とは別の魔導具を、クーレの町となる窪みに運んでいく。

これは、「浄化の魔導具（大）」で、殺菌効果や防腐効果が抜群と聞いている。

魚人たちは水中生活を主とするようで、空に浮く島に作った人造湖であるクーレの町に、外から水が入ってこない以上、こうした装置で水を浄化しなければならない。

なお、この浄化の魔導具と水生成の魔導具は、魔導具（大）なので、Aランクの魔石1つで1年間利用できるそうだ。

やがて、「浄化の魔導具（大）」を設置したゴーレムたちが町を出ると、入れ替わるように、魚人の子供たちがキャッキャ言いながら水に飛び込んでいった。

（これで町は４つとも完成かな）

３０００人の魚人たちがわらわらと自分たちに割り振られた建物目指して移動を開始するのを見守っていると、確かに魚人は、水中でも呼吸できることを改めて知るアレンであった。

第八話　アレン軍の出発式

アレン軍が、島の開拓やダンジョンの攻略を始めて、2か月近く経過した。

その間、一度だけアレンのパーティーと100人以上の配下を持つ隊長以上の幹部連中が集まって会議をしたが、全軍が集まっての会議はまだしていなかった。

そこで、アレン軍全軍が集まる日を設けることにした。

5大陸同盟の会議も無事に終わり、アレン軍は既に世界的に認知されたことだし、アレン軍の出発式のようなことをして、1つの区切りとしたいと思ったのだ。

そして、当日、アレンたちはヘビーユーザー島の中央にある山に向かっていた。

山の上にある神殿は、いくつかの階層に分かれていて、その最上階層には、火の神フレイヤを祀る祭壇である、巨大な火鉢が鎮座している。

この最上階層だけでも、かつてグシャラやバスクと戦う際、召喚獣を出せたほどの広さと高さがある。

なお、その際、石Aの召喚獣を王化したら、全高45メートルに達する石Aの召喚獣は天井につかえてしまったので、そこまで高くはないようだ。

だが、学園都市やS級ダンジョンでレベル上げにいそしんでいる兵士、島の運営などに残した一部の兵士を除いても、５０００人を超えるアレン軍の戦士たちを集めることができるくらいには広い。

なお、火の神フレイヤに対して失礼がないようにと、あらかじめ、出発式のようなことのために神殿を使わせてもらう許可は取ってある。

その際にも、同じ階層では失礼と思い、最上階層ではなく、１つ下の階で行うことにした。

火の神フレイヤには気持ちよくなってもらわなくてはならない。

なお、ペロムスや名工ハバラク、各町の町長もこの場に立ち会ってもらう。

これから何をしていくのか、どういう組織を動かしていくのか見届けてもらう必要があるとアレンは思っている。

アレンたちが神殿にたどり着くと、すでに参加者、関係者が揃っていた。

アレンは用意されたはりぼての演台に上る。

少し高い位置に立ったアレンの視界に入ってきたのは、きっちりと整列した５０００人を超える戦士たちだ。

彼らは演台に向かって種族ごと、部隊ごとに列を作っており、それぞれの先頭に最高指揮官、その後ろに隊長やそれと同格の者、といったように、列ごとに軍の序列を横と揃えて並んでいる。

そして、彼らはみなその場に腰を下ろしている。

立ったまま話を聞くのはつらいだろうと考えての配慮だ。

その様子に、アレンはなんだか、学校の始業式を思い出す。

アレンは校長になったつもりで話をすることにする。

５０００人の生徒とはずいぶんなマンモス学校だなと思う。

なお、アレンの仲間たちは、アレンの背後に並び立っている。

ドワーフが並ぶ列の先頭から、ラ ラッパ団長がアレンのところにやってきて、小型の拡声の魔導具を手渡した。

いよいよ、出発式の開始だ。

「アレン軍の総帥になったアレンです。では、これからアレン軍の出発式を行います」

アレンのその声は、拡声の魔導具によって、階層全体に響き渡った。

(実るほど頭を垂れる稲穂かな)

この場には、町長とか、高齢のエルフとか、アレンの何倍も何十倍も生きてきた者たちがいる。

総帥感を出しても良いが、丁寧で下手《したて》な態度の方が話しやすい。

褒める役のソフィーを見ると、「その調子ですわ!」という視線を返してきた。

「では、まずは5大陸同盟におけるアレン軍の立ち位置の確定について話をします」

とりあえず、アレン軍が世界的に認められましたよという話から始める。

アレンたちがヘビーユーザー島に戻ってからも、５大陸同盟の会議は続いていたようだが、それ以降特にアレン軍に連絡はないから、自分たちの出番は終わったのだろうと推測した。

５大陸同盟の盟主や各国の代表がどう思ったか知らないが、アレンは問題なく終わったと思っている。

会議で話した、国内で害をなしているAランク以上の魔獣退治のため、全世界と通信する魔導具の整備をしていきたい。

バウキス帝国が用意してくれた魔導具使いに、その辺りのことをやってもらおうと思う。それについても話をする。

「それは助かる。５大陸同盟軍との連携が捗ります」

ルド将軍が相槌を打つ。

今後、５大陸同盟軍とどの程度連携することになるかは分からないが、立場に合った対応をしてくれるだろう。

「しかし、理解を示さない国もいるのでは？」

ルキドラール将軍が慎重な発言をした。

「分かり合う必要ないし、相手にする必要もないでしょう。攻めてくるなら応戦しますとお伝えください」

アレンはそう断言する。

「……なるほど」

ルキドラール将軍はそれ以上の質問はしなかった。

「しかし、横暴になる必要もなく、将軍や隊長はその辺りを部下に指導しておいてください」

アレンがそう言うと、各列の先頭の将軍や隊長格が、承服の態度を示して一斉に頭を下げる。

つぎに、アレンは、バウキス帝国から魔導技師団及びゴーレム使いのドワーフたちがやってきたことを話した。

「ララッパ団長、ザウレレ将軍、挨拶を頼みます」

ララッパ団長とザウレレ将軍が、それぞれの部隊の列の先頭から進み出る。

まずララッパ団長が軽快な動きでアレンと同じ演台に飛び乗ると、アレンから拡声の魔導具を受け取った。

「いいこと！　私が魔導技師団団長のララッパよ！　魔導具のことなら任せなさい!!」

ビシッと決めポーズを取って、ララッパ団長が自己紹介を決める。

すると、配下のドワーフたちが、一斉に拍手をした。

「おお！　団長、さすがです!!」

中には、どこに用意していたのか、ラッパのような物ではやし立てる者までいる。

少しでもララッパ団長のよさを引き立てたいようだ。

「素晴らしい！」

メルルが感嘆の声をあげたので、アレンがそちらを見ると、その隣では、ソフィーが憮然とした顔をしている。

どうやら、自分のために用意した演台にララッパ団長があがったことが気にくわないようだと考えたアレンは、しかし、個性も大事だとも思い、ソフィーに静観するようにという意味を込めて視線を送る。

その間に、ララッパ団長が演台から降り、ザウレレ将軍に拡声の魔導具を渡して入れ替わる。

2人ともドワーフなので、座っている体格のデカい獣人より小さかったりする。

これも、皆に見えやすいだろうと思って、止めたりはしない。

「吾輩がザウレレである。ゴーレム隊が諸君らの壁となろうぞ」

ちょび髭を撫でながら、こちらもポーズを決めて、ザウレレ将軍が自己紹介をする。

そして、よちよちと片足から演台を降り、アレンに拡声の魔導具を戻した。

アレンが拡声の魔導具を手に、再び演台に上がると、居並ぶ５０００人のうち、ドワーフ以外の種族の困惑の表情が目に入る。

「個性豊かな仲間が加わってくれました。歓迎してやってください」

アレンの言葉に、困惑した様子のまま、それでも全員が歓迎の拍手を響かせた。

「……いいでしょうか？　では、次に各軍の将軍格についてです」

拍手が鳴り止むのを待って、アレンはこう話し始めた。

「聞いていると思いますが、各種族のトップは将軍にします」

エルフ軍のルキドラール大将軍は降格して将軍になったし、ルド隊長は将軍に昇格した。

また、アレン軍は、各種族の軍を、さらに隊、部隊、小隊に分けることにする。

そして軍を将軍が、隊を隊長が、部隊を部隊長が、小隊を小隊長が、それぞれ統率するように命じる。

なお、魔導技師団は、ゴーレム軍の下部組織となる。

そして、全体の転職状況についても、報告をする。

獣人とエルフは全員転職が済み、Ｓ級ダンジョンへの参加条件も満たしている。

２種族は現在、ダークエルフの育成とダンジョン攻略を手伝うため、兵を回している。

近距離戦闘が得意な獣人たちと一緒の方が、ダークエルフたちの危険も少ないし、種族を超えて連携する際の練習になる。

「それが終われば、連携してアイアンゴーレムを狩ってもらう予定です。これは魔神との戦いに備えた訓練だと思ってください」

おそらく、あと2、3か月もすれば、ダークエルフ全員の転職が完了する。

その辺りで、3種族に本格的にアイアンゴーレム狩りを開始してもらう。

アイアンゴーレムのステータス値は25000ほどで、魔神よりやや弱い程度だから、上手く連携して、エクストラスキルなども使えば、倒せるとアレンは判断した。

これで連携と、強力な敵との戦いに慣れていけば、魔神との戦いも彼らに任せられるし、スキルレベルを上げながら、アレン軍の活動資金も稼げる。

もちろん、エクストラスキルで倒すことになるので、クールタイムの関係から、1日にアイアンゴーレム数体を倒すのが限度だろうが、それでも十分に軍の活動資金を黒字に持って行けるはずだ。

「あとは余らの立場についての説明をせねばな」

背後からシアが声をかけてきた。

「ああ、シア」

「ん？　シア様が何か？」

最前列にいるので、どうやらそのやりとりを聞きつけたらしいルド将軍が、なんのことだと口を挟んでくる。

アレンは、昨晩まで、皆で話し合ってきたことを話すことにする。

まずはパーティー内で意見をまとめようとしていたので、ルド将軍以下、他の者たちはまだ知らないことだ。

「俺たち廃ゲーマーのパーティーがアレン軍を動かすこともある。なので、それぞれのパーティー内での立場と役割を決めておくことにした」

アレン軍ができて2か月、まだまだ成長途中で、本格的な活動を開始するのはもっと先のことになるだろうが、そうなるまでに、アレン以外の「廃ゲーマー」のメンバーが、アレン軍においてどのような立場で、どういう役割を務めることになるのかを、全軍にはっきりと伝えておく必要がある。

活動を開始したあとに、どのような事態が起こり、アレン軍がどういう形で動くことになるか分からず、場合によってはアレン以外のメンバーが、各軍や部隊の指揮を執ることも、十分に想定されるためだ。

アレンは、説明を終えると、それぞれ1人ずつ発表させようとした。

だが、アレンが拡声の魔導具を渡す前に、クレナが演台の前に進み出て、大きな声でこう言った。

「私が特攻隊長のクレナ！　よろしくね!!」

集まった戦士たちに向かって、利き手の人差し指をびしっと突き出して名乗りを上げる。

壇上にこそ上がらないものの、ララッパ団長の影響を受けたようだ。

いきなりのことに、アレン軍の戦士たちは唖然としつつも、ララッパ団長、ザウレレ将軍の時と同様、拍手をもって「特攻隊長クレナ」を祝福する。

以後、仲間たちの手を拡声の魔導具が移動し、次々に立場と役割が発表される。

アレン軍
・アレン：総帥

・ソフィー：軍師
・フォルマール：軍師補佐
・シア：前衛隊大将軍
・ルーク：後衛隊大将軍
・メルル：ゴーレム軍大将軍
・クレナ：特攻隊長

ヘビーユーザー島
・ペロムス：市長
・セシル：市長補佐

火の神フレイヤの神殿
・ドゴラ：使徒
・キール：神主

そして、全員の自己紹介が終わったところで、アレンは、今回の決定が各人の能力を考慮したものであることを説明する。

たとえば、クレナは軍を指揮するより、先陣を切って動いた方がいいだろう。

逆に、ソフィーはアレン軍全体の状況を把握し、作戦を考えることができるだろうから、軍師という立場にした。

また、島にある4町をペロムス1人で管理するのは大変だろうから、グランヴェル領の領主の娘として、父の仕事ぶりを近くで見ていたセシルを補佐として置き、助言を行えるようにした。

そして、ドゴラには使徒として、人々の信仰を火の神フレイヤに伝える窓口の役を果たしてもらうが、神殿の管理にはまったく適さないので、キールに責任者になってもらう。

なお、ドゴラからは「何か俺だけ適当じゃねえか」と言われた。

アレンはこの話を、それぞれ従ってほしいという言葉で締めくくる。

また、全軍から拍手が起こったところを見ると、メンバーの立場を理解してくれたようだとアレンは考える。

その中で、ブンゼンバーグ将軍を始めとするダークエルフたちの拍手が大きいのは、オルバース王の子供であるルークを大将軍にしたことを喜んでいるためと思われる。

「これで終わりなのかしら？」

ララッパ団長がそろそろ研究に戻りたいという顔をする。

ヘビーユーザー島には、現在、魔導具の研究施設を建設中だ。

この神殿には、特に使っていない空間が多くあるので、そこを割り当てようと最初は考えていたが、神殿を不可侵の状態にした方が、信仰が集まりやすいと考え直し、この山の麓、名工ハバラクたち鍛冶職人が工房を構える場所の近くに、新たに魔導具研究所を作ることにした。

魔導具の中には、鍛冶職人に必要な工具もあるようだから、工房群の近くに建てた方が、相互のやりとりが早くていいだろう。

その建設が終わるまでの間は、この神殿の地下にある、ヘビーユーザー島を動かすための装置の研究をしてもらっていた。

魔導具使いたちは結構忙しくなってしまったが、彼らにも転職してもらい、より複雑で規模の大きい魔導具を扱えるようになってもらいたいとアレンは考えている。

だが、アレンがそんなことをぼんやり考えて反応を示さないでいると、自警団の列の先頭にいた、団長のレイブンが口を開いた。

「そろそろ持ってきていいのか？」

それが自分に向けられたものだと気づき、アレンは慌ててこう答えた。

「ああ、お願いします」

すると、レイブンは意外といった顔になる。

「俺には敬語を使わなくていいぞ、総帥」

そして、自警団を指揮し、１つ下の階層へと姿を消した。

自警団団長レイブンの指揮で、自警団の団員たちが下の階層に向かったので、他の軍の戦士たちは、何ごとかと気にしている様子だった。

しかし、アレンが何も言わないので、規律正しくそのまま待機する。

やがて、自警団が階下から、それぞれに荷物を抱えて戻ってくると、各人の前に荷物を置いて、また階下に戻っていく。

それを何往復もしていくうちに、戦士たちは何が起こっているのか理解した。

どうやら自分たちに何かを渡したいらしい。

そして、種族や職業ごとに縦に列を作り、軍の序列を横と合わせて座り、しかも、前に座る者と一定の距離を空けろと指示があったのは、このためだったのかと悟った。

1時間後、すべての戦士の前に荷物が置かれたところで、アレンが拡声の魔導具を通して全員に語りかける。

「では、アレン軍の本格的な活動を祝して、授与式を始めます」

アレン軍の戦士全員の前に、彼らのために用意した武具、そしてそれぞれに必要なステータス値を上昇させる指輪が並んでいた。

ゴーレム隊には石板が置かれ、ザウレレ将軍にはヒヒイロカネのゴーレム用、残り99人にはミスリルのゴーレム用の石板である。

アレンたちは、救難信号を元にエルマール教国に向かう前からのものも含め、これまでに２８０００体ものアイアンゴーレムを狩り、その結果、木箱約２５２００個、銀箱約２８００個、金箱25個を取り出して、そこから多くの武具やアイテムを手に入れてきた。

確率を見ると、銀箱は木箱の10パーセント程度、金箱は０・１パーセント程度のようだ。


【金箱から出たもの】
・ステータス値２０００上昇の首飾り３個
・オリハルコンの塊１個
・魔導具（キューブ）３個
・アダマンタイトゴーレムの石板８個

・アダマンタイト以外の素材でできた武器5個
・アダマンタイト以外の素材でできた防具5個

【銀箱から出たもの（概算）】
・ステータス値5000上昇の指輪1400個
・魔導具（大、特大）140個
・アダマンタイト製の武器280個
・アダマンタイト製の防具280個
・ヒヒイロカネゴーレムの石板560個
・アダマンタイト以外の素材でできた武器45個
・アダマンタイト以外の素材でできた防具45個

【木箱から出たもの（概算）】
・ステータス値3000上昇の指輪14000個
・魔導具（小、中）1400個
・ヒヒイロカネ製の武器2800個
・ヒヒイロカネ製の防具2800個
・ミスリルゴーレムの石板5600個
・ヒヒイロカネ以外の素材でできた武器7000個

・ヒヒイロカネ以外の素材でできた防具700個

まず、分かっていたことだが、金箱はかなり出にくい。

1000箱に1箱か、それ以下の確率でしか出現しない。

そして金箱の中身だが、ステータス上昇の首飾りが3つ出た。

最下層ボスであるゴルディノの討伐報酬の虹箱から入手した、ステータス値が3000上昇するものよりは劣るものの、これはこれでかなり助かる。

上昇するステータスはそれぞれ体力、知力、耐久力だったので、仲間たちに装備させている。

そして、アダマンタイトゴーレムの体用石板は、全て揃えることができた。

なお、特大が出たが、超特大の石板はまだ出ていない。

オリハルコンの塊は、エルマール教国に向かう以前に1個だけ出たが、それ以降は出ていない。

たまたまなのかもしれないが、1パーティーにつき1つしか出ないなどの設定があるのかもしれない。

それでも、金箱から多くの魔獣や植物の素材でできた武器や防具が出た。

お陰でフォルマールの弓、セシルの杖、キールのスティック、そしてアダマンタイト製の重い防具を装備しないシアとルークを加えた5人の防具が更新できた。

なお、装備が5個しかなかったため、一番死ににくいアレンの装備は後回しにする。

セシルはネックレスと杖が更新されたおかげで、魔法の威力上昇が止まらない。

耐久力のないキールは、グシャラを倒した際、大教皇から「神秘の首飾り」を頂いている。

金箱のお陰で、おそらくドゴラが盾を外したことを補ってあまりあるほどに、パーティー全体の守りが強くなったと思う。

アレンがそんなことを考えていると、ルキドラール将軍がおずおずと声をあげる。

「あ、あの、これは？」

「それは皆が、今後装備する武器と防具です。アレン軍からの支給品だと思ってもらって構いません。軍職に応じて、用意いたしました」

「支給品……」

アレン軍の中で、将軍の序列に就いているのはルド、ルキドラール、ブンゼンバーク、ザウレレの4人だ。

そして、彼らの下につく隊長が20人、それらの下につく部隊長が50人、それらの下につく小隊長が500人という編制になった。

逆に数え上げていくと、小隊長は1人で10人の兵を指揮し、部隊長は1人で小隊長を含む100人の兵を指揮し、隊長は1人で500人の兵を指揮することになる。

その他、魔導技師団はララッパ団長の下に2人の副団長がいる。

自警団の団長レイブンの下には、副団長のリタとミルシーがいる。

「ん？　俺もか？」

レイブンが、自分も支給品を受け取る対象になっていることに気付いた。

「え？　もらえるの？」

「私たちもですか？」

アレン軍の戦士たちのための支給品を運ばせていた自警団にも支給品はある。

銀箱から出た武器と装備を、将軍、隊長、部隊長、団長、副団長に分配する。

小隊長については、全員ではないが、銀箱から出た武器と防具は配り切った。

また、銀箱から出たステータス値が５０００上がる指輪は、数があるので、将軍、隊長、部隊長、小隊長、団長、副団長、そして一部の役職のない兵にも配ることができた。

「これを身に着け、今後は戦ってください」

兵たちの前にあるのは、売れば一生遊んで暮らせるほどの金になる武器や防具、そして指輪だ。

アダマンタイトの剣など金貨数千枚はするし、ステータス値上昇の指輪はもっと高価で取引される。

将軍に渡された装備３点になると、金貨何万枚になるのか。

アレン軍に参加し、給金が倍になったとしても、何十年働けば買えるのかというほどの装備が並んでいることに、ルキドラール将軍は感謝の言葉を口にする。

「このような武器や防具を貸与いただき、感謝の言葉もありません」

しかも、１人だけでも相当な金額なのに、５０００人強いるアレン軍の戦士全員分を揃えるとなると、金貨５０００万枚を超える。

これは世界最大の金満国家であるバウキス帝国の国家予算に匹敵する額だ。

ルキドラール将軍の出身国ローゼンヘイムなら、国家予算の数倍に当たるので、当然、これは全員に貸与されるもの、アレン軍の資産だと思った。

だから、アレンの返答は完全に予想外だった。

「貸与ではありません。それらは基本的に皆のものです。今回アダマンタイトの武器や防具などを準備できなかった兵については、準備出来次第交換します」

これには、その場で話を聞いていたほぼ全員が唖然とした。

自分たちの総帥が何を言っているのか分からない者がほとんどだ。

「これが頂き物だなどと……我らはまだ何の戦果も上げておりませんが……」

ラス隊長がおずおずと声をあげた。

「でしたら、私たちアレン軍の方針を伝えておきます」

「え？　方針でございますか？」

ラス隊長の問いにすぐには答えず、アレンは話を始めた。

「今回、転職ダンジョンについても安全に安全を重ねたお陰で、1人も死なずにここまでこられました」

「はい」

「はっきりと言います。皆の命に比べたら目の前のものはガラクタです」

アレンの言葉に、兵たちは再び唖然とした。

「ガラクタ!?」

他の兵たちと同じく、ぽかんとしているラス隊長に、今度はアレンが問う。

「ラス隊長。もし仲間が危ない目に遭っていたとします。目の前のアダマンタイトの槍を、エクストラスキルを使い投擲すれば助かるかもしれない。あなたならどうしますか？　投げれば遥か彼方に飛んでいき回収できないかもしれないことも考慮してください」

鹿の獣人ラス隊長は、転職して槍獣聖の才能を得る前から、エクストラスキル「ブレイブランス」を持っている。

全魔力を籠めて槍を投擲するそのスキルを使うと、投げた槍はたいていの魔獣を簡単に貫通し、遥か先まで飛んでいってしまう。

たまに回収できないことがあったので、ラスは投擲用の槍を持っていたりする。

「投げます」

ラス隊長は即答する。

「では、自らの命だったらどうしますか？　その時貸与された金貨数千枚する武器であった時、絶対に躊躇わず投げることができると言い切れますか？」

「……なるほど。そうでしたか」

ラス隊長はアレンが何を言わんとしているのか、ようやく理解した。

「そういうことです。それでも命を懸ける時があるかもしれませんが、それはこんな武器や防具のためであってはいけません。武器や防具は所詮、消耗品に過ぎないのです」

もしこの武具が借りものなら、いずれは返さなければならないからと、使用することにためらいが生じてしまいかねない。

仮に、紛失したり破損したら返さなくてもいいと言われていたとしても、咄嗟の判断には迷いが生じるだろう。

そうしたことが、本人だけでなく、一緒に戦う仲間に、ひいては全軍に致命的な事態を引き起こすきっかけになりかねないことを、歴戦の戦士であるラス隊長は知っていた。

たとえ命を捨てることになっても、そうした判断に迷いが生じないようにした。

「それでは、このラス、この武具に込められた覚悟に恥じぬよう、命を懸けてアレン軍のために働きましょう」

ラス隊長がそう言うと、将軍も含めた全ての戦士が、一斉にアレンに頭を下げた。

(む？　だからそうではないのだが)

だから命は大切にしてほしいと言おうと思ったが、なんだかそう言ってはいけないような気がして、そのまま授与式をお開きとした。

夜には、ヘビーユーザー島の4つの町が完成したことを記念して、それぞれの町でお祭りをすることになっているからだ。

その準備を手伝うことになっているようで、兵たちは大事そうに武器や防具を持って、神殿を出て行った。

「おい、アレン総帥よ」

名工ハバラクがアレンの元にやって来る。

「はい、ハバラクさん」

「頼まれていたものがようやく1つできたぞ」

「おお!!　助かります!!」

(ワクワクしてきたぞ！)

アレンの心が躍る。

お金では買えないものがどうやら完成したようであった。

第九話　オリハルコンと魔導キューブ

アレンは名工ハバラクとともに神殿を出て山を下りていく。

この山は標高が数百メートル程度で、ピクニックには最適だ。

しかし、火の神フレイヤを祀る神殿に通じる山なので、島の住民には畏れをもって接してほしいと思う。

ゾロゾロと山を下りていくアレン軍の戦士たちの背中を眺めていると、彼らの行く手に、巨大な真っ白な塊が現れる。

興奮しているのか、尻尾の部分をバタバタさせていて、その度に風が起こり、地響きを立てる。

アレンが連れてきた白竜のハクが、山道を下っていくアレン軍の兵たちに近づき、嬉しそうな顔をしている。

(ハクもずいぶん大きくなったたな)

人なつっこい、巨大な犬を見ているような気分のアレンだ。

「わあ、ハクだ!!」

クレナが、こちらも嬉しそうな声を上げて、ハクに向かって坂を駆け下りていく。

『ギャウ！』

ハクもクレナに気づき、頭を地面につけて、撫でてもらう姿勢をとる。

クレナがワシワシと白竜の頭を撫でると、ハクは嬉しそうに目を細めた。

「なんか、すっげー慣れているな」

精霊王ファーブルを腕に抱いたルークが呟く。

「ルークも触ってごらん」

クレナがルークを手招きした。

「う、うん。噛まないよな？」

ルークはおっかなびっくりながらも、人族の大人の背丈ほどあるハクに近づき、背伸びしてその鼻先に手を触れる。

（言葉使いも落ち着いてきたな）

おらついていたルークだが、ダンジョン攻略を通じて、アレン軍での生活に慣れてきたようだ。

普段は別行動だが、顔を合わせれば、自然体の言葉使いで声をかけてくるようにもなった。

そして、会話をするようになると、人族なら8歳くらいに見える外見と、精神年齢や言動がほぼ一致することが分かってきた。

実際の年齢は15歳、アレンたちと同じなのだが、まさかハイダークエルフは成長が遅いということがあるのだろうか。

ハクと戯れるクレナとルークを山に残し、アレンたちは山を下りる。

それぞれの拠点へ向かうアレン軍の戦士たちと分かれて、アレンたちはハバラクの工房へ向かった。

「お弟子さんたちの調子はどうですか？」

「ん？　ああ、まあまあだな」

そう答えるハバラクは、この島に来て弟子が増えた。

クーレの町に魚人が移住してきて、ヘビーユーザー島の人口は15000人を超えた。

そうなると、包丁やら鍋やら釜やら、彼らが日常使うための金物が必要になり、これはハバラクが連れてきた鍛冶屋10軒ではとても賄いきれない。

それに、この10軒は、いずれも名工とも呼ばれる腕のいいドワーフの職人たちが、それぞれ気心の知れた弟子と共に鍛冶をする工房なので、アレン軍の武器や防具の製造や修繕に専念してほしい。

そこで、4つの町にもそれぞれ何軒か鍛冶屋を開くことにして、その候補者を、名工中の名工ハバラクの弟子から出してもらった。

彼らは、いずれそれぞれの町で独り立ちすることを条件に、毎月の給金を払ってハバラクの手伝いをし、修行を積んでいるところだ。

その内訳は、元鍛冶職人だったり、武器屋だった者など、経験者を優遇して採用しているが、名工ハバラクの元で修行できるとあって、今でも申し出がちらほらあるくらいの人気だ。

そうした新弟子たちで賑わうハバラクの工房にたどり着く。

「こっちだ」

ハバラクに案内され、工房の側面に回ると、外壁に無造作に立てかけられた一振りの斧がある。

「おお、オリハルコンだ!!」

（最強武器きた！）

前世でも思い出深い、最強と言ってもいいオリハルコン製の武器を見て、アレンの口から自然と言葉が溢れた。

「握ってみてくれ」

「ああ」

ハバラクの言葉に軽く頷いて、ドゴラは斧に近づくと、利き腕とは逆の手を伸ばし、無造作に握り、持ち上げた。

「いい感じだな」

ドゴラが片手で軽く二度、三度と素振りをしたところで、背負ったもう一振りの斧から声がした。

『ドゴラよ。オリハルコンの斧はそんなにいい感じかえ？』

「ああ、これで魔獣を沢山狩れそうだ」

『ほう』

フレイヤの声にはどこか不満げな響きがある。

神の鉱石と呼ばれ、聖珠よりも数が少ないかもしれない超貴重な素材であるオリハルコンは、大地の神ガイアが生み出すものだという。

（フレイヤは嫉妬してるのかな。だったら、あまり拗らせないようにしてほしいな。というか、せっかくのオリハルコンが神器カグツチを手にしたせいで感動が薄れるな）

「私の剣も早くお願いしますね」

火の神フレイヤの機嫌を損ねないようにと考え、アレンはハバラクにフレイヤの力を借りなければならない件について話を振ることにする。

これまで手に入れたオリハルコンの塊は2つあるが、その内1つと残りの半分を使って、ドゴラの大斧は完成した。

残り半分の塊は、自分の剣を鍛造するのに使ってもらう予定だ。

「ん？　ああ、そうだったな。剣と、その次はナックルと防具でよかったか？」

「シアの分については保留でお願いします」

「ん？　そうなのか？」

「もしかしたら、獣王になって、獣王の証が手に入るかもしれませんので」

アレンは、S級ダンジョンのアイアンゴーレム狩りで、あといくつかはオリハルコンを手に入れられると期待していた。

しかし、28000体もアイアンゴーレムを狩っても、たった1個しか手に入らなかった。

シアだけでなく、ドゴラとクレナの鎧もオリハルコンで作ろうとしたら、これではあとどれくらい時間がかかるのかという話だ。

ところが、シアには、オリハルコンの武器と防具が手に入る目途が立っている。

それは、「獣王の証」と呼ばれるナックルと防具で、これはなんとオリハルコン製だという。

これに、クワトロの聖珠を合わせて、アルバハル獣王国の3種の神器とも呼ばれる。

エクストラスキル「獣王化」が次の段階に進むだけでなく、確実にオリハルコンの武具と聖珠が手に入るのだから、是非シアには獣王になってもらいたい。

「ほう。まあ、分かったらまた教えてくれや」

ハバラクは鍛冶以外には興味がなさそうだ。

「勝手に決めるな、アレン」

シアはそう言ったものの、内心、自分こそ獣王の座に就くのだという思いを新たにする。

獣人国家を統一し、獣人帝国を築くなら、アルバハル獣王国の獣王にならなければならない。

アルバハル獣王国は、現在、ガルレシア大陸の3分の2を支配しているからだ。

そのアルバハル獣王国だが、ゼウ獣王子、シア獣王女が、現獣王であるムザ獣王から授けられた試練に打ち勝ち、そもそも王位継承権を持つベク獣王太子と、いよいよ王位継承権を争うことになった。

アレンは、自分の周りの者を不幸にするベク獣王太子みたいな者が獣王になるなら、全力で阻止しようと思っているが、それ以外については基本的に興味がない。

だから、グランヴェル家をトマスが継ぐのか、ソフィーがエルフの女王になるかは当人の課題であると思っている。

手伝ってほしいと言われたら手を貸すこともあるが、自ら積極的に関与することはない。

ゼウ獣王子が王位継承権を得るための「S級ダンジョン攻略」試練にも、シアが王位継承権を得るための『邪神教』教祖討伐」試練にも協力したが、それはお互いの利害が一致したり、利用した結果だ。

そして、現在、自分たちと行動を共にしているシアが獣王になれば、武具とスキルを手に入れ、アレン軍はもっと強力になるだろうから、シアを応援する。

たとえ、シアが獣王にならずとも、「獣王の証」に匹敵する武具とスキルを手に入れられるなら、彼女の獣王位継承を応援することもないだろう。

アレンの目的は、あくまで仲間を強化し、魔王軍と戦うことだからだ。

（しかし、シアが獣王になるなら、ゼウさんにお守り渡しておかないとな）

ゼウ獣王子の妃レナは、夫が獣王になることを少しも疑っていないという。

占星術師テミが、「ゼウが獣王になる」という占いの結果をそのまま伝えたのが原因だ。

そのゼウが、もし、獣王になれなければ、レナがどれほど怒り狂うか。

獣王継承戦に負ければ、夜逃げするしかないと言っていたような気がする。

とりあえず、シアが獣王になったら、ゼウ獣王子がレナ妃に殺されないよう、耐久力のステータス値が５０００上昇する指輪を２つほどプレゼントしようと思う。

そんなことを考えながら、ハバラクの工房を後にしたアレンたちは、同じく山の麓に作られた、ララッパ団長の魔導具研究所へ向かう。

魔導具研究所は、アレンたちがＳ級ダンジョンで入手してきた魔導具の分析や、新しい魔導具の開発を行う施設だ。

建物自体はできあがったが、まだ正式には稼働しておらず、敷地内に入ると、転移させておいた機材を運び込むドワーフたちが、忙しく働いているのに出くわす。

（って、いたいた）

ララッパ団長は、あちらこちらに機材を運ぶドワーフたちに負けないせわしなさで、大声であれこれと指示を飛ばしていた。

「ララッパ団長」

「何かしら？　アレン総帥」

声を掛けると、指示を止めたララッパ団長が近づいてきた。

「これを見てください。S級ダンジョンで出たのですが、よく分からないんです」

アレンは、魔導書の収納から、人の頭くらいの大きさの、正方形の何かよく分からないものを取り出し、ララッパ団長に渡す。

ペロムスに鑑定してもらうと、「魔導コア」という名前であることが分かり、さらにエクストラスキル「天秤」を使って、1つ当たり金貨100万枚するということが分かったが、使い道だけは分からない。

魔導なんたらという名前なので、魔導具の一種だと見当をつけ、いずれララッパ団長に聞こうと思っていたのだ。

はたして、ララッパ団長はすぐにそれがなんなのか分かったようだ。

「わあ、これって魔導コアじゃない！　うは!?　それも3つも!!　最高！」

そう言って、目をギラギラと輝かせた。

「何に使うのです？」

「何にでも使えるわ。わ、私、ここに来てよかった！」

魔導コアを全て抱きかかえて喜ぶララッパ団長を見て、アレンはあげるとは言っていないし、何に使うものなのか早く教えてほしいと思う。

「これは何に使うものなのか説明頂いても？」

アレンは意識していないが、語気が強くなっている。

「これは魔導具の核になるものなの。まあ、もともとはダンジョンコアになれなかったものというのが正確な表現かしら」

「ダンジョンコア!?」

いくつもの階層を管理し、キューブ上の物体を動かすダンジョンコアのミニバージョンが魔導コアのようだ。

「そうよ。だから、何にでもなるし、今までなかったものも作れるわ」

これ1つで超大型の魔導船を動かすこともできるとラララッパ団長は言う。

(お？　だったら)

アレンには作ってほしいものがある。

「この魔導コアから魔導具を作るということでいいですか？」

「そうよ。アレン総帥は理解が早くて助かるわ。私の仕えていた長官はもう、頭が固くっていくら説明しても理解してくれないの。それで……」

ラッパ団長のおしゃべりが止まらない。

彼女がアレン軍に参加したのは、上官と折り合いがつかなかったからのようだ。

アレンは、ララッパ団長のおしゃべりを遮るように、大きな声を出す。

「何でもか。例えば、島から地上や海中に移動するための移動機みたいものは作れます？」

現在、ヘビーユーザー島には、島Aの召喚獣の覚醒スキル以外に、外部との交通手段がない。

魔導船の発着地を作ろうかとも考えたが、地上と行き来したいだけなのに、客室やレストランを備えた魔導船でえっちらおっちらやってくるのでは時間がかかりすぎる。

アレンは人や荷物を移動させたいだけなので、それに特化した魔導具が欲しいと思っていたが、バウキス帝国に問い合わせても、そんなものはないという。

だけど、もし魔導コアで今までになかった魔導具が作れるなら、地上とこの空に浮いた島をつなぐ移動手段になる魔導具を作れるかもしれない。

アレンの言葉に、ラララッパ団長は軽く頷いてこう言った。

「ええ。ちょっと時間がかかるかもしれないけど、可能よ」

（アイデアがあれば、形にできるということか）

そこで、アレンは、これまで考えてきた魔王軍戦の秘策について話そうと思う。

「例えば、転移装置とか作れます？」

「転移？　古代の秘宝みたいな!?」

ララッパ団長が大声を上げた。

身振りも大げさだが、最初からずっと声が大きいなとアレンは思っている。

「昔は転移装置みたいなのがあったんですか？」

アレンが質問した時には、ララッパ団長は抱えた魔導コアをのぞき込みながら、ブツブツと何ごとかつぶやき始めていた。

「そうよ。3個じゃ厳しいかも、そんな魔導具なら10個は欲しいかしら」

アレンの発言に触発されたのか、具体的なアイディアの噴出が止まらないようだ。

「10個まで残り7個だし、転移装置が作れるなら頑張って集めようかな」

アレンがそう言うと、セシルが不審げな顔でこう聞いてきた。

「アレン、転移装置ってのを作って、何に使うの？　まさか……暗黒界に行こうと思っているの？」

セシルは、以前メルスとアレンが会話していた内容を思い出していた。

かつて、創造神エルメアは邪神を倒し、その体を5つに分け、暗黒界に放り込んだという。

そして、魔界への扉を破壊し、誰も邪神を復活させられないようにした。

魔王軍は、どうやらその邪神の復活を目論んでいるようで、そのために、暗黒界に行くために必要な、転移の魔法を復活させようとしているらしい。

アレンは、その話をヒントにして、どこへも行ける魔導具があれば、いきなりラスボス前に行けるんじゃないかと考えていた。

「いや、そうじゃないけど。魔王軍の根城とかに強襲できるし。転移装置があると色々便利だろう」

「そうね。古代の秘術も含めて、これから研究するわ」

アレンの方を見ずに、ララッパ団長が答える。

「分かった。島の移動もあるし、優先順位を決めてお願いする」

アレンとしては、この島を移動させる研究をしてほしい。

それでいて、魔導コアによる魔導具の作成もしてほしい。

でも、実際に働くのは魔導具研究所のドワーフたちなので、どちらを優先するかは彼らに任せることにする。

全ては魔王軍討伐のためで、そのためなら、金銭に換えれば大国の国家予算にも匹敵するような武具を惜しげもなく配り、オリハルコンや聖珠集めに奔走する。

そして、貴重な魔導具が手に入ったら、それを使い魔王軍を攻めようと考える。

「……なるほど、こういうやり方をしてもいいのかもしれん」

シアが、自分の野望に重ねて、アレンの行動を評価するのであった。

第十話　S級ダンジョン最下層ボス周回への挑戦

アレン軍出発式の翌日、アレンたちはS級ダンジョンの最下層にいた。

目の前には、全高100メートルのブロンズゴーレムが1体、アイアンゴーレムが2体、ミスリルゴーレムが1体、そして今日のメインディッシュである、最下層ボスゴルディノが立っている。

これまで、S級ダンジョンに潜る時は、朝早くから夜遅くまで、ひたすらアイアンゴーレムだけを狩り続けていた。

だが、今日は最下層ボスであるゴルディノを狙う。

そのためのパーティー編成は、アレン、クレナ、セシル、ドゴラ、キール、ソフィー、フォルマール、メルル、シア、ルークの10人だ。

以前、ゴルディノと戦った時は、勇者ヘルミオス率いる「セイクリッド」、ガララ提督率いる「スティンガー」、そしてゼウ獣王子と十英獣を加えた総勢40人以上で挑んだが、今回はアレンたちだけだ。

1パーティーで倒せば、最下層ボス攻略報酬を独占できると考えた。

なお、非戦闘職のペロムスは、今日は連れてきていない。

(商人は馬車の中を温める要員なのかもしれないな。これも不変の真理よ)

アレンが、商人の定めについて考えていると、セシルが不安そうな声で話しかけてきた。

「私たちだけで大丈夫かしら？」

「問題ない。脱出キューブの前に『巣』を設置しているから、いつでも逃げられる」

（まあ、問題はないだろうがな）

そんな保険など使うことなく、このメンバーでゴルディノを倒せると、アレンは分析している。

「無理なら逃げるってことね。倒せなかったらどうするのよ？」

「その時は、どうせ勇者が暇そうにしていると思うから、勇者を誘うぞ」

（ついでに、とんでもない性能を誇る「天稟の才」を検証したい）

アレンは5大陸同盟会議で判明したヘルミオスのエクストラスキル「天稟の才」の詳細を洗いざらい白状させて、とんでもなく驚愕したことを思い出す。

「アレン、ヘルミオスさんのことを何だと思っているのよ？」

「勇者だぞ」

「……もういいわ」

セシルは、ヘルミオスがどれほど大変な立場なのか、アレンは考えないのかと思い、うんざりしたような声になる。

「うん。がんばろう！」

クレナが空気を読まずに言った。

「ああ」

ドゴラがニヤリと笑う。

「タムタムもいるのだ!!」

メルルが「カッコいいポーズ」をとる。

キールやセシルは引いているが、脳筋枠は元気いっぱいだ。

立体的に動けるよう、鳥Bの召喚獣にキール、ソフィー、フォルマールが乗り込む。

「ルークは私と一緒だね！」

「おう！」

クレナにはルークの世話を任せることにした。

やはり、初心者は、ベテランと組ませるに限る。

「ドゴラよ！　背中は任せたぞ!!」

「お？　おう」

ルークと同じくゴルディノとの戦いが初めてのシアはドゴラとペアを組ませるのだが、なんだかシアが嬉しそうで、ドゴラが困惑気味だ。

アレンとセシルはいつものように2人で1体の召喚獣に乗る。

クレナもルークと一緒に鳥Bの召喚獣に乗るが、ドゴラとシアは乗らずに最前線で自由に動いてもらう。

「練習したほうがよかったか？」

アレンはドゴラに、オリハルコンの斧の使い心地を聞いてみた。

「いや、問題ない。すごく馴染むぞ」

そう答えるドゴラの利き手には、血管のように網目状に赤い線が走り、それが脈打つように光る刀身を持った斧、神器カグツチが握られている。

刃の光は、火の神フレイヤの神力がヘビーユーザー島の住人の祈りによって回復しつつあることを表している。

そして、もう片方の手には、名工ハバラクが1か月以上かけて製作したオリハルコンの大斧が握られている。

どちらも、今のドゴラは、自分の体の一部のように使いこなせるようだ。

クレナも、バスクから奪ったオリハルコンの大剣を構えた。

「タムタム、降臨！」

メルルが朱色に輝くヒヒイロカネの超大型ゴーレムを降臨させ、乗り込んだ。

「じゃあ、始めるぞ」

アレンはそう宣言してから、王化したメルスを召喚した。

そして、ゴルディノを中心に、横一列に並んだ5体のゴーレムへ近づいていく。

5体とも、前回と同様に、ある程度近づかないと動きださないようだ。

『……ほう？　たったそれだけの人数で我らに挑むとは、余程死にたいらしいな』

不意に、ゴルディノが口を開いた。

だが、それは前回も聞いたセリフだ。

「……私たちのことは覚えていないようね」

A級ダンジョンの最下層ボスなども、前回の戦いを覚えていなかったが、どうやらそれらと同じ仕様のようだ。

『恐怖と絶望の中で悶え苦しみ果てるが……』

同じセリフを聞いている時間が惜しいので、すぐに戦闘を開始する。

「行けメルス！」

『ああ』

ゴルディノの話の途中だが、王化したメルスが突っ込んでいく。

王化して、メルスは全てのステータス値が３５０００になった。

そのすさまじい素早さを駆使し、ゴルディノを始め、敵の誰もが反応できないでいるうちに、１体のアイアンゴーレムに接近すると、鳥Ａの召喚獣の覚醒スキル「帰巣本能」を使い、もろともに１キロメートル先の地点に転移した。

そこには、王化した竜Ａの召喚獣が待っていた。

こちらは全長が３００メートルに達し、首が15本になった。

その首のいくつかをアイアンゴーレムに巻きつけ、ステータス値２５０００の攻撃力で締め上げる。

「よし、これでこいつらが後方に下がらなければ、お互いを蘇生することができなくなったぞ」

前回戦った時は、通路に誘い込み、敵を分断して倒したが、今回はそうせず、このだだっ広い空間で戦う予定だ。

アレンは最近「時短」を意識している。

一秒でも早く倒したい。

『こ、小癪な！　矮小なる者たちよ。我らの真の恐怖を知るがよい!!』

「シア、ドゴラ、人数も補助も少ないからな。攻撃を受けすぎるなよ!!」

「うむ！　前は任せるのだ!!」

「おう、分かってる!!」

シアとドゴラが突っ込んでいく。

2人には、ブロンズゴーレムに張り付いて、足止めしてもらう。

ゴルディノを除く敵のゴーレムたちのステータス値は、20000から30000の間だが、ブロンズゴーレムのドリルパンチだけは攻撃力の値が30000を超えているだろうと考えて、注意して戦うように言ってある。

「うりゃあああ!!!」

タムタムに乗ったメルルは、もう1体のアイアンゴーレムに向かう。

ヒヒイロカネゴーレムとなったことで、タムタムは、アイアンゴーレムとほぼ拮抗するステータス値となった。

1対1で相手を倒しきれるとは思えないが、すぐに倒されることもないはずなので、こうしてもう1体のアイアンゴーレムを助けに行けなくする。

「ハヤテ、オキヨサン、タコスも戦え」

『は！』

『けけけ、今日も殺そうかね』

『がってんでゴアス！』

アレンが繰り出した、王化した獣A、霊A、魚Aは、ゴルディノ以外の4体のゴーレムと大差ないステータス値を持つ。

3体の召喚獣にはアイアンゴーレムを狙わせ、蘇生できないようにする。

獣Aの召喚獣は素早く立ち回り、強化した攻撃力でアイアンゴーレムを削り、霊Aの召喚獣は特技「背後霊」を使い、アイアンゴーレムの背後に移動して、クリティカルの出やすい背面を攻撃しまくる。

そして、魚Aの召喚獣は、特技「タコの心臓」のお陰でそう簡単にやられることはない。

これは、タコの心臓は3つあり、命も3つあるという意味のようで、2回までは、死ぬと瞬く間に体力と魔力が全快して復活する。

なお、復活のキーとなる心臓は、1日経てばすべて復活するし、キールのエクストラスキル「神の雫」を使えば、1つは復活させられるようだが、それならやられたら召喚し直したほうがよいと、検証の結果から判断した。

キールのエクストラスキルは常に使用できる状態にしておくことが大事だ。

『痛いでゴワス！　むん!!』

命がいくつあっても痛いものは痛いようだ。

アレンの指示で、魚Aの召喚獣は特技「煙幕」を使う。

「煙幕を使え！」

この特技は、周囲に濃い煙幕を張ることで、敵の攻撃ミスを誘う。

今までは、これを使わなくても倒せるAランクの魔獣にしか効かなかったので、使い道がほとんどなかったが、王化したことにより、Sランクの魔獣の一部にも効くようになった。

　これは、このスキルが、知力のステータス値が相手よりどれだけ大きいかで、効果の有無の判定率が変わることと、王化したことで魚Aの召喚獣の知力が２５００を超えたことが関係していると、アレンは分析している。

　知力が低くても、デバフが全く効かない魔獣もいるのだが、今回戦う5体のうち、ゴルディノ以外のゴーレムには、抜群の効果を発揮するようだ。

　そして、キールとソフィーは、こまめに回復を行って、味方の負担を圧倒的に減らしてくれる。

　これで、10人パーティーでも、S級ダンジョン最下層ボスとその仲間と、対等に戦えるようになっている。

　すると、ゴルディノが焦った声でこう叫んだ。

『何をしている。ミスリルゴーレムよ！　すぐに敵を薙ぎ払うのだ!!』

（やはり膠着状態には高火力だよな）

　ゴルディノの指示を受け、ミスリルゴーレムが飛行形態に変化した。

　耐久力はそれほどないが、空を飛んで遠距離攻撃をしかけるので、最初に戦った時はずいぶん厄介だなと思わされた。

　だが、今回は倒し方が分かっている。

「ロカネルたち。全部吸収しろよ！」

　アレンは、王化した石Aの召喚獣1体と、指揮化した石Aの召喚獣3体を召喚する。

　石Aの召喚獣たちは、ミスリルゴーレムの射線を遮る位置に移動して、攻撃を吸収し続ける。

「いい感じね。もう少しで倒せそうよ！」

「ああ！」

アレンとセシルもアイアンゴーレムを狙い、1キロ向こうのメルス、そして竜Aの召喚獣とタイミングを合わせて、同時に2体のアイアンゴーレムを倒した。

『き、貴様ら、我を本気で……』

「よし、そろそろたまったな。ロカネルたち収束砲撃だ!!」

『……』

4体の石Aの召喚獣が、覚醒スキル「収束砲撃」を同時に放ち、魔力を吸収したヒヒイロカネの金属球を一斉にゴルディノに叩きつける。

『な!?　ぐは!?』

この一斉攻撃に、さしものゴルディノも耐え切れず、全高100メートルの巨体が派手に吹き飛ばされたのであった。

「お？　やったのか！」

ゆっくりと仰向けに倒れるゴルディノを見て、キールが叫んだ。

王化した石Aの召喚獣や、指揮化した3体の召喚獣は耐久力が上がり、前回以上に、ミスリルゴーレムの攻撃を吸収し続けることができた。

かつて以上の威力を放つことができるようになった。

「さて、これで倒せたことになるのかな」

「そうだといいんだけど。そんなにうまくいくかしら？」

アレンの願望にセシルが訝しげな反応を示す。

今回、アレンは最下層ボスを倒す上で「時短」を目標にした。

もしこの「時短」戦略でゴルディノを倒せたら、超合体ゴルディノと戦わずに済むのかも検証の対象としている。

『き、貴様ら。よっぽど死にたいらしいな。自分の無力が知りたいなら、我が教えてやろう！　ゴーレムたちよ、我の元に集うがよい!!』

ゴルディノがそう叫ぶと、動かなくなったアイアンゴーレムや、まだ攻撃を続けるブロンズゴーレム、ミスリルゴーレムがゴルディノの元に引き寄せられ、超合体ゴルディノのパーツに変形していく。

「駄目だったか。だが、これでブロンズやミスリルを攻撃する必要はなくなったな」

「そうみたいね」

アレンが前世で遊んでいたゲームでも、変形するボスを相手にオーバーキルしても、ほとんどの場合、次の段階に変形する展開は変わらなかった。

そういう仕様になっているのかもしれない。

ただし、アイアンゴーレム2体を倒してさえいれば、残りのミスリルゴーレム、ブロンズゴーレムが残っていても、ゴルディノを倒して強制的に変形合体させられるようだ。

「ロカネルたちはそのままミスリルゴーレムの攻撃を吸収し続けろ！」

『……』

超合体ゴルディノの肩には、ミスリルゴーレムが変形した砲台が取り付けられていて、引き続き石Aの召喚獣4体にそれらの砲撃の吸収を指示する。

「メルスは属性を変えてくれ!!」

『ああ、少し待っていろ』

メルスが行動しやすいようにと、メルルが超合体ゴルディィノに近づき、盾役になってくれる。

前回超合体ゴルディィノと戦った時、ガララ提督たち「スティンガー」のゴーレムたちがしてくれた役割と同じだ。

「むむむ〜!!」

メルルの苦悶の声が響き渡る。

魚Aの召喚獣もゴルディィノに向かっていくのだが、どうも超合体ゴルディィノはメルルの方にターゲットを合わせているようだ。

メルルの負担を減らすためにも、石Aの召喚獣をミスリルゴーレムの砲台に張り付かせる。

『できたぞ』

知力のステータス値が35000に達したメルスが、特技「属性付与」で超合体ゴルディィノの弱点属性を変更したことを報せる。

「お？　変わったか」

ドゴラが、超合体ゴルディィノに神器カグツチを叩きつけた時に受ける感触が変わったことで、敵の弱点属性が火属性に変わったことを知る。

（やはり、ドゴラは神器カグツチを握ってこそだな）

全長150メートルに達する超合体ゴルディィノが、ドゴラの一撃によろめき、怯んでいるように見える。

バスクとの戦いを経て、ドゴラがエクストラモードになったことを、アレンは魔導書のステータス表示で調べていた。

火の神フレイヤの加護が表示されていたが、そのステータスは「極小」になっていた。

それが、現在は「中」になって、聖珠もびっくりの恩恵をドゴラにもたらしていた。


【火の神フレイヤの加護の効果】
・極小は、火攻撃吸収のみ
・微小は、火攻撃吸収、全ステータス１０００上昇
・小は、火攻撃吸収、全ステータス３０００上昇、攻撃ダメージ１割上昇
・中は、火攻撃吸収、全ステータス５０００上昇、攻撃ダメージ３割上昇、真系統スキルクールタイム３割減少

これは、ヘビーユーザー島へ移住した人々に日々祈りを捧げさせた上に、エルマール教国のニールの町に火の神フレイヤの石像を建て、救国の神への感謝を捧げさせた結果とアレンは思っている。

(これは絶対に信者を増やさないとな)

ただし、フレイヤからの加護には１つ、ドゴラが神器カグツチを手にしている時でないと効果が表れないという条件がある。

そうした条件を、ギアムート帝国の闘技場でドゴラと戦ったムザ獣王が知るはずはないが、その条件を知るアレンは、火の神の加護という有利な条件を捨てて闘技台に上がり、正々堂々と戦った

ドゴラに、獣王化して襲いかかった獣王は、ドゴラを侮辱していると思えてしまい、許せなかった。

「セシルも火魔法だ」

「分かったわ！　フレア!!」

『こ、小癪な。矮小なる者よ!!　ぐ、ぐは!?』

セシルからも火魔法の攻撃を浴びせられ、超合体ゴルディノが焦りの声をあげた。

ドゴラを攻撃しようとかがみ込んだ超合体ゴルディノめがけて、マクリスの聖珠、知力のステータス値が2000上昇する首飾り、アイアンゴーレムの金箱から出た杖を装備して、知力が35000を超えたセシルが巨大な火球を放つ。

だが、その火球がドゴラの背中に向かっていくのを見て、ゴルディノが驚愕の声をあげた。

『きさま、仲間ごと!?』

だが、巨大な火球は、ドゴラの背中にぶちあたったかと思ったら、まるでそこに穴でも空いているかのように、ドゴラの体に吸い込まれていく。

火の神フレイヤの使徒となったことで、ドゴラは火魔法も炎のブレスも効かず、それらのダメージ分、体力が回復する体質になっていた。

予想外の展開に驚いている超合体ゴルディノを、仲間たちと召喚獣を使ってボコボコにし、体力をある程度削ったところで、アレンはドゴラに指示を出す。

「よし、いい感じだな。そろそろ、ドゴラ、決めてくれ！」

「ああ、全身全霊!!」

ドゴラが叫ぶと、片手で振り上げた神器カグツチが激しく輝く。

そして、ゴルディノの脛を蹴り、ドリル化した腕を駆け上り、肘から空中に飛び出したドゴラが、ゴルディノのガラ空きの胸めがけてカグツチを振り下ろした。

ズウウウウン!!

これまで聞いたことのない、すさまじい音が鳴り響く。

そして、約100分の1の体格の相手からの攻撃に、超合体ゴルディノは胸に大穴を空けられ、後方に吹き飛ばされる。

『ぐあああああ！！？』

（ふむ、少しはあの時の威力が戻ってきたかな？）

この一撃に、アレンはドゴラがバスクを1対1の戦いで倒した時のことを思い出す。

たぶん、あの時の、上位魔神に変貌したバスクの方が、超合体ゴルディノよりも強かったはずだ。

しかもあの時、バスクは仲間の骸骨教皇から回復を受けていたが、それでもドゴラは一撃でバスクの体を真っ二つにした。

それを考えると、やはりドゴラはまだ使徒としての力を完全に使いこなせてはいないと考えざるを得ない。

（早く加護を「大」以上にしないとな。あとはソフィーとシアの眠っているはずの加護を起こさないと）

アレンの仲間のうち、ドゴラ以外は、ソフィーは精霊神ローゼンから、シアは獣神ガルムから、ルークは精霊王ファーブルから、それぞれ加護を受けられる状態にある。

しかし、魔導書を確認しても、ステータスになんら変化はない。

　これは、神が人間界に過度な干渉をしないようにしているという、精霊神ローゼンや元第一天使メルスの発言と符合するとアレンは分析する。

　だが、ドゴラがフレイヤの加護を受け、これだけの戦力になったなら、今後はぜひ残る３人にも眠っている加護を受けられるようになってもらいたい。

　そして、セシルやクレナ、キールやフォルマールら、加護を受けていないメンバーにも、その手立てがないか考える。

　例えば、セシルなら魔法の神イシリスからの加護を受けるのが最適だと思うが、そのためにはどうしたらいいのかは全くの謎だ。

　聖珠を始め、さらなるステータス値アップの装備が次々と見つかる中、そこに神の加護が加わればさらに強くなる。

　仲間たちをエクストラモードにする以外にも、まだまだ強くする方法があることに、アレンはワクワクが止まらない。

『くくく！　き、貴様ら！　我を本気にさせたようだな!!　これが我の真の姿だ!!』

　アレンが分析と今後の対応の検討を行っている間に、超合体ゴルディノが割れ、真ゴルディノが出てきた。

「メルス、属性付与は継続したままだな？」

『そうだな。火属性が弱点のままだ』

　超合体ゴルディノから真ゴルディノに変わっても、属性付与の効果は継続しているようだ。

「じゃあ、裁きの雷《いかづち》だ」

『ああ。裁きの浄化を受けよ！』

ズウウウン!!

『こ、小癪な。む？　ば、馬鹿な!?　う、動けぬぞ!!』

メルスが全魔力を籠めた覚醒スキル「裁きの雷」でも、真ゴルディノを倒し切れないが、裁きの雷の追加効果が真ゴルディノを地面に這いつくばらせたまま拘束する。

「セシル、いつも通り決めてくれ」

「分かったわ、プチメテオ!!」

セシルの覚醒スキルが、なにもなかった中空に巨大で真っ赤に焼けた大岩を呼び出し、真ゴルディノをゆっくりと押し潰していく。

『き、貴様らあああああああああ………!!』

エクストラスキル「小隕石」は、火と土の属性攻撃を持ち、これがゴルディノの弱点属性を変えたことでさらに与えるダメージが増していた。

『ゴルディノを1体倒しました。経験値80億を取得しました』

「うし、倒したぞ」

前回あれほど苦労した最下層ボスをあっという間に倒してしまった。

「やったわね！　っていうか、かなり早いわよ」

セシルを始め、仲間たちは驚きながらも嬉しそうだ。

（ふむ、精霊王の祝福がなくても倒し切ったな。あれば、もっと早いか。いや、事故が怖いからとっておいた方がいいか。そこの検証はまただな）

今回、検証のための設定として、ステータス値が3割増す「精霊王の祝福」を使わずにいたが、それでもゴルディノを倒せた。

今後は、万一の事態に備えて「精霊王の祝福」は温存する戦い方でもいいと判断する。

「くっそ～。俺の魔法全然効かねえじゃん」

「ふむ、これがゼウ兄様も戦ったS級ダンジョンのボスか……」

初めてS級ダンジョン最下層ボスと戦ったルークとシアが言葉を漏らす。

ルークのバフはほとんど効かず、シアの攻撃もあまりダメージを与えられなかったように思える。

「初戦はこんなもんだ。これからの成長に期待だな」

アレンは2人にフォローを入れつつ、今回の戦いで気付いたことなど、今後の戦い方について後で話をしようと思う。

「さて、今回は虹箱ねえのか……」

ゴルディノを倒した報酬として出現した、銀箱3個、金箱1個を見て、キールが嘆いている。

蓋を開けてみると、それぞれの銀箱にはアダマンタイトの武器、ヒヒイロカネの石板、ステータス値5000上昇の指輪が、金箱には魔導コアが1つ入っていた。

「まあ、ぼちぼちな感じだな」

装備品は、自分たちには必要ないが、とりあえず、アレン軍の強化には使えるし、魔導コアはひとまず10個まで貯めたいので、出たことは嬉しいが、自分のパーティーメンバーを強化することにはならなかったので、ぼちぼちだという感想がアレンの中に湧いてくる。

「さて、疲れたわ。一度帰りましょう」

セシルがお疲れ様感を出して帰ろうとした。

「ん？」

アレンは何を言っているんだという顔をする。

「ん？　って何よ」

「いや、今からアイアンゴーレム狩りだぞ」

「ちょ!?　何言ってるのよ!!」

今回「時短」を意識したのは、日々のアイアンゴーレム狩りの前に、最下層ボス周回を挟むためだ。

アイアンゴーレムと違い、最下層ボスは1日1回しか挑戦できない。

だが、その1回の挑戦後にも余力があれば、アイアンゴーレム狩りは継続できる。

これから300体を目標にアイアンゴーレムを狩ると言うアレンに、セシルは血の気が引く思いだった。

まったく乗り気でないセシルを引っ張り回して、二手に分かれてアイアンゴーレム狩りに勤しむアレンたちであった。

第十一話　トマスの転職、新たな才能

アレンたちが、廃ゲーマーのメンバーのみでＳ級ダンジョン最下層ボスを攻略してから３か月が経過した。

その間、日々の日課に最下層ボスのゴルディノの討伐を加えた結果、90体ほどのゴルディノを倒し、３６０個ほどの討伐報酬を手に入れることができた。

その中で、虹箱が出たのは10個だけ。予想した通り、なかなか出ないレア箱である分、かなり高価なものを手に入れることができた。

お陰でアレンはパーティーをさらに強化することができた。

また、その間、ヘビーユーザー島の開拓はずいぶんと進んだ。

各町を繋ぐ道路が整備され、人々の交流が開始された。

それぞれの町での生活も順調のようで、移住してまだ半年も経っていないが、すでに２回目の収穫が始まった畑もある。

エルフやダークエルフが木や土の精霊の力を借りてくれたお陰で、畑を休ませず連作できて、年３回は収穫できるという。

狭い島ではあるが、農作物だけなら十分に確保できそうだ。

そして、魔導技師団がアレン軍に参加したことにより、通信の魔導具が整備され、5大陸同盟の加盟国と連絡を取り合うことができるようになった。

彼らには、S級ダンジョンで手に入れた魔導具を調査、整備してもらい、町の生活をよりよくする利用を考えてもらっている。

そして迎えた今日は、パーティーの休日だ。

アレン軍についての打合せをしたり、島の開拓状況の様子を見に行ったり、仲間たちの休息に当てる日だが、アレンはセシルとともに、転職ダンジョンの最下層にある、転職の間にやってきた。

ここは名前のとおり、3つの課題を全てクリアした者が転職する場所で、現在、ここには、アレンとセシル以外にも、トマスとレイラーナ姫、そして2人の学友がいた。

「これでトマスも才能を授かれるのね！」

「うん、そうだね」

「何よ。トマス、もっと喜びなさいよ！」

ハルバートを肩に担いだレイラーナ姫がとても嬉しそうにトマスに話しかけている。

レベル上げを手伝い続けて数か月、とうとうトマスのレベルが60に達し、転職できるようになったのだ。

「これで僕も才能を授かれるのか」

妹セシルには魔導士の才能が、亡き兄ミハイには剣士の才能が、それぞれ授けられていたのに、自分にはなかった。

そのことを悔しく思うこともあったトマスが、やっと才能を授かれるようになったことを嬉しく思わないわけはない。

　上手く自分の考えがまとまらないが、横でレイラーナ姫が嬉しそうにしていることだけは分かった。

『前衛、後衛、中衛のどの職業をご希望ですか』

　キューブ状の物体が声を発した。

「この前、アレンが言った通りね。『僧侶にして』とは言えないのね」

　アレンはレイラーナ姫に、転職の細かいルールについて説明を済ませている。

　転職ダンジョンの才能なしからの転職では、才能を個別に選択することはできず、前衛、後衛、中衛といった大まかな区切りを選んで、後はその中でランダムに決定される。

『ご希望に添えなくて申し訳ありません』

　このキューブは謝ることができるようだ。

「まあ、いいわ。トマスは僧侶を手に入れてみせるでしょうから」

　レイラーナ姫が斧槍使いなので、トマスは回復役の僧侶にしたいと思っているようだ。

（さて、ちゃんと僧侶になれるかかな）

　ペロムス廃課金自警団のメンバーのほとんどは、すでに才能を持っていたが、団長のレイブンや副団長のリタなど、中には才能を持たない者も何人かいた。

　彼らは、アレンではなくペロムスが傭兵団を結成した当初からの参加者であったり、ペロムスが人柄を見て雇った者たちだ。

　その彼らも、今では全員の転職が済んでいるが、その経緯から、先ほどのような転職システムのルールを把握できていた。

「えっと、アレン。後衛でいいんだよね？」

「そうです。後衛を選べば、僧侶になれるかもしれません」

「じゃあ……後衛でお願いします」

『分かりました。後衛でございますね。では、この箱を、私より高く投げてください』

キューブの前に淡い光が集まり、手のひらに乗る程度の大きさの、二十面の多面体を形成する。

(今回は、サイコロで選ぶのか)

サイコロ状の正多面体のそれぞれの面には、文字が書かれていたり、書かれていなかったりする。

アレンが立ち会った他の転職の際には、あみだくじのようなもの、ルーレットのようなものと、授かる才能を選ぶ方法はさまざまだった。

サイコロの場合は、何も書かれていない面が2つあり、この面が出たら、好きな職業になれるという説明をキューブから受ける。

レイラーナ姫にじっと見つめられていることを背中に感じているのか、トマスは受け取ったサイコロを握りしめ、高く放り投げた。

(何が出るかな。何が出るかな)

アレンが、頭の中で前世の記憶にある歌を歌っていると、キューブを飛び越す放物線を描いて床に落ちたサイコロは、二、三度バウンドしてからゆっくりと転がって、やがて1つの面を上にして止まった。

「え……、ちょっと!?　楽士じゃない！」

　サイコロを追いかけてその動きを注視していたレイラーナ姫が金切り声をあげた。

「そこになおりなさい、トマス!!」

「ひい!?　すみません!!」

　トマスがレイラーナ姫から、アレンの前世ではコブラツイストと呼ばれていたのと同じ関節技を食らっている。

　こういうのを理不尽と呼ぶのかもしれないなとアレンは思う。

　だが、隣のセシルが特に何も言わず、当然のことのように眺めているのを横目で見て、こちらに似たようなことをいつもしている自分を客観視し、乱暴をして申し訳ないという気持ちになってほしいとアレンは願う。

　すると、そのセシルが急にこちらを振り向いたので、アレンはびっくりする。

「アレン、楽士ってどんな才能?」

「ああ、セシル。楽士っていうのは、主に楽器を使って仲間のステータスを上げたりする、バフをする才能だな。似た才能に詩人というのもあるな。こっちは楽器じゃなくて歌だな」

　そう答えながら、アレンはトマスが欲しがっていたバフ系の才能になったことを実感し、ニヤニヤしてしまう。

　アレンはいくつかの才能について、調査したいと思っていた。

　その中の1つに、バフ系の補助を専門とする才能がある。

　廃ゲーマーのメンバーの中で、バフ系のスキルが使えるのはソフィーだが、それを主としているわけではないし、力を借りることができる精霊がバフ系の力を持っているということなので、別の力でバフをかけることができる才能がいれば、補助が重なって相乗効果を生むことができるのではと考えたためだ。

ヘルミオス、ガララ提督、ゼウ獣王子らと一緒にS級ダンジョン最下層で戦った時のように、違う種類の補助は重なることが多いので、使える才能は多ければ多いほどいい。

「じゃあ、レペさんみたいな感じかしら」

「そういう感じだ。そうか、トマスさんは楽士か」

(何か完全に道楽貴族の道を歩んでいるな。俺のせいじゃないからね)

楽器を奏で、楽曲によって仲間を鼓舞するスキルを持つ才能をトマスは授かった。

なお、もともと才能を持っていなかったトマスは、学士からさらにもう一段階の転職をすることができる。

そのためには、楽士のレベルだけでなく、スキルのレベルもカンストしなくてはいけない。

「……まあ、才能はエルメア神からの授かりもの、私たちがとやかく言えるものじゃないわね。さて、トマスがようやく才能が授かったんだから、お祝いをしなくちゃね」

そう言いながら、レイラーナ姫はアレンたちを見る。

察することを強要するようなこわい目つきだ。

どうやら、2人でお祝いがしたいようだ。

(相変わらずこの姫さんはおませさんだな)

「申し訳ございません。御一緒したいのですが、レイラーナ姫様。私たちはこれから予定がありまして……」

アレンは申し訳ない感を出して、そう答える。

「そう！　それは仕方ないわね。お祝いはこちらでしておくわ」

セシルは、トマスを睨みつけて、「変なことにならないように注意しなさい」と念押しの視線を送り、それに対してトマスは「もちろんだよ」というように首を縦に振る。

さすが兄妹は以心伝心だなと思いながら、転職ダンジョンを出たアレンは、セシルと共にＳ級ダンジョンに転移した。

「ただいま」

「早かったね!!」

改築がおおむね終わった拠点に戻ると、区画の中央にある稽古場でクレナが出迎えてくれた。

ヘビーユーザー島の開拓が順調に進んでいるので、学園都市とＳ級ダンジョンの拠点の改築をそれぞれ始めた。

いつかの廃ゲーマーメンバー会議で、アレン軍の兵たちも、１日中ダンジョンに通うばかりでは士気が下がるので、気分転換を兼ねてという意見が、セシルとソフィーを中心に出たのだった。

１日中ダンジョンにいても困らないアレンはまったくピンとこなかったのだが、そういうものかと受け入れた。

そして、アレン軍の兵たちにも休日以外の作業日を設けることにして、じゃあ何をさせようかという話になり、建物がいくつにも分かれていたのでは効率が悪いと、買い上げた区画を仕切る壁をぶち抜いて、建物を二軒だけ残し、残りは更地にして増築したり、訓練用の広場を作ることにした。

広場は更地にするだけでできあがったので、休みの日になると、クレナとドゴラはそこで稽古をするようになった。

朝飯を食べてから稽古に出て、昼になると昼飯を食べに戻り、たらふく食べてから再び稽古場で夕方遅くまで稽古を続ける。

そうして一緒に稽古をしていて、クレナは、ドゴラが自分のステータスを上回ったことを知り、それが嬉しいと言っていた。

今のドゴラなら、本気で斬りかかっても大丈夫だからだ。

そのドゴラだが、今なおレベルが上がり続け、レベル95に達した。

そして、ドゴラにとっても両手斧術の練習になるようだ。

アイアンゴーレムやゴルディノは的が大きいため、多少雑な動きでもなんとかなってしまう。

これがバスクのような、自分と同じくらいの相手となると、雑な動きは命取りになりかねない。

ふと、アレンは稽古場の奥、建物の入口近くで、稽古の様子をぼーっと見学しているシアを見つけた。

「ああ、シアは見学か？」

「ん？　ああ、余はもう上がっている。もうすぐ昼食だから、呼びに来たのだ」

そう言う割にはずいぶんぼーっとしていたなとアレンは思う。

シアが大声で昼食の時間だと伝えると、クレナがものすごい速さで駆け出し、アレンたちを追い抜いて建物に入っていった。

後を追って建物に入ったアレンたちが、食堂にたどり着くと、すでに拠点に常駐している兵たちが集い、がやがやと昼食を取り始めていた。

彼らに料理を運び、食堂中をあちこち駆け回っているのは、ヘビーユーザー島の住人たちだ。

彼ら彼女らは、島から2つの拠点に出向いて、仕事をしてもらっている人々だ。

アレン軍の中には、調理や清掃の仕事があり、結成当初、アレンはこうした拠点の雑用については、アレン軍の中だけで完結させようと考えていた。

しかし、アレン軍は兵たちを雇い、拠点と装備を整えるのに、すでに金貨1億枚以上投資しているので、それなら兵たちには、戦いに関わる部分に集中してもらいたいと考えなおした。

市長のペロムスに相談すると、それなら島の町民に仕事を斡旋しようという意見が出た。

ペロムスの案で、給金を相場の3倍にしたため、マジですかと応募が殺到した。

料理や配膳などの経験があるものを優先して雇うことができた。

その彼らが、アレンたちを見つけると挨拶をしてくるので、適当に返事をしながら、昼時の大賑わいの拠点の食堂の一角に腰を下ろした。

これは、アレンが、食事はみんなで取るものだという主張を強く通したからだ。

アレンには一部の幹部だけと食事をしてほしいという、ソフィーの意見を一蹴した。

席についてしばらくすると、大量の食事が運ばれてきた。

それを見て、目を輝かせたクレナが、片っ端から肉を掴んでは親の仇のように食らっていく。

最初は、これを見た兵たちが引いていたのをアレンは覚えているが、今、辺りを見回しても、特に誰も気にしている様子はない。

「ん？　ルド将軍が見えないが、まだ獣王国と連絡を取っているのか？」

アレンは思いつくままシアに話しかける。

「そのようだな。今朝からだから、ずいぶん時間がかかっているが……」

アルバハル獣王国と定期的に連絡を取っているルド将軍から、本日の会議で次期獣王が決まるようだという報告があった。

現在、獣王位継承権を持つのは、ベク獣王太子、ゼウ獣王子、シアの3人だ。

そのうちの誰を次期獣王にするのか、決めるのはアルバハル獣王国の現獣王ムザと大臣たちなので、ここまで話が進むと仮にアルバハル獣王国に行ってもできることはないと考え、いちおう速報ぐらいは受け取れるようにと、ルド将軍には冒険者ギルドの通信の魔導具に張り付いてもらっている。

今日はそういう用事もあって、トマスの転職祝いへの出席は辞退したのだが、ルド将軍はまだ戻っていないという。

すると、そこへルークがやってきた。

「お!? もう飯じゃん。腹減った～」

すたすたとアレンたちの席に向かってくるルークの背後では、習い事の講師兼世話役を務めるダークエルフがあれこれとお小言を言っている。

「もう、ルークトッド様、午前中にやるといった範囲がまだ終わっていませんからね」

勉強をサボり気味のルークと、必死に勉強を教える講師の関係もいつものことのようだ。

「わかったよ。昼飯食ったらやるよ」

そう言ったルークを、アレンが、横にいるセシルの肩越しに見た、その時であった。

セシルのスカートが盛大に捲れあがった。

（ふむ、かぼちゃパンツだな）

「……!?」

一瞬固まってしまったセシルだったが、はっとうしろを振り向くと、ルークのニヤニヤ笑いが目に入り、何が起こったのかを一瞬で察した。

「こ、殺すわ！　このエロガキ!!」

そして、体が動き始めたのと同時に、鬼のような顔をしたセシルが逃げ出したルークを追いかけるのであった。

第十二話　王家が悩むこと

「ちょっと、待ちなさい!!」

「やだよ～、や～い、かぼちゃパンツ～」

「こ、殺すわ!!」

怒り狂ったセシルがルークを追うが、この拠点に常駐するアレン軍の兵のほとんどが集合している食堂は、当然ながら混み合っていて、思ったように動けない。

しかも、小柄なルークはテーブルの下にもぐったり、かと思うとパッと飛び出して挑発したりして、なかなか捕まらないようだ。

「……ああ、オルバース王よ」

その様子を見たルークの講師兼世話役のダークエルフが、顔を覆ってため息をついた。

ダークエルフの未来は真っ暗だと思っているのかもしれないとアレンは思う。

(今日もルークは元気いっぱいだな)

人族でいうと8歳くらいに見えるルークは、実際にはもっと上なのだが、なぜか10歳前後の子供のような、いわゆるやんちゃ盛りといった性格をしている。

セシルのスカートを捲ったり、尻を触ったりと、いたずらばかりしている。

なお、ルークはセシル以外も標的にしたことがある。

だが、クレナのスカートを捲ったところ、一瞬で捕まり、「そういうの駄目だよ！」と縄で縛られ木に吊るされていた。

そういうことは許さないという、クレナの新たな一面を見ることができたとアレンは思った。

そして、ソフィーの尻を触った時は、ソフィーが微笑みを浮かべたままルークの腕を捕まえてねじりあげようとしたので、アレンはすかさずソフィーをなだめ、事なきを得た。

子供のいたずら程度でエルフとダークエルフ全面戦争が始まっては困る。

なお、メルルには対しては、同世代に見えるためか、ルークは見向きもせず、警戒心の強いシアは背後をとらせない。

こういった、女性メンバーのこれまで知らなかった性格を知ることができたのも、ルークのお陰かもしれないと、アレンは思う。

やがて、全身埃まみれになり、髪をくしゃくしゃに乱したセシルが、同じく埃まみれで髪を振り乱したルークを脇に抱えて、アレンたちの席まで戻ってきた。

「おい、放せよ！　セシル!!」

「何が『放せよ』よ！　自分が何したか分かってんでしょうが！」

セシルがルークを席に放り出すと、テーブルの上で食事をとっていた漆黒のイタチがルークの膝に移動した。

セシルはルークを睨みつけてから、アレンの隣にどかりと座った。

「王にもいろいろあるんだな。それもそうか」

世話役のダークエルフが肩を落として食堂を出ていくのを見送って、アレンは呟いた。

「何よ。ていうか、アレン、あなた総帥でしょう！　いたずら者はちゃんと叱りなさい！」

「まあ、子供だし」

しかし、子供は子供らしくという前世の記憶に引っ張られているアレンにとっては、やんちゃ盛りだなと、これくらいの悪戯は気にしない。

そして、マナーも何もなく、器から直接スープを飲んで口の周りを汚しているルークを見て、ダークエルフの王であるオルバースが、自分たちに彼を託した理由がなんとなく分かったような気がした。

かつて、ダークエルフはエルフとの争いに敗れ、ローゼンヘイムのある大陸を離れ南のギャリアット大陸に移住した。

オルバース王は、その時からダークエルフの王だったわけではないようだが、それでも、彼の在位は長く、その間に、エルフとの国交をつなげたり、ダークエルフの人口を回復させるなど、種族の復興に尽力してきた。

その彼だけが、なかなか子供を授からなかったようだ。

アレンも詳しくは知らないが、ローゼンヘイムに世界樹を守るハイエルフが存在するように、ファブラーゼにも世界樹を守るハイダークエルフがいて、これらはエルフやダークエルフと異なり、子供が授かりにくいらしい。

それだけに、やっと授かったルークを、甘やかして育ててしまったのだろう。

そこに、ローゼンヘイムの次期女王の呼び声も高いソフィーが精霊神となったローゼンと共にやって来て、わずかな手勢と召喚獣を従え、「邪神の化身」を退けた。

アレンは、そのソフィーと行動を共にしている自分が、ローゼンが世界を救うと予言した存在であり、その自分と仲間たちが、魔神もろともルコアックの町を消し去ったのを見て、オルバース王が、ルコアックの町と共にダークエルフの未来も消えていくと思ったのかもしれないと推測する。

しかし、希望が全くないわけではない。

何故か、ダークエルフたちの信仰の対象である精霊王ファーブルが、ルークに懐いているので、きっと、これには何か意味があると考えて、オルバース王は自分たちにルークを託したようだとアレンは考えた。

「今日も料理うめえな！」

『ルーク、急いで食べて喉に詰まらせたらいけないよ』

料理をがっつくルークに対して、精霊王ファーブルが注意する。

「うん。ありがとう」

ルークは礼を言い、精霊王の頭をワシワシと撫でる。

スープや煮込み料理の汁のついたその手がファーブルのつややかな黒い毛を汚すが、ファーブルは何食わぬ顔で毛繕いする。

これもいつもの光景だ。

「……」

ソフィーが無言でルークを見つめているのに、アレンは気付いた。

「ソフィーにもあんな時期があっただろ？」

「いいえ」

ソフィーは冷ややかな声で答える。

本当かなと思ったアレンは、ずっとソフィーの護衛を務めてきたというフォルマールを見る。

だが、アレンの視線に気付いていそうだが、フォルマールは決して目を合わせてくれない。

幼少期のソフィーについては、触れてはいけないのかもしれない。

(ふむふむ。王家に生まれるとそれなりの品格を求められると。前世で、そういう例はあったかな)

アレンは前世の記憶を探る。

たしか、自分が鼻水垂らして砂場で遊んでいた頃、同年代の子供が、伝統芸能の舞台に上がり、多くの観客に向けてしっかりと挨拶をしていたっけなと思い出す。

この世界に来て、ソフィー、シア、ルークなど、各国各種族の王族と仲間になったが、きっと前世の世界で伝統芸能の家系に生まれた人々のように、彼ら王族の血筋に生まれた者には、庶民には知ることのできない苦悩があるのだろうと、いまさらながらにアレンは思う。

(まだかかるのかな)

ふと、アレンは、今日がアルバハル獣王国の次期獣王が決まる日だということを思い出した。

聞いていた話では、次期獣王を決定する会議は午前中に行われ、その結果は、正午すぎに現獣王が自ら国民の前で発表するとのことだ。

「お？　間に合ったのか？」

キールと、気持ちよく酔っぱらったメルルが食堂にやってきた。

「ああ、キール。まだみたいだぞ」

今日は、昼時に拠点に集合とだけ決めて、それまでは各人いつもどおりの自由行動とした。

結果、キールは教会に行って回復魔法を施し、メルルも朝から近くの酒場で飲んでいたようだ。

肩を貸していたメルルを席に座らせてから、キールは食事を取りに行く。

「ほら、ドゴラ。肉ばかりでなく、パンも野菜も食べるのだ」

「ん？　ああ、分かったよ、って、お、おい？」

シアが、両手に握った肉を交互に口に運んでいたドゴラの前に、パンや野菜、果実などを並べていく。

ドゴラは困惑しながらも、渋々肉以外の料理も口に運ぶ。

このようなやり取りが、５大陸同盟会議が終わった後から、たまに見られるようになっている。

(これはドゴラがシアを助けたからなのか)

５大陸同盟の会議の途中、ムザ獣王から自立しようとするシアは、父に果たし合いを申し込んだ。

シアが劣勢になったところで、彼女を救おうとドゴラが親子の果たし合いに割って入った。

そして、シアのかわりにボロボロになるまで戦い抜いた。

そんなドゴラに対して、シアは何か感じ入るものがあったようだ。

獣人は感情の起伏が激しく、喜怒哀楽の表現がストレートなようだが、その例に漏れず、シアも強い感謝の念以上のなんらかの感情をドゴラに向けていると思われる。

その背後に、料理を山盛りにした木のトレイを両手に持ったキールが立つ。

「またやっているのか」

呆れたような声を出すキールに、アレンはとりあえずこのまま静観しろという視線を送る。

シアがドゴラの世話を焼くのは、この場に限ったことではない。

すでにS級ダンジョンに通い始めたシアは、アレンたちと共に最下層ボスにも挑戦し、日々のアイアンゴーレム狩りにも参加しているが、効率化のために2パーティーに分けて行うと、シアは必ずドゴラのいる方のパーティーに参加するようになった。

なお、同行していたルークも、S級ダンジョンに通えるようになっている。

そして、ルークは黒魔術師から黒魔導士へ転職を済ませた。

なお、ルークのデバフ系の魔法は最下層にいるゴーレムたちには効かないが、これは元々デバフが効きにくいゴーレム系が相手であることと、ルークの知力が足りないことが原因のようだ。

ルークはS級ダンジョン最下層にスキルレベル上げのために通っているような状況だ。

そんなことを思い出していたアレンが、ふとドゴラとシアを見ると、ドゴラが「お前は俺のおかんか?」と言いそうな顔をしているので、アレンは助け舟を出すことにする。

「ドゴラ、昼からも稽古するならパンも食べた方がいいぞ」

「ん？　そうなのか?」

「肉は体を作り、パンはその体を動かす力になるんだ。食べなくてもいい食べ物はなく、バランスよく食べるとよい。ただし、現在ドゴラは成長期のようなので肉多めでも問題ない」

「ふーん、そうか」

ドゴラは分かったような分からないような顔をしたが、それでも固焼きパンをバリバリとかじり始めた。

その様子に、ムッとしたシアが、ジロッとアレンを睨んだ。

（ふむ、シアは不満顔だな）

どうやら自分が言ってもパンを食べなかったドゴラが、アレンが言うと食べたことが不満であったようだ。

ドゴラを動かしたいなら、動かすように仕向けることが大事だということを知ってほしいとアレンは思う。

「しかし……本当に遅いわね」

セシルがぽつりと呟いた。

アレンも魔導具の時計を見る。

（これって、もしやゼウさんになったから、ルド将軍が拠点に戻りたくないとかじゃないのか）

シアが幼い頃から世話をしてきて、彼女が結成した獣人部隊の隊長になったルド将軍は、そのシアが獣王に選ばれなかった結果を受け入れられずにいるのかもしれないなとアレンは思った。

その時だ。

バァン!!

勢いよく食堂のドアが開かれたと思ったら、ルド将軍が血相を変えて飛び込んできた。

（お？　きたきた、って、ん？　どうした？）

食堂にいた全員が、何事かと注視する中、ルド将軍はシアを見つけると、大きな声で叫んだ。

「ベクが、ベク殿下が内乱を起こしました！　獣王陛下が襲われました!!」

「……な!?　それはまことか!!」

シアがそう叫んで立ち上がった。
アルバハル獣王国で新たな騒動が勃発していたのであった。

第十三話　アルバハル獣王国の動乱

今日は次期獣王が決まる日だと聞いていた。

通信の魔導具のある冒険者ギルドで迅速に結果を知るため、ルド将軍を向かわせた。

向かわせたルド将軍から告げられたのは、アルバハル獣王国で内乱が起きたという話だった。

「父上は無事なのだろうな！」

思わず「獣王陛下」ではなく「父上」とシアは呼ぶ。

(この前はあれほどひどい目に遭ったが、父の心配をするのか。母親はこの前の話だと死んでしまったってことなのか)

アレンはシアの気持ちが理解できないでいる。

結局、闘技台での戦い以降、シアとムザの会話の中に出てきた「ミア」という母について話をすることはなかった。

「ご無事です。獣王陛下は内乱で怪我を負いましたが、既に獣王親衛隊たちの手によって無事回復されたと聞いております。内乱は鎮圧しており……シア様、詳しくは場所を移して……」

「そうであるな」

食堂には多くの戦士がおり、中にはシアの獣人部隊に所属していた者もいる。

ルドが口にした「ベク殿下」「内乱」などのキーワードを耳にして、訝しげな顔や不安そうな顔になっているのがアレンにも分かる。

だが、まずは状況を確認することだ。

アレンは自分たち専用の会議室に移動することを提案した。

「しかし、何から話したものか……」

会議室の椅子に座っても、ルドは話す内容を整理できていないようだ。

(単純にベクが内乱を起こしただけではないと?)

「ぜ、全部、言うのだ！」

シアが焦った様子で叫んだところに、アレンは口を挟む。

「すでに内乱が鎮圧されているなら、最初から何が起きたのか話してくれ」

現獣王が大臣たちと話し合って次期獣王を決めようとした流れが内乱の勃発につながるのには、なにか理由があるはずだ。

その理由を考察するには、まずは全体の流れを把握しないといけない。

「分かりました。順を追って説明します」

ルド将軍は、5大陸同盟の会議が終わった直後から、話を始めた。

アルバハル獣王国に帰国したムザ獣王は、急ぎ大臣たちを集め、助言役テミも交えて、緊急会議を設けた。

その席で、近いうちにゼウ獣王子とシア獣王女のどちらを次期獣王にするかを決めるため話し合い、その結果をもって自分は退位すると発言した。

その理由を問われ、ムザ獣王は、シアとの果たし合いの際、本来すべきでないことをし、獣王国の評価を著しく下げてしまったからだと言ったそうだ。

（獣王化したことが決め手になったようだな）

アレンがドゴラを見ると、口をつぐんで話を聞いている。

「……」

アレンは、ドゴラがシアをかばって獣王と戦ったことに責任を感じているのだろうと考え、気にするな、俺も参加したと言おうとしたら、シアが口を開いた。

「そうだったのか……だからあの時、あのようなことを……」

どうやら、アレンとの戦いが中断された後、ムザ獣王とシアは何か話していたが、その時のことを言っているようだ。

「待てよ……その時には、すでにベクは獣王になる資格がなかったってことか？」

それを聞いたルド将軍は、アレンが当たり前のように獣王太子を呼び捨てにしたことに、思わずムッとしてしまう。

「ベク――そう、そうですね。獣王から課された試練を超えた者が獣王になるということには変わりありませんので」

だが、アレンとしては、ベク獣王太子がどういう思いで内乱を起こしたのか知らないが、自分の仲間であるシアには、「獣王の証」を手に入れ、さらなるパワーアップを遂げてもらいたいので、彼女が獣王になるための話し合いの場を乱した者に敬意を払うつもりはない。

「試練ってのはどういうものなんだ」

ドゴラがそう訊ねたので、ルドは、獣王が与える試練について、改めて説明してくれる。

アルバハル獣王国では、長子に王位継承権が与えられる。

最初に生まれた子が偉いという思想かとアレンは思う。

しかし、長子以外の子供が、長子より王位を継承すべきと考えられる場合もある。

そんな時には、時の獣王が、その子供に、乗り越えられれば長子でなくても王位継承権を認める「課題」を課すことができるようになっている。

これは、子供が生まれにくいエルフやダークエルフが、王や女王の子供でなくとも、長老の子供であれば王や女王になれるのと、ある意味同じだとアレンは理解した。

「揉めたのは、これまで2人同時に試練を超えたことがなかったからか？」

誰を獣王にするか、結論が出ずに3か月近く話し合っていたような気がして、アレンはそう訊ねる。

「揉めていたわけではありませんが……仰るとおり、獣王太子以外に王位継承権を得た子供が2人もいるというのは、前代未聞と言ってもいいかもしれません」

多くの部下を持つ存在、しかもこの場合はかなり布教が進んだ「邪教」の教祖を討伐する、あるいは前人未踏のS級ダンジョンを攻略するといったように、王位継承権を得るために課される試練は、当たり前だが難易度が高く、これまで達成できたのは10人に1人くらい、まして、同じ時期に2人とも達成するなんてことはなかった。

「それで、どんな意見が出ていたんだ？」

「意見？」

「そう、結論が出ないということは、意見が対立して結論が出なかったんだろ？」

「ああ……そういうことですか。そう、宰相と内務大臣は、ゼウ殿下を次期獣王にと考えていたようです」

それを聞いて、結成から数十年経った5大陸同盟は、アルバハル獣王国の内政にまで影響を及ぼしていたようだとアレンは考える。

ギアムート帝国が主導して、魔王軍と戦うための協力要請を行い、非協力的な国を締め出していることを知っていたからだ。

内政を主導する宰相と内務大臣としては、こうした5大陸同盟内の動きに対応するために、温和な性格で、ギアムート帝国とも良好な関係を構築しつつあるゼウ獣王子を推すことで、閉塞的になりつつある国家運営を打開してほしいと願ったのだろうとアレンは推測する。

「それでもゼウ獣王子に決まらなかったと？」

「はい。テミ殿が真っ先に反対したと聞いております」

「ん？　占いの結果が変わったのか」

これまで、テミの占いの結果は、次期獣王にはゼウ獣王子がふさわしいと出ていたということだった。

「占いの結果が出なかったというのが正しい表現でしょうか」

テミがそのような発言をしたことを、宰相は無責任であると責め、そこから議論は平行線をたどったという。

そして、そのような状況は、貴族たちの知るところとなり、彼らの間にも誰が次期獣王になるべきかという議論が飛び火した。

その結果、「次期獣王を決めるべき時ではない」という意見が増えていったのだという。

（テミの占いはそんなに影響力があるのか）

だが、その状況に、獣王が異を唱えた。

彼は獣王位を譲るという意見を変えず、指定日までに必ず結論を出し、アルバハル獣王国全土に、次期獣王を布告すると決め、会議を続けさせた。

そして迎えた指定日である今日、獣王は朝から大臣たちを会議室に集め、次期獣王を決めるまで誰もここから出てはならぬと宣言した。

だが、そのような会議が行われているまさにその時、ベク獣王太子に仕える兵たちが武器を持ち、内乱を起こした。

（獣王と臣下が全員揃ったところでの内乱か。このタイミングを待っていたのかな）

「ベクの内乱が鎮められたということは失敗に終わったということか？」

「失敗……何が失敗したといえばいいか……ベク殿下が、アルバハル獣王国を強引に奪おうとなさったというなら、それは失敗したといえるでしょう。獣王陛下はベク様によって怪我を負いました……」

「な!?　獣王陛下は無事だと言うたではないか!!」

「はい、もちろんです。かなり深手を負ったと聞いていますが、何とか一命をとりとめ、命に別状はないと聞いております」

「そ、そうか。それは良かった。それで、ベク兄様とその兵たちはどうなったのだ？」

「獣王親衛隊の兵によって、殿下が率いた兵たちも、大半が捕縛されました……ですが、殿下は『獣王の証』を持ち出された……」

「な!?　ベクはなんてものを盗んだのだ!!」

アレンは思わずそう叫んでいた。

獣王位を継ぐと、オリハルコンのナックルと防具、そして聖鳥クワトロの聖珠という3点セットがもらえるとアレンは聞いている。

金色に輝くオリハルコンも聖鳥クワトロの聖珠も黄色で統一されており、獣王にぴったりの装備だという。

アレンは、これも自分の仲間であるシアの装備になるものだと考えていた。

（フレイヤから神器を盗んだみたいな感じだな。神器ほど大げさではないだろうけど）

去年、魔王軍はローゼンヘイム侵攻をおとりにして、神界にある火の神フレイヤの神殿を襲い、神器を奪った。

そして、それを「邪神教」教祖グシャラに渡し、グシャラはそれを使って、あらかじめ用意していた手順で信者を「邪神の化身」という怪物に変え、人の魂を集めていた。

今回の騒動にも通じるものがあるが、ベク獣王太子は獣王の象徴のようなものを盗んでしまったなとアレンは思う。

「もちろん、すぐさま追跡の兵を出しましたが、ベク殿下はこのことを予見していたようで、魔導船に乗って逃げてしまったということです」

（ふむ。獣王を倒して、自らが獣王になるとは考えなかったんだな。相手はあの獣王だし。それで

も諦めきれないとなればどうすべきか）

アレンはベク獣王太子になったつもりで考える。

ゼウ獣王子とシアが課題を達成したことで、自分が王位を継承できる可能性はほとんどなくなったと言っていい。

勇者ヘルミオスを一方的に蹂躙できるほどの力を持つ、現獣王を倒すことはできない。

このような状況で、どうすれば獣王になれるか。

そこで、ベク獣王太子は「獣王の証」を奪った。

ということは、「獣王の証」があれば、獣王になれるのだろう。

では、「獣王の証」を手に入れて、何をすれば獣王になれるのか。

自分だったらどうするだろうと考える。

「味方がいるとかそんな感じかな？　例えばギアムートとか？」

（私兵程度でどうにかなるかな？　十英獣も何人か参加する親衛隊も王城にいただろうし）

ベク獣王太子がどれだけの兵を率いたか知らないが、獣王には獣王親衛隊と呼ばれる獣王直属の部隊がいて、不意打ちとはいえ、王城はしっかり守りを固めていたはずだ。

彼らは星２つ以上の才能を持ち、槌獣王だったルド将軍も過去にはそこに所属していた。

ホバ将軍など、十英獣に数えられる者も獣王親衛隊に在籍しているので、そんな彼らを牽制しながら「獣王の証」を手に入れるには、誰かベク獣王太子に味方をした者がいるのだろう。

「実は……魚人兵を多く見たという報告を受けております」

「魚人だと!?　クレビュールが裏にいたと言うのか!?」

シアが驚きの声を上げた。

ずっとクレビュール王国と交渉をしていた彼女は、裏切られたような気持ちでいるようだとアレンは考える。

（意外だな。クレビュールが裏でベク獣王太子と繋がっていたから、この前書面で断ってきたのか？）

魚人と言えばクレビュール王国だが、アレンたちが再三にわたってプロスティア帝国に行きたいと要望した結果、先日、書面で正式に断ってきた。

「いえ、それは分かりません。先ほど、私からもクレビュールに確認をしたのですが、相手の様子がおかしかった。どうも、あちらも何がなにやら分かっておらんようで……」

通信の魔導具を使ってクレビュール王国に連絡を取ると、こちらでも何が起きたのか確認すると返ってきたという。

「ほうほう」

（クレビュールは知らないと。まあ、それが本当だとして、他に関与できる国は1つしかないか）

アレンは今回の一件の黒幕を推理する。

「……まさか!?」

シアが叫んだところを見ると、彼女も同じ考えに行きついたようだ。

「そのまさかだよ。プロスティア帝国だ」

アレンがそう言うと、皆がはっと息を呑んだ。

アレンたちはルド将軍の話を聞いて、ヘビーユーザー島へ移動した。

鳥に到着したら、鳥Aの召喚獣をクレビュール王国へ向けて飛ばした。

これからクレビュール王国に向かう必要がある。

鳥Aの召喚獣は、王化した強化も含めて、素早さのステータス値が２５００に達している。

小一時間でクレビュール王国の王都に到着すると、転移先となる「巣」を作った。

そこで、覚醒スキル「帰巣本能」を使い、全員で移動したのだが、内乱が起こった話を聞いた昼過ぎから、これでもずいぶん時間が経ち、夜になってしまった。

しかし、クレビュール王家はアレンたちに会ってくれるとのことで、王宮の待合室に案内される。

なお、今回のクレビュール王国行きには、ペロムスも同行させている。

ペロムスには、フィオナのためにプロスティア帝国に行かなければいけない用事があるため、クレビュール王国に行くが来るかと尋ねたところ「行く」と即答された。

シアだが、クレビュール王国にやってきても、心ここにあらずといった面持ちでいる。

「シア、心配なら戻ってもいいんじゃねえのか？」

「問題ない。これも王族の務めだ。……だが、ありがとう」

アルバハル獣王国の王城が、こともあろうか獣王太子であるベクに攻められたのだ。

父であるムザ獣王の親類のほか、顔見知りも大勢巻き込まれたことだろう。

また、そうでなくとも、攻め寄せたベク獣王太子率いる軍と、王城を守る兵士が衝突したはずだから、多くの者が傷つき、血を流したということだ。

だが、そうした心配するよりも、やらなければならないことがあると、シアは考えて、必死で不安を抑えようとしていた。

しばらくして、案内の魚人がやってきて、全員お越しくださいと案内される。

（お？　全員行っていいのか。多いなら、俺とシアとペロムスで対応しようかと思ったのだが）

ここには当然、ルークもいる。

アレンはパーティーに入れた者には基本的に声をかけるようにしているが、誘うと「行く！」と言ったので連れてきた。

この状況がどこまで分かっているか分からないが、まだ幼いルークにはなんでも未来のダークエルフ王につながる経験になるだろう。

ただ、王家と直接会うのは、先方の都合に合わせるつもりであったが、いいらしいのでそうすることにした。

案内の魚人についていくと、通された広い会議室では、クレビュールの王族が勢揃いして待っていた。

アレンたちが案内されたのは、国王が座り、その両隣には王妃とカルミン王女も座る、長い机と向き合うように置かれた、こちらも同じく長机だ。

王妃のさらに隣には、宰相か大臣だろうか、立派な恰好をした見たことのない魚人が２人座っている。

そして、彼らの背後には、近衛隊の騎士とおぼしい魚人が数名立っている。

「よく来てくれたのだ」

アレンたちが席に着くと、クレビュール国王が口を開いた。

「夜分に押しかけて申し訳ありません。大至急、確認したいことがありまして」

「ああ、シア獣王女。今回の一件は大変なことでした。我々にできることがあれば、可能な限り対応しよう」

「心強いお言葉に、感謝の言葉もありません」

シアが深々と頭を下げた。

そこへ、茶と菓子が運ばれてきて、アレンたちの前に並べられる。

「それで……内乱を起こしたベクに協力者がいたようです。なんでも、魚人が支援していたとか」

アレンは夜も遅いので、「邪神教」の時のように、談笑してから本題に入るという流れにはしなかった。

そして、中心に自分が座っているので、自分が話を進める。

前回は、獣王女であるシアがほとんど話を進めたが、今回は自分がアレン軍の総帥という立場だ。

なお、ムザ獣王と王城を守るために組織された獣王親衛隊が、今回、魚人の軍と交戦したという話は、ルド将軍から聞いている。

「ふむ。これはアルバハル獣王国にもお答えしたことだが、我らは今回の件について、一切関与しておらぬ」

(ふむ。何となく嘘は言ってないっぽいな)

アレンは知力をもって、国王に王妃、カルミン王女に一緒に座る宰相を見たが、嘘をついたり隠し事をしているような表情の変化は見えなかった。

「では、プロスティア帝国が関与していると?」

「……それは、我々にはあずかり知らぬことだの」

（まあ、属国には正確な情報を伝えないのかもな）

これまで、アレンはプロスティア帝国についてあれこれ調べてきたが、分からないことがとても多い。

分かるのは、輸出入の品目から判断できるかぎりの、どんなものを生産しているかと、どんなものが生産できないかくらいだ。

「そうですか」

クレビュール王国は、プロスティア帝国が地上にある国と取引をするために作られた国のように思えるので、ここでは情報は得られないのかもしれないとアレンは考える。

「……ただ」

「え？」

何か覚悟のようなものを感じるかもしれない。

「……最近、プロスティア軍部に不穏な動きがあると聞いての。もっとも、これも噂に過ぎないのだがの」

「ありがとうございます」

（ほう、軍部が動いたってことかな。これは感謝だな）

この発言は、クレビュール王国の国王が外部にプロスティア帝国の情報を漏らしたことになる。

アレンはゆっくり王妃やカルミン王女を見るが、何か覚悟のようなものを感じるかもしれない。

（ってことは、まあ、どちらにせよ、プロスティア帝国に行かねばならないな）

アレンはプロスティア帝国に行く用事が増えたとはっきり理解する。

最初は、聖珠を求め、聖魚マクリスに会いに行くだけだった。

そこに、ベク獣王太子の何らかのたくらみを阻止するという目的が加わったようだ。

人族を攻め滅ぼそうとしているベク獣王太子が、「獣王の証」を奪った。

彼に力を貸しているのはプロスティア帝国だ、とアレンは断定する。

今のところ何が起きているのか分からないが、ほっとくわけにはいかない。

それにと思い、アレンは横に座るシアに話しかける。

「シア、もし、ベクから獣王の証を取り返したら、それはもう獣王ということではないのか？」

（結局、シアかゼウさん、どちらが獣王になるかの議論の途中で騒動を起こしたみたいだし）

アルバハル獣王国の次期獣王位に、ゼウとシアのどちらが座ることになるのかは、まだ決まっていない。

しかし、ここにきて、生まれつき王位継承権を持っていたベク獣王太子が、「獣王の証」と呼ばれる武具と聖珠の3点セットを盗み出した。

この3点セットが名前のとおり、「獣王」であることの「証」になるなら、これを取り返した者が獣王になるのが、誰から見ても公平な結末だろうとアレンは考える。

自分たちが力を貸すわけだが、それも含めて獣王の力だ。

シアは、獣人の帝国を築くためにアレンの仲間になると決断したのだ。

王とは、己の力だけに頼るものではなく、必要ならば他人の力を借り、できる限りのことをして、王座を奪うものだとアレンは考える。

（まあ、ゼウさんの余命が残りわずかになるかもしれないけど）

ゼウ獣王子は大変な恐妻家で、ゼウ獣王子の妃は夫が獣王になることを信じて疑っていないらしい。

獣王にならなければ、ゼウ獣王子の命もそこまでかもしれない。

その辺りには、また別の方法を考えないといけないとアレンは思う。

「それはお前が決めることではないぞ、アレン。だが、確かに、そう判断されるかもしれんな。……ともあれ、ベク兄上が奪ったものは、アルバハルに戻さねばならない。しかし、そうなると……」

シアも、これは獣王位を継ぐ者として存在を示すいい機会とは考えているが、それを達成するにはどうしても必要なものがある。シアはクレビュール国王に顔を向けた。

すると、クレビュール国王が、その場で頭を下げた。

「申し訳ない。入国証は出せぬのだ」

王妃も王女も、大臣たちも悲しい顔で静観している。

どうやら絶対にできないということらしい。

「それは、どちらの入国証ですか？　たしか、入国証はクレビュール発行のものと、プロスティア帝国発行のものがありますが」

プロスティア帝国へ入るための入国証は2種類ある。

クレビュール王国が発行する、魚人のためのものと、プロスティア帝国が発行する、魚人以外のためのものだ。

後者には、魚人以外が身につけると、水中で呼吸できるようになる、水の神アクアの加護が付いている。

「プロスティア帝国発行の入国証だ。はっきりと断られた」

クレビュール国王は、すでにプロスティア帝国に掛け合ってくれていたようだ。

「ベク獣王太子は入国させたのに、ですか？」

「それは事実と認められておらんとさっき言ったはずだが……」

（まあ、これ以上責めても仕方ないか。プロスティア帝国に必ずベクがいるという確証はないしな）


王城を脱出した後の、ベク獣王太子の足取りは不明のままだ。

「困りましたわね。プロスティア帝国に入れないとなると……」

「いや、まあ、プロスティア帝国に入る必要はある」

「そうですが、アレン様……」

ソフィーは無理なものは無理だと思う。

「国王陛下、クレビュール王国発行の入国証なら発行できますか？」

「それは当然できるが、しかし……」

（できると言ったな。では発行してもらうぞ）

アレンはクレビュール王国の国王から入国証を発行するという言質を取ったと判断する。

そして、アレンの仲間たちは、このやりとりに違和感を覚える。

人族やエルフ、獣人は、プロスティア帝国では活動できないことは、アレンも知っているはずなのに、問題ないという顔をしているのは、何か考えがあるのだろうか。

「アレン、何か考えがあるのね？」

セシルが代表してアレンに問う。

「あるぞ。俺は、この状況に既視感がある。過去によく経験したことだ」

（やっぱりこういう国はどこにでもあるんだな）

アレンはこういう状況に、前世で遊んだゲームで慣れていた。

行きたい場所に行けない場合、ゲームでは、鍵を見つけるとか、特別な移動手段を見つけるとか、必ず解決策があった。

そして、それは、行けない理由とセットになっていて、パターンが分類できていた。

今回のパターンは、アレンが健一だった前世で「入国拒否」と分類したものだ。

人間嫌いのエルフの里に入らないとストーリーが進まない。

魔王城にも潜入し、魔王の動向を探らなければフラグが立たない。

そんな時に、ゲームの中で使った方法を今回も使えばよい。

「皆に見せるのは初めてになるな。今回は王道の方法で入国するぞ。タコス、擬態を使ってくれ。俺だけでいい」

魚Aの召喚獣に覚醒スキル「擬態」を使うように言うと、会議室の壁から、巨大なタコの姿をした魚Aの召喚獣が顔を出す。

『アレン様にだけ擬態でゴワスね』

「!?」

国王、王妃、カルミン王女、そして臣下に近衛の騎士たちが仰天した。

顔と口元の一部しか見えていないくらい、巨大なタコの顔が現れたのだ。

そして、その筒状の口の先端でふあっと泡が膨らみ、人間の大きさにまでなったと思ったら、ふあふあと飛んでいき、アレンに当たった。

デロン！

おかしな音が鳴った瞬間、泡は白い煙に変わり、アレンの体を覆い隠した。

そして、白い煙が薄れて消えると、そこには1人の魚人が立っていた。

「あ、アレン様、アレン様!?　え？　なぜそのような姿に!?」

ソフィーが驚きの声を上げながら椅子から立ち上がる。

「ふっふっふっ」

アレンは勝利を確信する笑い声を上げながら、指と指の間に水かきができた手を閉じたり開いたりして感触を確かめる。

（ふむ、これが魚人の姿か）

「ちょっと!?　アレン、なんで魚人になっているのよ!!」

セシルを始め、仲間たちは人族から魚人になったアレンに驚いている。

さすがにセシルもアレンのこの状況にはついてこられないようだ。

「さて、クレビュール王国は入国証を発行してくれるようだ。海底の大帝国プロスティア帝国に皆で行くぞ！」

アレンはこれから向かう遥か先の大海原の方向を指さし、自信をもって口にするのであった。

特別書き下ろしエピソード①　贄と獣の血②

アルバハル獣王国のベク獣王太子が獣王武術大会で惨敗し、10か月が過ぎた時のことだ。

ベク獣王子をボコボコにした、ブライセン獣王国のギル王子は、帰国後、すぐに獣王太子位に就き、ブライセン獣王国の王位継承者となっていたが、その彼から、翌年のアルバハル獣王国獣王武術大会への参加表明が届いたのだ。

だが、それはベクにとっては望むところだった。

敗北の日からの数か月を、失意のうちに引きこもって過ごしたベクだったが、いつの頃からか、アルバハル獣王国の誇りを、なにより己の誇りを傷つけた相手に目にもの見せずにはおかない、という思いが芽生え、ついに自ら獣王に許可を求め、獣王太子としての務めを果たしながら、大会優勝を遂げ、雪辱を果たすための修行を始めていたのだ。

そして、ベクが修行の一つの区切りとしたのは、鬱蒼とした密林を棲家とするSランクの魔獣アークスパイダーを倒すことだった。

アルバハル獣王国の密林に棲息する、数千年は生き続けるというこの蜘蛛型の魔獣は、定期的に目覚めては獣人を餌食にしていた。

かつて、密林近辺に拓かれた村が、これを倒そうとしたものの、返り討ちに遭い、村人全員が数週間をかけて貪り食われたことがあった。

そのため、今では、近隣の村ではその災禍を避けるべく、供物として獣人を捧げるという風習が根付いていた。

だが、その恐るべき魔獣が、今、ベクの目の前に、１００メートルを超える巨大な死体となって横たわっていた。

「ロムよ。なるほど……。これは素晴らしい薬だな。これがなければ余も危なかったぞ」

ベクはそう言って、手のひらに乗る大きさの麻袋を見つめた。

先ほど、その中に入っている丸薬を飲み下したところ、ベクはすさまじい力が体の中から湧き上がるのを感じ、その力の迸るまま、小山のような蜘蛛型の魔獣と1対1の死闘を繰り広げたばかりだった。

「そうですじゃ、儂の調合した滋養強壮の丸薬は最高ですじゃて」

いつの間にか、ベクの背後に立っていた、山羊の獣人で薬師のロムが嬉しそうに答えた。

獣王武術大会での敗北後、失意のベクを訪ねてきたこの旅の薬師は、引きこもっていた彼とどのような話をしたのか、信用を得て王城に寄居するようになり、今では獣王太子直属の薬師として働いている。

そして、ロムの背後から、彼を突き飛ばすようにして、ベクの側近中の側近である犬の獣人ケイ隊長が近づいてきた。

「ベク様、よくぞご無事で……お、お顔が!?」

ケイ隊長が驚愕の声をあげたのは、ベクの片頬に、アークスパイダーの鋭い前脚の一撃を受けたものか、耳まで届く大きな傷が走っていたからだ。

「うむ……ああ、そうか。だが、これもロムの薬によるものか、不思議と痛みは感じぬのだ」

そう言っている間にも、ベクの頬の傷が塞がっていく。

「おお……体に力が漲るぞ。どうやら、余は獣神ガルムの試練を超えたようだな」

失意の日々を過ごした反動からか、次の獣王武術大会を目指して修行を続けるうち、いつしかベクは「余」と自称するようになっていた。

「しかし、これではベク様の美しいお顔に傷が残るのでは？　ロムよ、なにかよい傷薬はないか？」

試練を超えたことでほとんど完治したものの、頬に傷跡が残ってしまわないかとケイは心配する。

「それは、すでにベク様にお渡ししている体力増強の丸薬ですじゃ。あれを飲めば、どんなに傷もたちどころに塞がり、また、一晩眠れば疲れも残りませぬぞ」

「なるほど、たしかにそうかもしれん。ロムよ、ありがたいぞ」

ベクがそう言うと、ロムはにこにこと笑いながらこう答える。

「ですが、それは、ベク様が始祖アルバハル様の血を濃く受け継いでおられるからこそ。つまり、ベク様は、獣神ガルム様から授かった、我ら獣人を守り導く力の正当なる後継者、神に近き獣であるということですじゃ」

ロムの言葉を耳にしたベクの目がギラリと光る。

「……ギルに負ける道理はないということだな」

そう言ったベクの顔にすさまじい笑みが浮かび、それを目にしたケイ隊長は、全身の毛が逆立つのを、主君に対する畏怖の表れと自認する。

だが、彼が隣に立つロムを見下ろすと、この山羊の獣人には自分のようにベクを畏怖する様子は見られず、最前と変わらずにこにこと笑っている。

「ブライセン王家を守護するは獣神ギラン、しかし、これはガルム様のお戯れによって獣神になったにすぎませぬ。ブライセンはアルバハルに及ばず、それは、ベク様が眠れる力を呼び起こされた今こそ全獣人が思い出すことでしょう」

ロムのその発言を、ロムとケイ隊長がベクと話しているうちに、彼らを取り囲んでいた騎士たちも聞いていたようで、「そうだそうだ」「ギルなど恐れるに足らず」と同意の声が囁かれる。

生まれた時から神童と呼ばれたベクに仕えてきた彼らにとって、去年の獣王武術大会での主君の敗北は認めたくない事実であった。

だからこそ、その後のベクの復活の日々を、彼らは熱を込めて見守っていた。

その思いが、今、ようやく果たされたようで、皆、鼻息が荒くなっているのを自覚していないほどだ。

だが、そうした騎士たちに、ベクは冷たい声でこう告げる。

「さもあろう……だが、それは余とギルの話だ。獣神の1柱として、ガルム様を支える大事なお方であるギラン様を、あしざまに言うことは許されぬ。……ロム、貴様も心せよ。余の近くにいたければ、そのような口は二度ときかぬことだ」

「も、申し訳ありませんのじゃ!?」

ロムの顔から笑いが消え、ぺこぺことベクにへつらう様子に、自分たちも叱責されているのだと理解した騎士たちは、ばつの悪い思いをする。

すると、騎士たちのその気持ちを察したケイ隊長が、すばやく指示を繰り出した。

「皆の者、撤収を始めるぞ。班を3手に分ける……まず解体班は、大顎と魔石を回収し……」

アークスパイダーは虫系統の魔獣のため、その肉は食料には適さないが、素材は豊富だ。

ケイ隊長の指示のもと、騎士たちは、Sランクの魔獣の素材を回収する班、昨夜の野営地である沢まで戻り野営の準備をする班、近くの村へ向かい里をたびたび荒らしてきたアークスパイダー討伐の知らせを伝える班に分かれ、それぞれの作業を開始した。

彼らは、次期獣王の呼び声も高いベクのもとへ、貴族たちが、その支持の証として送り出した、嫡子でない子供たちだった。本当はもっと多くいるのだが、ベクはその中でも精鋭を選りすぐって同行させていた。

2時間後、すっかり日が落ちた野営地に、篝火に照らされて獣王家の紋章が浮かぶ天幕があり、中では、ケイがベクに給仕をしていた。

「ささ、ベク様、よく焼けております」

「うむ、もらおうか」

肉塊を串に刺し香辛料をまぶしただけのワイルドな料理に、ベクはガブリとかみつき、勢いよく食いちぎる。

それほど上質な肉ではなく、しかも、ここまでの道中で傷んでおり、王城ではけして王族に供されることなどない料理だが、ひと暴れした後のベクにはこの上ないご馳走に思える。

「……どうした。そんなに見つめられては食いづらいではないか」

「い、いえ、あのような化け物を、たったお一人で倒されるとは……。ご立派になられました」

ケイ隊長の頬に涙がこぼれた。

去年、衆人環視の中、ギルにボコボコにされたことが嘘のように、今のベクは、圧倒的な強さを身につけていた。

それもこれも、王城にやってきた薬師のロムの功績と言わざるを得ない、とケイは思う。

生きる気力すら失っていたベクを立ち直らせたばかりか、戦いに有利な丸薬を開発、惜しげもなく提供する彼なくして、今のベクはないだろう。

だから、ロムがケイ以外にベクの天幕に入ることを許され、共に食事を取るまでになったのも、無理のないことだった。

だが、それでも、ロムはそうした待遇に驕ることなく、ただひたすらにベクのために新しい丸薬を製造し続けている。

そのロムだが、丸薬の製造時とは打って変わって、今はつまらなそうな顔で食事をしている。

その様子を眺め、まったく奇妙な男だとケイが思っていると、ふいに、ベクが声をかけてきた。

「……ケイよ。お前には心配をかけたようだな」

「な!? そんな……」

ケイが謙遜の言葉を述べようとすると、それを遮るように、ベクはこう続けた。

「お前はずっと、余を気に掛けてくれた。余は、余に兄というものがいるなら、それはケイ、お前だと思っている」

思いがけない主君からの感謝の言葉に、ケイが絶句していると、ベクは真摯な態度で話を続ける。

「余は、幼き頃から、お前たちパトラッシュ家の世話になってきた。先代が家督をその若さでお前に譲ったのはそれだけ、ケイよ、お前が優秀だからよ」

若くして獣王太子に任命された自らと重ねてベクは口にした。

だが、幼くしてベクの世話係となり、共に成長し、ベクが獣王太子に就いた時から親衛隊の隊長を務め、ついにはその功績が認められ、侯爵家を継ぐことが認められていたのだ。

ベクが獣王太子になってから、彼の周りには、次期獣王の旨味を得ようとそこらの貴族が集まってきたが、そんなのとは忠誠心の厚さが全く違う。

「そ、そのようなお褒めの言葉はもったいのうございます。このケイ＝ヴァン＝パトラッシュ、もとよりベク様の御為に、命を懸けてお仕えする所存です！」

ケイはそう言いながら、ふと、先ほどから考えていることをベクに伝えようと思った。

「そうです、ベク様、お褒めの言葉はもう1人、このロムにも賜りとうございます」

「……おお、そうだったな」

ベクがロムを見ると、名前を呼ばれたことに気付かず、つまらなそうに食事を取っていたロムは、ベクの視線に気付き、慌ててその場で立ち上がった。

「はは！　ベク様の右腕……そうじゃ、次期獣王親衛隊隊長ケイ殿にそのようなお心遣いをいただくなど、このロム、滅相もございませんのじゃ」

ロムの言葉に、ベクの顔が厳しいものに変わる。

「次期獣王などと……ロム、今後そのようなことは口にするでないぞ！」

感情の感じられない低い声は、ベクが怒りを押し殺していることを示していた。

「こ、これは大変な失礼をいたしましたのじゃ」

ロムはぱっとその場にひれ伏して、深々と頭を下げた。

すると、その頭に、べクは朗らかな声をかける。

「だが、例の丸薬はありがたかった。武術大会では使用できぬが、丸薬の力を借り、今日の戦いに勝てたことで、余は次の武術大会こそ優勝できると確信したぞ」

そう言って、満足げに笑うべクを、低い位置から、ロムのぎらつく瞳が見上げていた。

＊＊＊

数日後、王都へ戻ったべクは、獣王武術大会参加の許可を得るべく、父の元へ向かった。

ゴゴゴゴゴッ

謁見の間へ続く分厚い扉を、獣人の騎士たちが４人がかりで開くと、長く延びる真っ赤な絨毯と、その左右に並ぶ大臣たち、貴族たちが見える。

そして、絨毯の途切れる先には、父、ムザ獣王が座る玉座があり、その隣の椅子には、べクの母である獣王妃が腰掛け、反対側には狸の獣人で宰相のルプが立っている。

ちなみに、獣王妃の座る椅子は、玉座と同じ高さにあり、一段下がったところに、べクの弟ゼウと妹シアが座る椅子が並べられていた。

絨毯の上を大股に歩くベクの背後に、ケイ隊長と数名の騎士が続く。

そのうち2人は、それぞれアークスパイダーの大顎を1本ずつ抱え持ち、さらに2人が、Sランクの魔石を盆に載せて捧げ持ち、謁見の間に踏み込んでいく。

ベクは、通り過ぎる自分の横顔に注がれた、貴族や大臣たちの視線が、一瞬後には、自分の背後に流れていくのを感じ、軽い充足感を覚える。

「おおお……。なんということだ。ベルヒナ山脈の密林地帯を荒らすアークスパイダーを倒したという噂は本当でしたか」

「それにしても、なんという輝きだ……これがSランクの魔獣が持つ魔石か……」

「あのような恐ろしい魔獣を倒すとは……祖父のヨゼ陛下にも迫る強さを身につけられたのではないか」

そして、ベクは絨毯の端にたどり着くと、その場でゆっくりと跪く。

ケイたちも、運んできた素材を持ったまま、その場に跪いた。

おもむろにムザ獣王が口を開く。

「よくぞ戻ってきたな、ベクよ。……またも、たった1人で魔獣を倒したと聞くが、それはまことか？」

その声には、去年、Aランクの魔獣キングアルバヘロンを1人で倒したベクが、その証拠に魔獣の頭部を持ち帰った時と同じく、冷たく厳しい響きがあった。

だが、その響きに、ベクもまた、去年と同じく、自信にあふれた声で応じる。

「もちろんです。ただ、これは次の大会に向けての前哨戦にすぎません。必ずやブライセンのギルを倒し、我が国の雪辱を果たす所存です」

「ふむ、では、大会に出るということだな」

「は！　獣王太子として、次こそブライセン獣王国の好きにさせません！」

ベクの自信に満ちた顔を、ムザ獣王はしばらくじっと見つめていたが、ふいに視線を外すと、ルプ宰相に向かってこう言った。

「ルプよ、ベクにあれを見せてやれ」

「は！　……獣王太子殿下、こちらをご覧ください」

ルプ宰相が進み出て、懐から羊皮紙を取り出し、ベクに手渡した。

ベクは神妙な顔つきでそれを開き、一読してから、いきなり低いうなり声をあげた。

「ギルが……獣王に!?」

ルプ宰相がこっくりと頷いた。

「そうです。ブライセン獣王国のオパ獣王は、こたびのアルバハル獣王国獣王武術大会において、ギル獣王太子が総合優勝すれば、次はブライセン獣王国の獣王位を譲るとおっしゃっておるのです」

この説明を聞き、貴族たちが驚愕に目を見開く。

彼らは、ガルレシア大陸の獣王国の臣民として、獣王武術大会のルールを熟知している。

【獣王武術大会の基本ルール】
①ガルレシア大陸の獣王国は、必ず年に一度、獣王武術大会を開催しなければならない

②獣王武術大会においては、武器、防具、魔法具（※）の装備、使用はこれを許可する
補助魔法、回復薬などの使用、および持ち込みは、これを禁止する
③獣王武術大会の参加者に制限はない
たとえ犯罪者であっても参加でき、身分は問わず、王族であっても優遇はされない
④他国の「獣王」が、獣王武術大会に優勝した場合、開催国の領土の4分の1を手に入れる
⑤獣王武術大会で怪我、もしくは命を落とすことがあっても、本人も、その関係者も、不服を申し立てることはできない
※魔法具とはステータスが上昇する等の効果がある指輪や首飾りのこと

【アルバハル獣王国の獣王武術大会における特別ルール】
⑥武器の種類によって、部門を分ける
⑦各部門は、乱取り戦の予選から、抽選によって対戦相手を決める勝ち抜き戦の本戦へと進み、最後まで勝ち抜いた者が部門優勝者となる
⑧部門優勝者は、部門代表者と戦い、勝てば新たな部門代表者となる
部門代表者となったものは、次年度の部門優勝者と戦い、勝てば部門代表者の地位を守る
⑨最終的に、各部門の代表者を集めてトーナメント戦を実施して、総合優勝者を選出し、総合優勝者は前回大会の総合優勝者「獣王」と戦い、勝てば新たな「獣王」となる
⑩アルバハル獣王国の獣王武術大会において、獣王武術大会基本ルール④の「優勝者」に相当するのは、⑨で決まった「獣王」である

今年、ギルが優勝しようものなら、来年こそは領土割譲の条件を満たしてしまう。

「いよいよ後がなくなってきたな。であれば、ベク、あとはお前次第だ。臆するようなら、やはり余が出るしかなくなるぞ」

「な!? 陛下、それはなりませぬ!!」

ルプ宰相が慌ててそう進言したのは、アルバハル獣王国の現獣王が武術大会に出張ると、必ずやブライセン獣王国と比較され、弱腰に見られてしまうからだ。

だが、これはムザ獣王も承知の上で、ベクをたきつけるためのあえての発言である。

そのことが、自分を見つめる冷たい視線によって、当のベクにも理解できた。

「いえ、それにはおよびません」

ベクはきっぱりとそう言った。

「陛下、どうかその玉座にて、安らかにご覧ください。これは、私が昨年、大会に参加することから始まった、『私の戦い』でございます」

「ほう……その『私の戦い』に、お前は一度敗れた。二度目も敗れぬとなぜ言える?」

「その敗北こそが、今の私を作ったからです。もう、私は去年の私ではない。それは陛下、このアークスパイダーがなによりの証拠です」

ベクの返事に、ムザ獣王は深く息を吐き、こう言った。

「よく言った。ベクよ、お前に任せた」

「は!!」

力強いベクの返事に、並び立つ貴族たちは安堵しつつも、心のどこかに不安を残していた。

目の前にSランクの魔獣の大顎と魔石が並べば、ベクの力が去年よりも増していることが確信できるが、同時に、去年のギルとの戦いの果てに、ベクが無残にたたき伏せられた姿を、どうしても思い出さずにはおれない。

複雑な気持ちのこもる沈黙を破るように、ムザ獣王が声を響かせた。

「ふむ……では、これでこたびの謁見は終わりだな？」

「いえ、陛下……あと1件、これは獣王太子殿下に関わることでございます」

「なんだ？」

「はい。実は先月、殿下が提出なされた、『才能人頭税倍化法』の草案について、各大臣からの意見が提出されて参ったのですが……」

ルプ宰相がそう言った途端、並び立つ貴族たちが険しい顔になった。

それは、ベクがこの10か月の間に、獣王太子として提出した法案の草案が、次のようなものだったからだ。


【ベクが提唱した才能人頭税倍化法】
・才能を授かった者が成人（15歳）したのちは、追加の人頭税を課すこととする
・拳獣士相当の才能を授かった者の場合、通常と同額の人頭税を追加し、2倍の人頭税を課すこととする
・拳獣豪相当の才能を授かった者の場合、通常の倍額の人頭税を追加し、3倍の人頭税を課すこと

とする
・拳獣聖相当の才能を授かった者の場合、通常の3倍額の人頭税を追加し、4倍の人頭税を課すこととする
・拳獣王相当の才能を授かった者の場合、通常の4倍額の人頭税を追加し、5倍の人頭税を課すこととする

「ルプ宰相、余の草案に、どのような意見があったというのだ？」

「は……皆の意見はそれぞれに異なりますけれど、おおむね、次のような部分が一致しております。すなわち、『このような才能を持つ者を締め付けるような法案を通せば、才能を持つ者ほど国外に逃げ出すのではないか』と……」

「何を言う。そのための課税と分からぬか。金がなければ、よそへ行くこともままならぬではないか」

ベクのあっけらかんとした返答に、ルプ宰相の顔の毛が恐怖と困惑に逆立った。

「そ、そのような締め付けを!?」

「締め付け……か。そのような口を利く者は、才能を授からなかった者たちが、どのような締め付けを味わっているか、知らないとみえるな」

ベクのそのような発言に、立ち並ぶ貴族たちから困惑の声があがった。

「し、締め付け……ですと？」

「獣王太子殿下はなにをおっしゃっているのだ……？」

すると、その声のする方へ、ベクがいきなりその鋭い視線を向けてきたので、貴族たちは一斉に黙り込んだ。

「いい機会だ、諸君に、余がこの目、この耳で見聞きした事柄を伝えよう。余は学園を卒業したのち、冒険者として、アルバハル獣王国各地を巡った。だが、その際、どこを訪れても、そこに住む者たちは皆、魔獣の恐怖に怯えておった。何故だと思う？　……それはな、彼らが才能を授からなかったからよ。生まれつき才能を授からなかった、ただそれだけのために、彼ら弱き者は不意に襲ってくる魔獣の脅威に昼も夜も怯えて暮らさねばならんのだ!!」

ガルレシア大陸で新生する獣人の、実に9割が才能を授かることのない者たちだった。

彼らが生まれた村や街を出ることなく暮らしていることを、かつて、王城を生活の中心として育ち、学園に進んでようやく広い世界の知識を得たようなベクは、知ることなく生きてきた。

しかし、学園を出て、冒険者として国中を旅する中で、Cランクの魔獣を倒しただけでも、魔獣の縄張りの近くに住む人々からは英雄と称えられたことから、なぜこのようなことになるのかと考えた結果、ベクはこう考えるようになっていた。

すなわち、才能とは、才能を授からなかった者たちを守るために、その役割を果たせるはずの者に、授けられるものである。

ということは、才能を授からなかった者たちが苦しんでいるのは、才能を授かりながら、それを行使することをさぼっている者がいるからだ。

それ以来、ベクは、魔獣を倒して人々から感謝される度に、もし自分以外にも才能を授かった者が魔獣に立ち向かっていたら、この人たちはもっとはやく幸せになり、自分ばかりが感謝されることはないだろうにと思い続けてきた。

そして、王城に戻ったことで、ようやく、そうした才能を授かりながら怠惰に過ごす者たちの実体を知ることになり、獣王太子の位に就いたことで、ようやく彼らから、怠惰な生活を許す原因となっている、過剰な財産を取り上げ、才能とともに授かっているはずの「責務」に駆り立てるべき時が来たと考えたのだ。

……このようなことを、ベクが熱を込めて、しかし静かに語るのを聞き終え、ムザ獣王が、1つ大きな息を吐いた。

「……なるほど。お前の考えは分かった。だが、ベクよ、そのお前もまた、『責務』を負うべき者であるぞ。それが分からぬお前ではあるまい」

「もちろんです。我らアルバハル獣王家の血に連なる者こそ、アルバハル獣王国で最も重い責務を負うべき者。それは、獣神ガルムが、私に『拳獣王』の才能をお授けになったことからも分かろうというものです。……この言葉、出まかせでないことを証明させてください」

「……だそうだ、ルプ宰相。どう思う？」

ムザ獣王はルプ宰相を見た。

「獣王陛下……獣王太子殿下の草案については、内務大臣及び外務大臣、法務大臣も含めた複数の大臣から反対意見が寄せられております……」

ルプ宰相が、立ち並ぶ貴族や大臣たちを見回して、不安そうな声でそう言った。

「ベクを獣王太子にしたのは余である。そのベクが、我が国を巡り、考えたことである。よく議論せよ」

「分かりました……」

　こうして、謁見の間で、ベクが次の獣王武術大会に参加することが決まり、大会の準備が進められることとなった。

＊＊＊

　いよいよその年の獣王武術大会が始まると、ベクは、去年の成果と獣王太子という立場を無視して、予選から参加することとした。

　だが、参加者は誰も、Sランクの魔獣をたった1人で倒すほどの力を身につけたベクの相手ではなく、ベクは次々と勝ち進んで、ついに、爪・ナックル部門の部門優勝を決める決勝戦へ駒を進める。

　そして、決勝戦の前夜のことだ。

　ベクの部屋の前には、シアとゼウの姿があった。

　2人はこれまで何度もベクに面会したいとやってきていたのだが、その度に、ケイ隊長が部屋に入ることを許さなかった。

「シア殿下、ゼウ殿下、昨日もお話ししたことですが、ベク様は次の戦いに向けて、精神を研ぎ澄ませておられます。そのため、どなたともお会いにならないのです」

「でも、明日はあのギルと戦うんでしょう。ベク兄様にはこれを持っていてほしいのだ……」

　そう言ってシアが差し出したのは、「獣神の守り紐」だった。

これは、装備者への絶体絶命の一撃を代わりに受けることができる、獣神ガルムの魔法具で、実際、昨年はシアとゼウがこれを渡していたおかげで、ベクはギルのすさまじい攻撃から生き延びたのだった。

だが、昨年と異なり、ケイは容易に「獣神の守り紐」を受け取ろうとはしなかった。

「シア殿下、重ねてお断りするのは大変恐縮なのですが……」

「私からもお願いしたい。敬愛するベク兄様にもしものことがあったらと思うと、シアだけではない、私も心配でならないのだ。せめて、兄様にこれを渡してくれないか。それで、私とシアが兄様をどんなに思っているか、兄様には分かるはずだ」

ゼウがそう言うと、ケイは観念したのか、渋々といった様子でシアの手から「獣神の守り紐」を受け取った。

「……お二方のお気持ち、ベク様にお伝えいたします」

「ケイよ、頼んだぞ」

そう言い残して去って行った兄妹を見送ったあと、ケイはベクの私室へ向かった。

ベクは、背中に疲れを癒す薬を塗るロムと2人きりだった。

「ケイよ、どうした？」

ベクが寝台に伏せたまま、顔も上げずに言った。

ケイはなんと言ったものか迷い、手の中の「獣神の守り紐」をいじくっていた。

「シアから何か預かってきたのか？」

「……『獣神の守り紐』です。どうしてもベク様にお受け取りいただきたいとおっしゃるもので

「……」

「屑箱ならそこにあるぞ」

ベクの返答に、ケイは耳を疑った。

ベクならずとも、アルバハル獣王国に生まれた者ならば、「獣神の守り紐」がどのようなものか、知らないはずはない。

それを身につけないならまだしも、屑籠に捨てるなど、どうかしているとしか言いようがない。

だが、ケイがその疑問を口にする前に、ベクが顔を伏せたまま、こう言った。

「魔法具の持ち込みには制限がある。守りに使う余地はないのだ」

その言葉に、ケイははっとした。

「……そ、そうですね。守りを固めてばかりでは、あのギルには勝てませんね」

そう答えながら、シアから手渡された「獣神の守り紐」を戸棚にしまったケイは、あらためて、寝台の側のテーブルに置かれた、ベクの装備品を眺めた。

無数の傷が残るアダマンタイトのナックルと鎧の隣に、素早さを高める首飾りが置いてある。

獣王武術大会は、魔法具の装備が許された大会であるが、指輪なら2つまで、首飾りなら1つまでと制限されていて、それ以上装備しても、魔法神イシリスの理により、効果が発揮されない。

あのすさまじい攻撃力を持つギルを倒すのには、彼よりも素早く動くべきだと、ベクはそう考えていて、そのことをケイも聞いていた。

もし、素早さを高める代わりに、「獣神の守り紐」を装備すると、万一の時には守られるかもしれないが、そもそも勝機を摑むことができなくなる。

「さて、と……これで、明日も持てるお力のすべてをお出しになられますぞ！」

「そうか」

ベクが寝台に起き上がると、ロムが懐に手を入れ、何かを取り出した。

「ああ、それと……この丸薬をお渡ししておきます。お納めください」

ケイがロムを睨む目つきと、ベクがロムを睨む目つきは同じだった。

「……ロム、お前、何を言っているのか分かっておろうな？　回復薬の類は……」

「もちろんですじゃ。この薬は鑑定士たちのスキルでは発見できませぬ。また、効果はそれほど持続しませぬが、その代わり、後になって使用した痕跡が検知されることもないでしょう。それでいて、ベク様の潜在能力を最大限引き出せるはずですじゃ」

丸薬の効果を説明するロムの声は、ベクとケイの様子を気にするふうもなく、ただただ嬉しそうだった。

だが、それとは正反対に、ベクの声には静かな怒りがこもっていた。

「……ロムよ。余は父上を超え、アルバハル獣王国をさらなる発展に導くことを目標にしているのだ。そのような卑怯な薬は受け取れぬぞ」

「ですが、次もギルが手を引かぬとは限りませぬぞ」

「だからといって、獣王武術大会でそのような薬を用いては、我が命よりも守らねばならぬものを失うことになるのだぞ」

「それは、ギルに領土を奪われた際、そこに住まう民が、生まれ故郷を追われるか、故郷に留まり蔑みを受けるかして、涙を流したとしても、守るべきものなのですかな？」

「ぬ……!?」

ベクが言葉に詰まったのを察し、ケイは慌てて口を挟んだ。

「ロム！　控えよ!!　貴様、自分がどなたに向かってそのような口を利いているか分からぬか!?」

ケイの叫び声に、ロムは一瞬はっと驚いたような顔になったと思ったら、その場にひれ伏した。

「も、申し訳ありませんのじゃ」

縮こまってぶるぶると震えるロムを見下ろし、ベクは吐き捨てるようにこう言った。

「……貴様なりに余を、この国を案じてくれてのことと思うゆえに、今回は許そう。だが、二度とそのようなことを口にするでないぞ」

「はは！　ベク様!!」

そう答えるロムの顔は、ベクからもケイからも見えなかった。

＊＊＊

翌日、アルバハル獣王国中央闘技場の奥の控室で、ベクは、これまでにない音量の歓声を聞いていた。

石造りの建物全体が、詰めかけた観客の声と、彼らが踏みならす足音にびりびりと震えている。

「なにとぞ！　ご武運を！」

ケイが、思いを乗せた言葉が歓声に負けないようにとするかのように、喉から血を吐かんばかりの大声で言った。

「ふ、そのような顔をされては、余はよほど心配をかけるような仕上がりと見える」

「そ、そのようなことはありません！　見事ギルめを倒し、去年の屈辱を晴らされませ!!」

そう叫ぶケイの声とは正反対に、ロムの声は張りも力みもなく、低く小さかった。

「ベク様には獣神ガルム様のご加護がございます。決して敗れることはありませぬぞ」

それにもかかわらず、この言葉は、なぜかベクとケイの耳にしっかりと届いた。

「そうだな。ケイとロムよ。行ってまいる」

控え室から闘技場へと向かう薄暗い廊下を抜けると、日の光がベクの頭上から降り注いだ。

「おおおっ!!　ベク様がお出ましに……いや、お帰りになりました!!　皆、あなた様のお帰りをどれだけ待ちわびたことか!!」

実況役の兎の獣人の声が、拡声の魔導具を通じて闘技場に響き渡ると、それをかき消す勢いで、さらなる歓声のどよもしが闘技場を震わせた。

「うおおおおおおおおぉおおおおぉ!!」

「ベク様！　今年こそ勝利をおおおお!!」

ベクはしかし、観客席に目を向けることなく、ゆっくりと闘技場の砂の上に進み出る。

彼の目が見ているのは、闘技場の反対から、こちらへ進んでくる影だ。

ちょうど1年前、彼が相対したものと同じその影を、ベクは睨みつけて進む。

自分は、予選から始まって決勝戦のこの時まで、一切の手加減なく、圧倒的な力を示して勝ち進んできたという自信がある。

だが、それは相手も同じことで、無双という言葉が似合うような圧倒的な力を示し、ここまで勝ち上がってきた。

やがて、そのギルと、ベクは闘技場の中央で向かい合った。

「……ギルよ。今年も獣王になれるなどとは思わぬことだ」

ベクの言葉に、ギルは1年前と同じく、ニヤニヤと笑う。

「ふん、いきなりどうした。余裕がないな。……少しは強くなったか？」

「すぐに分かる」

向かい合う2人を、審判と鑑定人たちが、鑑定魔法を使って不正がないか迅速に調べていく。

「補助魔法、かかっておりません」

「回復薬の使用、確認されません」

「回復薬の類の携行は確認できません」

全ての調査が終わると、鑑定士たちが審判へ鑑定結果を報告し、それを聞いた審判が片手を上げる。

すると、闘技場の隅で待機していた、背筋を鍛え過ぎて、逆三角形の体型となった豹の獣人が、こん棒と見まごうばかりの大きさのバチを振り上げ……巨大な銅鑼《どら》に叩きつけた。


ドオオオオオン!!


「はじめ!!」

審判の叫びと、ベクがスキルを使うのは同時だった。

「獣王化《ビーストモード》！　がるおおおおおおおおおおお!!」

メキメキと巨大化するベクの体を見上げ、ギルが不敵に笑う。

「出し惜しみなしってか。……そんならこっちも……獣王化《ビーストモード》！　うおおおおおおおおん!!」

反らした喉からすさまじい咆哮を響かせながら、ギルの体も巨大化していく。

そこへ、目にも留まらぬ早さで駆け寄ったベクが、この1年間の修行の成果を込めた拳を振るう。

「おおっと！　両者いきなり獣王化のスキルを発動させた!!」

兎の獣人の実況は、2人の速さに着いてこられない。

「真強打！」

「真強打！」

打ち合った2つの拳を中心に、大気を割く破裂音が響き渡り、四方に衝撃波が走り抜けたかと思ったら、両者はほぼ等間隔に跳びすさっている。

だが、顔をゆがめたベクと正反対に、ギルは変身して、より獣めいた顔つきになっていても分かる、余裕の表情を崩さなかった。

「……なんだ、もしかして、自分以外は誰も修行していないと思っていたのか？」

「ぐるおおおおお!!」

ベクは、大きく吠えた次の瞬間には、再びギルに向かっていった。

ギルは動かず、しばらくベクの振るう拳や足を受け止め続けたのち、今度は彼から攻め始めた。

ベクは距離を取ってこれを避け、あるいは左右に回り込んで隙を窺おうとするが、その度にギルが立ち止まり、油断なく身構えて死角をかばう向きに直るので、再び攻撃に転じざるを得ない。

2人の拳が打ち合い、足が風を切り、闘技台に轟音が響き渡る。

「これが獣王家に伝わる血筋の力か!!」

実況役の声が闘技場に響いたその時、ベクが繰り出した、高い位置への足技を避けるべく上体を左に倒したギルが、低い姿勢からベクの右の腹を殴りに行くと見せかけて、長く伸ばした左足のつま先を、ベクの左腹にめり込ませた。

「ぐは!?」

体勢を立て直すため、距離を取ろうとするベクの動きに、ギルは影のように追いすがり、顔に殴りかかると見せかけて、下半身をひねって右膝をベクの左腹にたたき込んだ。

「ぐふ!?」

体が折れ曲がってしまいそうな衝撃を腰に受け、闘技場の砂の上に倒れこんだベクが、なんとか起き上がったところに、ギルの影が落ちた。

ギルはベクの胸に前蹴りを浴びせ、再び砂の上に倒す。

……これが、そこから1時間ほど続き、ようやくギルがベクに背を向け、悠々と歩き去ると、彼の影の下に、獣王化の解けたギルの無残な姿が横たわっていた。

「しょ、勝負あり……。勝者ギル選手」

審判の震える声を背中で聞きながら、闘技場の壁際まで進んだギルは、そこで、控え室へと続く廊下の奥から響く声を耳にして、立ち止まった。

「ベク兄様!!　は、早く癒しの魔法を!!」

やがて、戸口の陰から姿を現したのは、ゼウとシアの兄妹、そして癒し手とおぼしい数人の獣人だった。

彼らは立ち尽くすギルに気付き、闘技場の陽の下で立ち止まったが、その先頭を進んできたシアは、涙に震える瞳でギルを睨みつけた。

「これはこれは、シア獣王女殿下。いけませんな、今年はお兄様に『獣神の守り紐』をお渡しにならなかったようだ」

その言葉を耳にして、シアがさっと青ざめるのを見て、ギルはその日初めて困惑した。

「……非道な！」

シアが涙を振り絞って払って叫んだ。

「非道……何を仰っているのかわかりませんな。だが……お兄様が死ねば……その次は、あなた方の番ですぞ」

「なんだと!!」

言い返すシアの隣で、こちらを怯えた瞳で見て詰めているゼウに気付き、ギルは鼻を鳴らして2人の側を通り過ぎた。

「そうだ……ベク兄様！」

シアとゼウが、骨という骨を砕かれ、血の海に沈んだベクに向かうのを、廊下の影の中で振り返ったギルが、じっと見つめていた。

こうして、爪ナックル部門の優勝者はギルに決まり、その後も、各部門優勝者同士の戦いが続いていったが、そこでも、ギルを止める者は誰もいなかった。

そして、それは、アルバハル獣王国の獣王武術大会で、これまで10年間、総合優勝者「獣王」の地位を守り続けてきたホバ将軍も例外ではなかった。

「へぶあ!?」

自分の回し蹴りが吹き飛ばしたホバの巨軀が、闘技場の壁に叩きつけられるのを見て、ギルは勝ち誇ったように叫んだ。

「これが10年連続総合優勝者だと！　ベクの方が歯ごたえがあったぜ！」

「勝者……ギル選手……ブライセン獣王国のギル獣王太子が、今年の『獣王』を勝ち取られました……！」

そう宣言した審判の声は、他国の獣王家が総合優勝を果たし、来年以降、自国の領土が奪われることになったことを告げる絶望の死刑宣告に等しかった。

＊＊＊

ブライセン獣王国オパ獣王は、ムザ獣王への親書どおり、アルバハル獣王国の獣王武術大会で総合優勝を果たしたギルに王位を譲った。

そして、それに応えるように、ギルはさらに翌年のアルバハル獣王武術大会への参加を表明し、アルバハル獣王国に奪われた土地を、すべて奪い返すと宣言した。

一方、ベクは、国政を宰相や大臣たちに任せ、獣王太子の責務のほとんどを放棄して、修行の旅に出た。

強い魔獣を求めてアルバハル獣王国中を巡り、Aランクはもちろん、自らの力を試すため、命がけのSランクの魔獣への挑戦も厭わなかった。

こうして1年が瞬く間に過ぎ、やがて大会参加を表明する期日ぎりぎりになってようやく王都に帰ってきたと思ったら、去年と変わらず、ロムとケイ以外の誰とも接触せず、ベクは私室に籠ってしまった。

そして、獣王武術大会が始まると、ベクは予選から黙々と勝ち進んでいった。

「ベク様が、今年も爪ナックル部門の部門優勝を果たしました!!」

兎の獣人の実況に沸く観客席に背を向け、控え室へ続く通路に入っていくベクは、本来であれば、ここで去年の爪ナックル部門の部門優勝者と戦うのだが、去年の部門優勝者であるギルは、同時に去年の総合優勝者でもあるため、ベクが他の部門優勝者と戦い、「獣王」への挑戦権を獲得してからでないと戦うことはできない。

ベクが控え室に戻ると、ケイ隊長と薬師ロムが待っていた。

いつものように、ベクが寝台に横たわると、ロムが自作の塗り薬を用いて筋肉のこわばりをほぐすマッサージを始める。

すると、そこに、控え室の扉を叩く音が響いてきた。

ゴンゴンゴン
木製の扉が壊れんばかりの音を立て、ベクは訝しげに眉をひそめた。

「私が出ましょう」

ケイが取っ手に手を掛け、鍵を外すと、その体を押しのけて飛び込んできたのはシアだった。

「ベク兄様!!　お守りをお持ちしました。今年のものはテミ様の秘術が込められており、ベク兄様の……」

　片手に握った「獣神の守り紐」を突き出して、兄の横たわる寝台に近づこうとするシアの両肩を、背後からケイの手が優しく押さえた。

「シア様、お下がりください。ベク様はどなたにもお会いになりません……」

　だが、その手をパッとはねのけられたばかりか、ケイは鋭い痛みを感じた。

「気安く触るでない!!」

　そう叫んだシアの、「獣神の守り紐」を持っていない方の手の爪には、ケイの血が滴っていた。

　だが、そのことに、ケイの手に爪を突き立てたシア本人が驚いている。

「シア殿下、お許しください……」

「す、すまぬ、私こそ……」

　跪いて許しを請うケイを見下ろし、どうしていいか分からないシアの肩を、今度は、ベクのゴツゴツした手が優しく押さえた。

　ベクを振り仰いだ時、シアの目からは、図らずもケイを傷つけてしまった驚きは消えていた。

「これをお持ちください。これがなければ、今度こそ、ギルはベク兄様を殺すでしょう」

　シアが差し出す「獣神の守り紐」を見下ろして、しかし、ベクはゆっくりと首を振った。

「余が負けると思うか？」

「用心が必要ですと言っておるのです」

「だが、その用心こそが、死力を尽くして戦う時に枷《かせ》となる。余がこの1年、魔獣たちとの戦いで知ったのは、命だけは助かると、そう思う慢心がある限り、ギルには到底敵わぬということだ」

そう言いながら、自分の頭をポンポンと優しく叩く兄の顔を見上げ、シアはその胸に不安の兆しを覚えた。

「だから、お前とゼウの気持ちだけはありがたく受け取るが、余は長年を共にしたこの装備だけでやっていく……ん？　どうしたのだ？　ロムよ」

ベクがテーブルの上にある装備に視線を送った時、そこではロムが、ベクの装備品を弄っていた。

「ほう、ただの薬師ではないと思っていたが、武器や防具の手入れもできるのか」

ベクがそう言うと、ロムは驚いた様子でぱっと振り返った。

「そ、そうですじゃ！　旅から旅の生活で、何でもできるようになりましたのじゃ！」

ベクは頷くと、シアの側を離れ、ロムの待つテーブルへと歩み寄った。

素早さを高める魔導具である首飾りを首にかけると、そこへケイがさっと駆けつけて、アダマンタイトの胸当てを身につける手伝いをする。

「そういえば、そなたの助言を基にした『才能人頭税倍化法』は、皆に好評であったな。これからも……」

そう言って、ナックルを手にはめようとしたところで、ベクは言葉を詰まらせた。

「……ど、どうされましたのじゃ？」

ロムが心配そうな顔つきでベクの顔をのぞき込む。

ベクはナックルのベルトをしっかりと締めると、改めて、ロムの顔をじっと見つめた。

「3年前、そなたに出会ってから、今日まで、よく余に仕えてくれたな」

「そ、それはもう……ベク様のお力になりたいと、このロム、最初からただそれだけを考えておりました。シア殿下にお会いした時もそのように考えておったのです」

それを聞いて、シアは、ロムがベクに仕えることになった、そもそもの始まりである、３年前のことを思い出していた。

確かに、あの時、ロムが王城の門番と押し問答しているところに、シアとルド将軍が出くわし、彼に話しかけたのが、すべてのきっかけだったのだ。

「そう、そなたの薬がなければ、余はいまでも立ち直れなかったかもしれん。その証拠に、去年の二度目の敗北にも、余の心はくじけておらん……だから、ロムよ、そなたに褒美を取らせよう。……そうだ、そなたはあちこちの獣王国に仕えてきたのだったな。いよいよその時がきたようだ。推薦状を書こう」

その言葉を聞いていたシアとケイは、それぞれにぞっと身を震わせた。

ベクの発言は、もう自分に仕えなくてもよいと言っているようなものだからだ。

しかし、ロムは静かに首を振り、またいつものようににこにこと笑顔を見せた。

「……いいえ、それには及びません。このロム、ベク様こそ、この老い先短い命が尽きるまでお仕えすべき方と思い定めました。獣神ガルム様の寵愛を受けた、始祖アルバハルの特別な血が流れておられる、ベク様こそ……」

「ふん、この期に及んで、まだ余をおだてようてか……ん？　来たか」

ベクがそう言った時、閉じた扉の向こうから、大会執行部の伝達係の声が聞こえてきた。

「ベク様、お出ましください。試合の準備が整いました」

「……分かった。こちらもたった今、準備が整ったところだ」

そう答え、扉へ向かうベクの背中に、ケイは声の限りに叫んだ。

「ベク様、ご武運を！」

「ベク兄様……」

シアは、その手に残った「獣神の守り紐」を握りしめた。

すると、扉を開け、戸口を抜けようとしたベクが、おもむろにシアを振り返った。

「シア、案ずるな。獣王家の血に連なる者として、余は今度こそ、絶対に勝つ」

そして、にっこりと微笑んだ。

「は、はい……。ベク兄様」

シアの声を背に、闘技場へ向かう廊下を歩くベクの顔からは、彼女に見せた微笑みが消え、命を懸けた厳しい戦いに相応しい、戦士の表情が浮かび上がっていった。

長く湿った薄暗い通路を抜け出ると、ベクの体に、燦々と輝く日の光が降り注ぐ。

そして、日の光よりも激しくベクの体に打ち付けるのは、詰めかけた民の歓声だった。

「ウオオオオオオオオオオオオオ!!」

「ベクさまアアアアアアアアアア!!」

「今年こそ勝利をおおおおおおお!!」

ベクが目を閉じると、顔には日の光の暖かみが、全身に民の歓声の響きが感じられた。

「皆、ベク様の勝利を信じております……」

係の者がぽつりと呟いた。

今年負ければ、領土は大いに奪われることになるであろう。

そして、もし三度目も敗れれば、自分は生きてはいられない。

たとえギルが自分を見逃したとしても、その屈辱を受けるくらいなら、始祖アルバハルの血を引く者の誇りにかけて、死ぬまで戦おうと、ベクは心に決めていた。

ベクは目を開け、観客席を見回した。

そして、そこに、この2年間、あちこち武者修行の旅をした時に、彼を出迎え、魔獣に勝利したことを喜んでくれた、僻地の民の姿を多く目にした。

彼らは、自分のために、アルバハル獣王国の各地から駆けつけてくれたようだ。

「命に代えても勝つ。それが余の務めと心得ている。お前もお前の務めを果たせ」

「……は！」

大会の執行役は公平でないと意味がない。

無駄な私情を捨て、仕事に集中するようにと告げて、ベクは闘技場の中央へと1人歩みを進めていく。

だが、たった1人で敵と対峙するとしても、自分を包む満場の声援に、「アルバハル獣王国」を感じていた。

ベクはふと、足を止めて貴賓席を見上げた。

そこには、隣り合って座る2人の獣王――父であるムザ獣王と、ブライセン獣王国のオパ前獣王と、それぞれが伴う両獣王家の姿が見えた。

オパ先獣王の隣にはその妃、そして娘のレナ姫、そしてムザ獣王の隣には己の母とゼウ、シアの弟妹がいる。

「一族総出でやってきたか。立場が逆転したな。いや、これまでの我らが大国に胡坐をかいて足をすくわれたのだったか」

そう考えると、自然とベクは、貴賓席に向けて深々と礼をしている。

両親に感謝を、弟妹に慈しみを、そしてブライセン獣王家の人々には挑戦の気概を込めた礼だった。

そして顔を上げると、心配そうに見つめるシアと目が合った。

だが、そう思った時には、実況役の兎の獣人から声をかけられていた。

「今年の部門優勝を勝ち取りましたベク様のお出ましです！　前年の『獣王』への挑戦に、国中が注目しております。国民に対して、一言いただきたく存じます」

差し出された拡声の魔導具を受け取り、ベクは言った。

「必ず勝利する」

これまでに倍する音量と圧力の歓声に包まれながら、ベクは観客席にも礼をした。

「素晴らしいお言葉をいただきました。……おっと、前年の『獣王』の登場です!!」

拡声の魔導具を返された実況役がそう言ったので、ベクは貴賓席と闘技場を挟んだ反対側の観客席を見た。

そこには前年の「獣王」が座る特等席があり、今、その席を立ったギルが、金色のマントと王冠を脱ぎ捨てる。

そして、その場で軽く身をかがめたと思ったら、ぱっと空中に飛び出し、ゆるい弧を描いて闘技場に着地する。

ズンッ
着地の衝撃で闘技場の砂が吹き上がり、それが収まった時には、ベクのやや細身だが引き締まった逞しい体が、すっくと立っていた。

そして、ノシノシとベクに向かって進んでくる。

思いがけない登場に驚いたのか、一瞬静まり返った闘技場内に、気を取り直した観客たちからのブーイングや罵声が響く。

だが、その声もどこ吹く風と、ギルはニヤニヤと笑いながらベクの前で足を止めた。

「アルバハルの国民は虫の鳴き声じみた声しか出せんようだが、なかなかどうして、これだけ集まると涼やかじゃないか。……どうした？　むっつり黙り込んで、お前も声を出したらどうだ」

ベクは黙ったまま、ギルの様子を観察する。

ブライセンの獣王国の獣王に即位したギルは、しかし、去年と変わらぬアダマンタイトの武具を身につけていた。首飾りや指輪についてもさほど変わっていないように思える。

「……獣王になって、ずいぶん浮かれてしまったようだな」

「貴様にそう見えるなら、それはそうあってほしいという貴様の勝手な思い込みさ。それとも、震えをごまかすためにあおった酒が目も眩ませたか？」

「酒を飲むのは貴様を倒してからだ……」

「ほう、しらふでそれなら、二度ならず三度までも俺の前に立つ愚行も、殴られすぎておかしくなったと説明がつくな」

「いや、お陰で目が覚めたと言った方がよかろう。去年までの余は覚悟が足りなかったと、今、認めよう」

「……また『覚悟』か。貴様の口からその言葉を聞くのはもう飽きた。どうせ貴様の弟と妹も同じことをほざくのだろう。案ずるな、貴様らがその『覚悟』の見せ合いっこができるよう、あれらも貴様に遅れず、すぐにあの世に送ってやる」

「安い挑発だ」

２人の問答が続く中、今年の『獣王』を決める決勝戦は進行していく。

ササッと闘技台の上に上がってきた鑑定士たちが鑑定魔法を使い、厳しい目で不正がないか迅速に２人を調べていく。

「補助魔法、かかっておりません」

「回復薬の使用、確認されません」

「回復薬の類の携行は確認できません」

全ての調査が終わると、鑑定士たちが審判へ鑑定結果を報告する。

審判が頷き片手を大きく天に向けると、ベクはナックルを強く握りしめる。

「はじめ！」

ドオオオオオン!!

豹の獣人が叩く銅鑼の響きが観客の歓声と真っ向からぶつかるように鳴り響いたと思ったら、相対する２人も真っ向からぶつかるように互いのスキルを発動させた。

「獣王化《ビーストモード》！　がるおおおおおお!!」

「獣王化《ビーストモード》！　うおおおおおおおん!!」

巨大化したギルが突っ込んでくる。

「では、去年のおさらいからいこうか。真強打!!」

ベクも巨大化した体に満ちる全力を込めたナックルをギルの拳めがけて繰り出す。

「真強打!!」

打ち合う拳の衝撃が、最前の銅鑼の響きに勝る轟音を響かせ、吹き飛ばされた2つの巨体は、くるりと空中で回転して闘技場に着地する。

「ここまでスキルを練り上げたとはな。ずいぶん鍛えたではないか」

ギルがニヤリと笑う。

両者共に吹き飛ばされたのだが、元いた位置からすると、明らかにベクの方がギルよりも後退している。

ベクとしては、この1年の武者修行で強くなった実感があったが、それでも、スキルの威力を決めるスキルレベルや攻撃力の勝負ではまだギルに軍配が上がるようだ。

それでも、ベクは諦めず、今度はこちらからギルに突っ込んでいった。

昨年、一昨年同様、お互いのスキルを打ち合う乱打戦になるが、これまで同様、次第にベクが押され気味になっていく。

そして、側頭部を狙ったギルの蹴りをかわすべく体勢を低くしていたベクが、頭上を通り抜けた蹴りの隙をついて攻撃を加えようと立ち上がった時、その胸を狙って、その場でくるりと回転したギルが素早い後ろ回し蹴りを繰り出した。

「真岩砕脚！」

「ぐぬ!!」

咄嗟に両腕をクロスしこれを受けたベクは、さらに衝撃を殺すために自ら後ろに跳んで、大きく吹き飛ばされながらも着地する。

そこへギルが接近し、ベクが攻撃に転じられないように素早い連打を浴びせた。

「おおっと！　ベク様がまたしても吹き飛ばされてしまいました!!　だが、立ち上がる!!　アルバハル獣王国の未来を背負ったベク様は諦めていない!!」

実況役の兎の獣人が必死にベクを盛り立てようと声を張り、それに観客が乗っかり、喉から血を吐かんばかりにベクへの声援を叫ぶ。

だが、元々素早さでもギルに軍配が上がっていたのだが、ここへ来て、ベクは消耗著しく、攻撃を受ける機会が増えてしまった。

これまで血のにじむような修行を積んできたにもかかわらず、ギルとの力の差は埋まっていないように思える。

「毎度、鍛えてはいるようだが、その鍛え方が足りんのだ。ブライセン獣王国の大いなる繁栄の踏み台になるのが相応しい『覚悟』よ！」

「はぁはぁ、余は負けぬ！」

そう言って距離を取ったベクだったが、その足がふらついているのがギルには見えた。

「二度ならず三度までも同じ言葉を吐くとは、愚かな……俺が現実を分からせてやる!!」

ふらつくベクに止めを刺さんとギルが拳を振り上げ、突っ込んでいく。

ベクはその場を動こうとせず、ギルの接近をただぼんやりと見つめていた。

やがて、ギルの巨体が間近に迫った時だ。

「余はアルバハル獣王国の繁栄を願う者。さらばだ……」

その小さな呟きを、ギルは確かに耳にした。

「死ね！」

颶風《ぐふう》のように迫ったギルの巨体が、そのスピードを乗せた一撃を振るうと、ベクはすっと体を開き、ベクの右拳を左半身で受けた。

ベキベキ
一切防御をしなかったベクの左腕がほとんどちぎれ飛びそうなほどに粉砕され、受け止め損ねた拳に殴りつけられて左脇腹のあばら骨も粉砕される。

だが、その様子に、ギルは違和感を覚える。

「……貴様!?」

ギルがそう呟いた時には、ベクはほとんど抱き合うようになっているベクの首めがけて、残った全ての魔力を込めた右拳を振るう。

「獣王無心拳」

だが、ベクが自らの命を餌にしたカウンター攻撃を狙っていたことに気付いたギルは、振り抜いた右拳をそのままに、魔力を込めた左拳をベクの右脇に抉り込んだ。

「牙王瞬殺撃！」

交差するそれぞれの攻撃は、わずかにギルのスキル発動の速度が優っていた。

「がは!?」

ベクの口から大量の血が吐き出され、ベクの胸当てを赤く染めた。

そして、ギルの右腕と左拳に挟まれたかたちで逃げ場のなかったベクの胸から、ギルの拳に留金を粉砕されたアダマンタイトの胸当てが、前後に分かれて落ちた。

それに遅れて、ベクの体もその場に崩れ、顔面から地面に激突する。

「奥の手を隠し持っていたのは貴様だけではなかったってことだ……そういうところが、お前は相変わらず甘いんだよ」

ギルは、ベクの「獣王無心拳」がかすった頰に残る傷からしたたる血を拭い、ニヤリと笑った。

一方、ベクはなんとか立ち上がろうとしていた。

しかし、膝をつき、両手で上体を起こしたところで、それ以上起き上がれない。

「く、くそ……ん？」

コロコロッ
四つん這いになったベクの胸元から、真っ赤な丸薬が転げ落ちる。

それに気付き、ベクははっと目を見開いた。

「な、なぜ、このようなものが……」

そう呟きながら、ベクは、ロムが自分の装備を調整してくれていたことを思い出す。

と、そこに声がかかった。

「ベク様、続けますか？」

それは審判を務める鼠の獣人の声だった。

ベクは咄嗟に、丸薬の上に手のひらを重ね、審判の目から隠した。

「どうした。立ち上がって戦わないなら、そのまま殺してやるまでだ」

ギルの声が近づいてきても、ベクは手のひらの下の丸薬のことしか考えられない。

防具は破壊され、ギルの強力な一撃に骨も折れ、内臓も大いに痛めている、まさに絶体絶命な状況を、打開する手立てがあることが分かってしまう。

「余……、余は……」

ベクの心は乱れていた。

これを飲めば、自分のこれまでの人生で築いてきた誇りばかりか、自分が名を連ねるアルバハル獣王家の尊厳も、何もかも失ってしまうような気がする。

それを防ぐためには、手のひらで丸薬を押しつぶし、立ち上がればいい。

だが……それでは確実に負けるだろう。

誇りある死か、自責に塗れた勝利か……全身の痛みよりも強い、胸と頭を締め付ける心の痛みに、ベクが泣き出しそうになった、その時だった。

「ベク様！　立ち上がってください!!」

「アークスパイダーを討伐してくださってありがとうございます!!」

「オーガジェネラルを討伐してくださってありがとうございます!!」

その声が確かに聞こえた。

ベクははっと顔を上げた。

すると、その目に、闘技場の観客席の最前列で、自分の名を叫び続ける、僻地の民の姿が見えた。

「ベク様、あなたのおかげで才能を授かった勇士たちが村の周りの魔獣を狩ってくれるようになりました!!」

「恩を返すべきだと思い今日はやってきました!!」

「負けないでください!!」

ベクが、冒険者になるまでの力試しに、そして、ギルを倒すためにアルバハル獣王国中の魔獣を狩っていた際、彼に救われた者たちだった。

ベクは呆然と彼らの顔を見つめていた。

やがて、ベクの耳に、彼の名を呼ぶ声が、連なり、重なり、集まり、巨大なうなりとなって響き渡るのが聞こえてきた。

「ベク様!!」

「ベク様!!」

「ベク様!!」

「何という声援でしょうか。闘技場の外からも聞こえてきます!」

拡声の魔導具を通して闘技場に響き渡るはずの実況も、すぐに「ベク様」コールにかき消されてしまう。

アルバハル獣王国獣王武術大会の状況は、映像の魔導具によって、王都の至るところにあるオーロラビジョンへと中継されている。

100万を超える王都の獣人たち全員が拳を振り上げ、必死にベクを応援しているのだった。

「ふん、愚か者どもめ。いずれこの王都も我らブライセンのものになるというに……そうなれば、奴らには教育が必要のようだな」

ギルの声に、ベクはハッとした。

ここで自分が負けることで、何が脅かされることになるのか。

たとえ、自らの名がどれだけ汚れても、それだけは守らなければいけない。

「……余は、守らねばならぬ」

ギルの気配を背後に感じ、ベクは丸薬を手の中に握り込んだ。

「やれやれ、三度目ともなると飽きてきた。これでおしまいにしよう」

ギルがそう言って、ベクの頭に手を伸ばした時、ベクはすでに口に含んだものを飲み下していた。

「ふうううっ」

ベクが大きく息を吐いたので、一瞬どきりとしたギルの手首を、強く硬いものが掴んだ。

ガシッ
それはものすごい力でギルの手首を握りしめる。

闘技場を震わせる観客の声の中で、ギルは、自分の手首がメキメキッと軋むのを聞いた。

「き、貴様……!!」

ベクは四つん這いの姿勢から、片手だけでギルを投げ飛ばした。

そして、ギルが空中で回転し、両足で砂の上に着地した時には、ベクは両足で立ち上がり、浅く腰を落として低いうなり声を上げていた。

「ぐるるるるっ！　うおおおおおおおおおおお！！！！」

大きく吠えるベクの全身の骨がメキメキと音を立ててうごめき、筋肉が盛り上がっていく。

獣王化とは異なる、異形の変身に、しかし、ギルは目をむき、口を大きく開けて、嬉しそうに叫んだ。

「とうとうロムの丸薬を飲んだか！　これで全てが俺の計画通りだ!!」

そこへ、ベクが、金色の矢のような素早さで、真っ向から突っ込んできた。

「ぐるおおおおおおおおお!!」

右腕を大きく振りかぶり、広げた手の先の長く伸びた爪を、ギルめがけて振り下ろそうとする。

「そのような単調な動きで……むん！」

ギルは片腕をベクの右手の下に滑り込ませ、跳ね上げて軌道を逸らそうとした。

しかし、その腕は、ベクの前腕によってへし折られた。

グシャ
「がは!?」

「ぐおおおおおおおおおお!!」

ベクの右手が振り下ろされ、ギルの胸当てに深い爪痕を刻んだと思ったら、左拳が跳ね上がり、ギルの胸当ての右脇腹が拳の形にへこむ。

「うおおおおお!!　ベク様がとうとう本気を出されました!!　観客の声が届いたのか!!」

実況役の声が拡声の魔導具を通じて闘技場に響き渡る。

そこへ、最前に増す勢いの観客の声援が被さり、闘技場全体がびりびりと震え出す中、ベクの猛攻が続き、防戦一方のギルは、わずかな隙を突いて距離を取るよりなかった。

「はぁはぁ……馬鹿な！　俺が飲んでもこれほどの力は出なかったぞ!!」

ギルは荒い息を吐きながら体勢を立て直そうとする。

そこへベクが接近し、再び防戦を強いられるギルは、相手の背後に、控え室へ通じる廊下の戸口に立っている、小柄な影を見つけた。

ロムは、にこにこしながら、2人の戦いを眺めているのだった。

ギルはベクの拳をかわし、蹴りを蹴りで逸らしながら、自嘲気味に鼻を鳴らす。

「ふん……踊らされていたのはどうやら俺の方だったようだ……だが、俺こそが全獣人最強の男だ!!」

「ぐるおお!!」

唸りながら拳を振るうベクの口の端には、血のような赤い泡がこびりついている。

「ふん、初めて丸薬を飲んで興奮したか！　だが!!」

ベクの拳を受け止め、腕を脇に挟み込んだギルが、しゃにむに接近しようとするベクへ、自分から密着したと思ったら、相手の首元へ噛みついた。

「おおっと！　ギルがベク殿下の首に……って!?　な、何が起きているのか!!」

実況役の絶叫と、ベクが自ら首を振り、ギルの首元に噛みつくのは同時だった。

「がう!!」

2人は、まるでキスをするかのように、互いの首元に牙を突き立てる。

そして、両手で殴り合い、両足で掻き裂き合い、1つの巨大な塊となって、闘技場の砂の上を転げ回る。

その、あまりにも獣じみた戦いに、あっけにとられた観客たちは、それまでの「ベク様」コールを忘れ、闘技場はしんと静まりかえった。

しばらく、砂を巻き上げ、のたうち回る音だけが響き……そして、唐突に静寂が訪れた。

ブシャッ
そのかすかな音を、その場に居合わせた誰もが聞いた気がした。

そして、ぐったりと横たわり、動かなくなったベクから離れ、ゆっくりと立ち上がったギルの首元から、一瞬遅れて、真っ赤な血が吹き上がるのを、誰もが目にした。

「馬鹿な……丸薬を飲んだ者の魂を食らえば最強になる……それならば、丸薬を飲んだ者がここまで強くなるなど……話が違うではないか……だから俺は追い詰めていたのに……」

ぶつぶつとつぶやきながら、1歩、また1歩とふらつき歩むギルの体が、「獣王化」が解除されたことで、みるみるうちに元の大きさへ戻っていく。

そして、その体が前のめりに倒れた時、ゆっくりとベクが上体を起こした。

「勝ったのか……。ぎ、ギルよ！　何故、余はこのようなことを!!」

慌てて立ち上がった彼は、まだ巨大な二足歩行の獅子の姿をしている。

その耳が、静寂に響き渡る、若い女性の声を聞いた。

「ギルお兄様！　いやあああああ!!」

それはブライセン獣王国のギル獣王の妹、レナ獣王女だった。

「押さえよ!!」

ムザ獣王の命令で、近衛隊の騎士たちがレナ獣王女を押さえ込むべく殺到した。

騎士たちに囲まれながら、レナ獣王女が叫ぶ声が、ベクの耳に届く。

「よくも、お兄様を……こ、殺してやる!!」

「……そうか。余はギルを殺したのか……ん？　体が熱い!?」

自分が何をしたのか、ベクがおぼろげに理解した時だ。

メキメキ
スキル「獣王化」を解除していないベクの体がさらに一回り大きくなり、バランスを崩して前に倒れた体を両手を突いて支えた次の瞬間には、彼は巨大な四足歩行の獣となっていた。

その目が、血まみれになって倒れたギルの亡骸を見た。

「ぐるおおおおおおおおおおおお!!」

喉を反らし、獣の咆哮を響かせるベクの目から、血の涙が流れる。

その声には絶望と困惑が入り交じり、勝利に対する歓喜は一切含まれていなかった。

「……獣帝化《フルビーストモード》か」

ムザ獣王の呟きを聞く者はいなかった。

観客の獣人たちも、シアやゼウたちも、誰もが泣くように叫ぶベクを呆然と見つめていたのだ。

……だが、この状況に一人愉悦に浸る者がいた。

「いひひひひ！　やりましたぞ。血の継承は第一段階に進めました。『贄』の準備は順調に進んでおりますぞ。魔王様!!」

ロムだけが、影の中でゲタゲタと笑っていたのであった。

特別書き下ろしエピソード②　オルバースの決意と威風凜々①

丸い月に照らし出された夜の砂漠には、闇と砂の他には何もなかった。

風もなく、全てが死んだようにぴたりと動きを止めている。音もない。

その動かない砂を跳ね飛ばしながら、幼いオルバースは、夜の砂漠の寒さに震えながら、必死になって探していた。

冷たい月の光が照らす広大な砂漠に、探すものの痕跡は見当たらず、ふと振り返ると、自分が歩いてきた足跡も、いつの間にか消えていた。

幼いオルバースは、砂丘にひとりぼっちだった。

そのことに気づいた瞬間、幼いオルバースは不安にかられた。辺りを見まわし、自分がどこから来たのかを見定めようとしたが、夜の砂漠はどこも同じ場所のようで、ここがどこだというようなな見分けがつかない。なんとなく来た方角と思われる方へ歩いてみたが、しばらく進んでから振り返り、自分の足跡が消えているのを再び見た時に、すさまじい恐怖と絶望が襲いかかってきた。

幼いオルバースはその場に立ち尽くし、震えていた。自分がひとりぼっちだということは、こんなにも恐ろしいのだと分かると、もう何もできなくなってしまう。

誰もいない。どこにも行けない。

幼いオルバースの頬に熱いものが流れた。自分が泣いているのだと分かった途端、堪えきれずに声が漏れた。立ったまま大声で泣いた。だが、その泣き声も、夜の砂漠に吸い込まれるように消えていく。

誰かにいて欲しかった。あの人にそばにいて欲しかった。

幼いオルバースは夜の砂漠にうずくまり、ただ泣き続けていた。

＊＊＊

鳥のさえずりと木窓から差し込む優しい日の光を浴びて、オルバースは目覚めた。

彼は、自分が寝床にうずくまっていることに気づき、ゆっくりと上体を起こした。

指を頬に当てる。指先は湿っていた。

あれからもう1000年近く経つのに、未だにあの夜のことを夢に見る。

あの夜、寝室で目覚めた幼いオルバースは、しんと静まりかえった社《やしろ》の空気に悪い予感を覚えた。

隣の部屋で寝ているはずの父レーゼルを訪ねると、そこには誰もいなかった。

がらんとした父の寝室を出て、社を手当たり次第捜した。どこにも父の姿はなかった。

社を出て、ファブラーゼの里を駆け抜けた。あの夜に限って、夜警も門番もいなかった。里の外へ続く門を抜け、ムハリノ砂漠を彷徨った。

父は見つからず、夜の砂漠で迷った幼いオルバースは、うずくまって泣いているうちに眠ってしまった。翌朝、2人がいないことに気づいた里の者が、砂漠に出て彼を見つけ出した時には、寝巻きのまま夜の砂漠に出たために、凍死寸前になっていた。

生死の境を彷徨うこと一週間、どうにか意識を取り戻したオルバースだったが、その時も、そしてそれ以降、父レーゼルは彼の前から姿を消してしまった。

一年後、彼は幼くしてファブラーゼの王となった。父レーゼルの代わりに、ファブラーゼの守護者たる精霊王ファーブルと契約を結び、里と、やがて世界樹に育つであろう巨木を守る「祈りの巫覡」になることができるのは、レーゼルの血を引くハイダークエルフの彼以外にいないと、里の長老たちが強引に事を進めたのだ。

以来、オルバースは里を離れたことがなかった。里に縛り付けられたまま、今日まで生きてきたのだ。

オルバースが寝床の上でぼんやりしていると、部屋の外から近習《きんじゅ》の声がした。

「いかがいたしましたが？」

その声に、こちらを心配しているような響きを聞いた気がして、オルバースは声を整えて返事をする。

「……何でもない」

「まもなく朝食の膳が整います」

「そうか、分かった」

オルバースは立ち上がり、はだけた寝間着を脱いで着替えると、腰の帯をしっかり結び、戸を引いて廊下に出た。

その場に控えていた近習は、食堂へ続く廊下を進むオルバースの後ろを静かに追っていく。当のオルバースは、その気配を背中に感じながら、小さくため息をついた。

食堂で朝食を済ませ、部屋に戻ると、すでに寝間着と床は片付けられていた。

近習が羊皮紙を差し出してくる。

「本日は長老会が行われます。こちらがその目次です」

オルバースは、羊皮紙に書かれた内容に目を通しながら、こんな狭いこの里の中で、よくもここまで話し合う内容があるなと思う。

そこへ、皮鎧を着た近衛兵がやってきた。

「皆様揃っておいでです」

「うむ。行こうか」

オルバースは近衛兵と近習に挟まれ、会議の行われる大広間へ向かった。

板張りの大広間では、長老たちと将軍たちが待っていた。どれもオルバースの見知った顔で、1000年の間に数えるほどしか異動がない。

ダークエルフは、エルフと同じく、この世界の人間の中では長命の種族で、しかも、ローゼンへイムを離れてこの里に移り住んでから、数少ない例をのぞいて、増えはしても減りはしない。

そして、その数少ない例の中に、オルバースの父が含まれていた。

オルバースはこの、いつ見ても変わらぬ者たちの間を抜け、一段高くなった席に向かう。

延べられた敷物の上にあぐらをかくと、部屋の隅から影のようなものが素早く近寄ってきて、彼の膝の間に入り込み、とぐろを巻いて目を閉じた。

この里の守護者、漆黒のイタチの姿をした精霊王ファーブルだ。

「待たせたな。始めてくれ」

オルバースの言葉に、長老、将軍たちが座ったまま一斉にお辞儀をする。

「では、本日の会議を始めますじゃ」

オルバースの左前に座る長老の1人がそう言って、会議が始まった。

「まずは中央大陸の話だったたな。何やら不穏なことが起きているらしいが」

「『忘れられた大陸』に誕生した魔王とその軍勢は中央大陸に迫り、北部をおさえた上で、ドワーフどもの大陸、そしてローゼンヘイムにも攻め込むつもりのようで、それを察した人族が、『5大陸同盟』なるものの結成を目指しているとのことです」

諜報を担当する長老が、密偵からの情報をまとめて報告する。彼らはファブラーゼの里があるギャリアット大陸の他国に潜伏し、この世界の他大陸の情報を仕入れてきていた。

「そのことですが、王よ。……連合国から、このギャリアット大陸からも同盟に加わる国を募るので、この里も加盟をと勧誘がなされております」

皮鎧を着た将軍の報告を聞き、オルバースは違和感に眉をひそめる。

「……解せぬな。連合国とは必要以上の関わりを持たぬと何度も言ってある。それなのにわざわざそのような話をもちかけるとは……その勧誘の裏はとったのだろうな?」

オルバースにそう問われ、諜報を担当する長老がこう答えた。

「もちろんです……それがどうやら、我らを勧誘せよと、ローゼンヘイムから提案があったようです」

その返答に、広間の空気が一気に緊張感を帯びた。

「……ローゼンヘイムめ、どういうつもりだ!?」

「どうやらローゼンヘイムは此度の同盟締結において、ギアムート帝国やバウキス帝国とともに、盟主国を務めることになっているようです……」

「憎らしいやつらだ……我らのことなど放っておけばよいものを……！」

「王よ、断るべきですぞ!!」

長老や将軍たちは口々にローゼンヘイムを罵り、中には強い言葉で加盟に異を唱える者もいた。

「分かっている……だが、あれほど言っておいたにもかかわらず、連合国が我らに加盟を勧めてきたとなれば、はっきりと断るわけにもゆくまい。そうだな、ひとまず『検討する』と回答しておいてくれ」

かつてローゼンヘイムを追われたダークエルフたちの指導者として、ローゼンヘイムが盟主の一角を務める同盟に加盟するわけにはいかない。しかし、ファブラーゼはギャリアット大陸に物理的に存在するため、連合国との最低限の付き合いは維持しなければならない。

となれば、ひとまず回答を先延ばしにしておくのがよいとオルバースは考えた。

だが、その考えを口にしながら、同時に、そうした考えが、いかにも砂漠の里に引きこもって、守護樹が世界樹に育つのを待つばかりのダークエルフらしいなと皮肉な気分にもなった。

だが、そんなオルバースの思いを知らずに、長老たちは満足げに頷いている。

「いかにも、そのようにのらりくらりとかわしておくのがよかろうですのじゃ」

「……5大陸同盟に関する情報収集を引き続き行うのだ。ローゼンヘイムについても注視しておけ。それから、魔王とやらについても、些細な情報も聞き漏らすな」

「畏まりました」

　諜報を担当する長老がうなずくと、それを待っていたかのように、今度は交易を担当する長老が口を開いた。

「では、私からは、商人たちから聞いた話をご報告させていただきます」

　彼が話題に出したのは、ムハリノ砂漠を移動して物品を流通させる商人たちに関することのようだ。彼らとは、ファブラーゼの里内で生産できない、塩や作物の種などの取引を行っていた。もっとも、どんな商人でもいいと言うわけではなく、付き合いの長い、信頼できる一族に限られていた。

　先日も、彼らがいつも海側の地域から買い付けてくる塩と、里で採れる解毒作用を持つ香草を交換したばかりだった。

「ほう。彼らとはつい先ほど交渉を終えたばかりだったはずだが、その場で出た話か？」

「はい。なんでも、この砂漠の東側にある岩山で、Aランクの魔獣キングアルバヘロンが狩られたようなのです」

「ほう、あそこにキングアルバヘロンが住み着いていたとはな……そうか、アルバヘロンレジェンドか。そうか、あれから1000年になるのか」

　鳥類の魔獣アルバヘロンは、その成長過程によって大きさも姿も強さも変化していく。中でも、生き延びて多くの敵を倒した結果、神鳥と崇められ、亜神にまでなった個体もいる。その個体は「アルバヘロンレジェンド」と呼ばれ、普段は世界中を飛び回ってどこにいるとも分からないが、1000に一度だけ、ガルレシア大陸のレームシール渓谷にやってきて、七色の卵を産むと言われていた。

そして、アルバヘロンレジェンドが卵を産む時には、その怒りを恐れて、アルバヘロンレジェンドの巣穴があるという深い谷底からは、アルバヘロンを含む全ての鳥類が逃げ出すのだった。

「ご推察の通りかと。もちろん、たまたまキングアルバヘロンが海を越えてきただけかもしれませんが、もしそれが1羽だけでないとすれば、別の個体が水場を求めて里にやってこぬとも限りません」

「分かった。ブンゼンバーグ将軍、警備隊に弓兵を増やし、空を見張らせよ」

「承知いたしました。やぐらを高くし、遠くまで見渡せるようにもいたしましょう。アルバヘロンは夜も活動いたします故、精霊使いも3交代で待機させたいと考えますが、よろしいですか？」

将軍が対応策をオルバースに進言する。

「うむ。差配はそなたに任せたぞ」

オルバースがそう言って、この件の話を終えようとした時、交易を担当する長老が再び口を開いた。

「王、お待ちください。私からもう1件、お話ししなければならぬことがございます」

「なんだ？」

「……実は、先ほどご報告したキングアルバヘロンですが、それを狩ったという冒険者がおり、彼らから貴重なキングの嘴《くちばし》を買い取ったという商人が、それを『里の秘薬』と交換してほしいと言ってきておるのです」

それを聞くと、オルバースだけでなく、その場に居合わせた誰もが苦い顔になる。

「愚かなり人族。まだそんな話をしておるのか」

「不老の秘薬などない、それは勝手な想像に過ぎぬと、ちゃんと伝えたのであろうな!?」

「もちろんですじゃ。だが、どうも商人たちはこの話を信じておるようで……」

「商人たちだけではございません。この大陸各地の大都市では、時折そのような噂がささやかれておるとの報告が、定期的に届いております」

諜報を担当する長老の報告に、他の長老や将軍たちは深いため息をつく。

いつの頃からか、このギャリアット大陸には、「ダークエルフの長命は『不老の秘薬』を服用しているためだ」という噂が広まっていた。

「それだけ、魔王とやらの存在が人族に不安を与えているのだろう。……仕方ない、次に商人どもがやってきた時には、我を呼べ」

オルバースがそう口にした途端、長老たちが呆れ顔になる。

「王よ、里の外のことは儂らにお任せくだされ」

「だが、王が直接言ってやった方が納得するだろう？　そう思わんか？」

オルバースが言いつくろうが、長老たちは呆れた顔を変えなかった。

「王には、この里を守る義務がございます。外に興味がおありなのは分かっておりますが、それは控えいただかねば……」

「そうですぞ、せめて奥方を迎えられ、お世継ぎがお生まれにならねば……」

長老の1人がそこまで言って、はっとした顔になった。

「いや、これは失言でした……」

もごもごと言い訳をする長老が、自分と父レーゼルのことを思い浮かべていることは、オルバースにも分かった。

父レーゼルが忽然と姿を消した後も、彼が残されたからこそ、里は存続できたのだ。

だが、そのことがオルバースの心に暗い影を落としていることを、長老たちは知っている……ということをオルバースも知っていた。彼らが、彼らなりにオルバースを案じていることは分かっていた。

彼らはけして私欲のためにオルバースを王に祭りあげたわけではない。

だが、そうだとしても、里のため、ダークエルフの未来のためと、1000年も里に拘束されては、いい加減、嫌気が差している。それに……里を出れば、外の世界のどこかに、彼の求めてやまないものが見つかるかもしれない。

だが、それは叶わぬ夢だった。

「……それで、次はなんだ？」

オルバースはあえて話を打ち切り、会議を先へ進めるよう促した。

＊　＊　＊

昼食を挟んで続いた会議がようやくお開きになったのは、砂漠の日が傾く頃だった。

夕食を済ませて寝室に戻ると、窓の外はすでに暗く、優しい月明かりが巨木の枝葉から透けて里へ降り注いでいた。

オルバースは、窓を開け放したまま、寝床に腰を下ろし、ぼんやりとこの光景を眺めた。

この世界で唯一のダークエルフの里、ファブラーゼ。それが、このような平和な夜を迎えられていることは、オルバース自身の喜びでもある。

だが、それだけでは満たされない部分が、自分の胸のどこかにあることを、彼は知っていた。

そして、その満たされない部分が、彼には恐ろしかった。

もし、里の外へ出ることができたとしたら、自分は、里へ戻りたくなくなるかもしれない。

そうなったら、里はどうなってしまうだろうか。

もし、自分が戻らなくても、里が滅ばないようにするために、妻を迎え、子をもうけるのだろうか。

それでは、父がしたのと同じことになりはしないか。いや、なるに決まっている。

そうなれば、その子は、自分と同じく、つらく寂しい思いをするに違いない。

それが分かっていながら、子を、この世に生みだしていいはずがない。

……そんなことを考えているうちに、いつの間にか眠り込んでいたオルバースは、叫び声を耳にして飛び起きた。

「賊だ！　であえ、であえ!!」

続いて、寝室の外に控えていた侍従が戸を開けて入ってきた。

「賊の集団が里に入ったようです。王よ、すぐに身支度を」

「我に構うな。女、子供たちを守れ」

オルバースの返事にうなずいた侍従は、開け放したままの窓から外に叫んだ。

「王は無事ぞ！　皆、王の身は大事ないぞ!!」

そしてぴしゃりと窓を閉めると、オルバースと窓の間に立ち塞がり、彼が身支度を整える間の盾役となった。

オルバースが身支度を整えたところで、ブンゼンバーグ将軍と数人の近衛兵がやってきた。

「賊を捕らえよ。ダークエルフの里を侵した者がどうなるか思い知らせてやれ」

ブンゼンバーグ将軍にそう命じてから、オルバースは広間へと移動した。

そこで待つこと30分ほど、黒い革鎧を身につけた兵士が飛び込んできた。

「賊どもを捕らえました」

その報告を聞き、オルバースは敷物から立ち上がってこう言った。

「でかしたぞ。では、その者たちを見聞しにゆくとしよう」

「いや、それは危のうございます……」

側に控えていた長老の1人がおずおずとそう言ったが、

「何を言う。我みずからがダークエルフの里の恐ろしさを賊に知らしめてやる必要がある。その上で、首を刎ねるか、我らに手出しするとどうなるかを他の悪党どもに知らせる生き証人とするかを決めるのだ」

「は……」

恐縮してうなだれた長老を残し、オルバースは松明を手にした将軍の後に続き、社を出て、湖にかかる橋を渡る。

松明を持った兵たちが警戒を続ける中を進み、たどり着いたのは、里の門の前の広間だった。

そして、そこには大小さまざまな人影が5つ、取り囲む兵士たちの松明に照らされて、地面に座っていた。

「賊はこれだけか？」

「少数ではございますが、全員手練れでございます」

ブンゼンバーグ将軍の返事に、オルバースはふと、日中、交易を担当する長老から聞いた話を思い出す。

「賊どもの正体や目的は分かったか？」

「はい。どうやら冒険者のようです」

ブンゼンバーグ将軍が羊皮紙に書きつけたメモを差し出す。

オルバースは松明の明かりに照らしてそれを一瞥した。

「何々……ほう、手練れというお主の言葉には間違いがないようだな」


【兵たちが聞き出した賊たちの名前／種族／才能】
・マッカラン／人族／拳聖
・イスタール＝クメス／人族／大聖者
・ヨゼ／獣人／拳獣聖
・ネネビー／ドワーフ／魔岩将
・グレッサ／人族／大魔導士

オルバースは視線をメモから捉えられた者たちに移す。

彼らは全員が風の精霊によって手首から先を拘束され、土の精霊によって地面に両足を縫い止められている。

だが、多少衣服が薄汚れてはいても、傷や返り血の痕跡はなく、抵抗せずに捕らえられたことが分かる。

名前や「才能」を簡単に喋ったことからも、いまのところ害意は表していないようだ。

そうなると、里に侵入した「目的」はなんなのか。奪うためでも、傷つけるためでもなく、闇に紛れて侵入したのはどういうわけだ。

オルバースがそのことを問おうと、口を開きかけた時のことだった。

「ちょっと、マッカラン。何がうまい作戦よ！　っていうか、こんなに警戒されているのよ」

小柄なドワーフの女性がいきなり叫び出した。

すると、がっしりした体型の人族の男性がこれに応じる。

「それを言うなら、ネネビー、どんな警備でもちょろいって言ったのはお前だろうが。だいたいお前ら強欲ドワーフは、すぐに目先の欲に気を取られて大事なことを見落とすじゃないか!!」

「だったらリーダーのあんたが気をつければいい話でしょ！　なんのためにあんたなんかをリーダーにしてあげてると思ってんのよ!?」

ぎゃあぎゃあと言い合いをする2人の隣で、痩せた背の高い人族の男性が思いっきりうなだれる。

「エルメア様、友の無責任な行動をたしなめることもできない、このイスタール＝クメスの不明をお許しください……」

背の高い男性は、どうやらエルメア教の神官のようだ。

「なにが『無責任な行動』だよ、イスタール。てめえだってのこのこついてきたじゃねえか」

「人のせいにするのはお主の悪い癖だぞ、マッカラン」

今度は獅子の獣人が口を開く。

「ヨゼ、お前まで俺を悪者扱いするのかよ!?」

人族の男性が口にした名前が、オルバースの記憶の中の情報と付合する。

「たしかヨゼと言えば、アルバハル獣王国の獣王子の名ではないか……」

オルバースがポツリと呟いたのを耳にしたようで、人族の男性がおもむろに彼を見上げて叫んだ。

「そ、そうだ！　ここにおわすお方をどなたと心得る!?　彼こそはアルバハル獣王国のヨゼ獣王子なるぞ!!　すぐにこの戒めを解け！　俺たちを解放しろ!!」

「……怪しいな。アルバハルといえば遠く海を隔てたガルレシア大陸にある。そのような国の、しかも獣王子ともあろうものが、このような遠く離れた地で、闇に紛れて踏み入るような愚かなことをするはずがない」

オルバースはそう言いながら、しかし、内心では別のことを考え始めている。

もし、この獅子の獣人が、本当にアルバハル獣王国の獣王子だったならば……。

だが、オルバースの内心に気付いた者はいないようで、言われた人族の男性も、獅子の獣人も、顔中に焦りの表情を浮かべはじめる。

「マッカラン、お主が余計なことを言うから、いらぬ疑いをかけられているぞ!?」

「お前だって、さっき名乗ってたじゃねえか!?　いずれバレるんだから同じことだろ!?　だいたい、ヨゼ、お前に獣王子としての貫禄がないから信じてもらえねえんだ」

「何？　余を愚弄するか、マッカラン！」

「ああ～、友たちが仲間割れをしているというのに、私はなんと無力な……お許しください、エルメア様」

「うるさいねイスタール！　あんたがいつも言ってる『エルメア様の試練』とやらはこういうことなんだろ？　だったら祈ってばかりじゃ何にも解決しないことくらい、これまでのことで分かってるじゃないか!?」

「いや、しかし、ネネビー、これは今までとは違う、絶体絶命というやつで……」

「またそんなこと言って！」

「うるさい！　黙れ！」

ブンゼンバーグ将軍の叫びがあたりに響き渡り、反対に、ぎゃあぎゃあと口喧嘩をしていた侵入者たちがいっせいに静まりかえった。

「王の御前である。これ以上騒ぐと、全員問答無用で首を刎ねるぞ！」

「な、なあ……いや、えっと、それはちょっとばかり過激すぎませんかね」

人族の男性がおずおずと言うと、ブンゼンバーグ将軍は静かに、しかし威圧感を込めてこう返す。

「ここは許可なく足を踏み入れることのできる場所ではない。まして、我らは１０００年の長きにわたり、余所者に足を踏み入れる許可を与えてこなかった。そのような場所であることを、侵入者である貴様らには、身をもって知ってもらう必要がある」

「でも、全員の首を刎ねるなんて、それはやっぱりよくないというか……」

「ならば、そうだな、マッカランといったな。貴様だけは生かして帰してやろう」

オルバースがそう言うと、マッカランは急に焦り出した。

「え、いや、でもなあ、それじゃ他の皆に悪い……」

「案ずるな。貴様を生かして帰すのは、『これがダークエルフの里を侵した者の末路である』と世人に知らしめるためだ。そのために、我ら秘伝の精霊魔法で回復魔法の効かない呪いをかけたうえで、両手両足の腱を切り、両目を抉り、無惨な晒しものになってもらう。だが、我らにも慈悲はあるぞ。この里の恐ろしさを存分に知らしめた後であれば、仲間たちのところに送ってやってもよい」

それを聞いて、マッカランの顔が青ざめるのを、ドワーフの女性が鼻で笑う。

「はは！　これは傑作だね。リーダーに相応しい重大な役目じゃないか、マッカラン」

「そうだぞ、お主が『ダークエルフの不老の秘薬を一目拝ませてもらおう』などと言わなければ、こんなことにはならなかったのだ。死んで、いや、無様に生きて詫びろ！」

「ヨゼ、お前だって『不老の秘薬を分けてもらえれば、獣王になれるかもしれない』って言ってたじゃねえか！　同罪だろ！」

マッカランのその言葉を聞いた瞬間、オルバースの頭の中で、先ほどから考えていたことが、一気につながり、まとまっていく。

オルバースがそのことをもとに、これからどう話をすべきか検討している間、マッカランたちはふたたびぎゃあぎゃあと言い合っている。

「だから、余は『正面から訪ねていこう』と言ったのだ。それを、『いや、それじゃ王に会う前に断られるに決まってる。こっそり行って、王に直談判しよう』などとぬかしたのはお主だろうが!!」

「だって、それはネネビーが、『ダークエルフの里っていったって警備はちょろいはず』って言ったから」

「はあ？　アタシのせいにする気？」

この様子を、あきれた顔で眺めていたブンゼンバーグ将軍が、おもむろにオルバースに話しかけてきた。

「王よ。もしかして、この者たちはキングアルバヘロンを狩ったという冒険者では？」

「うむ。商人たちと嘴を取引したというのはこやつらであろう。……そうか、商人どもに与太話を吹き込まれたのだな」

オルバースはそう呟くと、マッカランたちに向かってこう言った。

「貴様らの言う『不老の秘薬』など存在しないぞ。残念だったな」

「へば!?　な、なんだって!!」

マッカランが驚愕の声をあげ、他の侵入者たちも唖然とした顔でオルバースを見つめる。

そんな中、急に静まりかえったその場の空気を震わせて、かぼそい女性の声がはっきりと聞こえた。

「私、あの話は怪しいって言ったわよ……」

それは、これまでうつむいて一言も発しなかった、人族の女性のものだった。

「グレッサ……お前、そんなこと言ってたか？」

「言ったわ……『アルバヘロンレジェンドの卵を狙った方がよくない？』って……」

「あれはただの提案だと思ってた……って、そんならもっとはっきり言ってくれよ!!」

いきなりマッカランが叫び出し、それを聞いた人族の女性が、うつむいたまま、唇を尖らせてむっとした表情で言い返す。

「はっきり言ったってどうせ聞かないじゃない……」

「そうよ、グレッサを責める筋合いはあんたにはないよ、マッカラン！」

ドワーフの女性がそう言うと、マッカランは盛大なため息をついた。

「はあ……どうしたもんかなあ」

そして、辺りを見回して、オルバースと目が合った。

「なんだい、やっぱり目を抉るのかい」

「貴様ら、ずいぶんと若いな」

「ああ。結成から3年でAランクにまで昇格したんだ。今じゃ俺たち『威風凜々』を知らぬ者はいないぜ!!」

「いや、知らん」

オルバースがそう言うと、マッカランは呆れた顔になった。

「なんだよ、やっぱりダークエルフの里には知られてなかったか」

「だが、冒険者ギルドのことは知っている。Aランクとやらがどれほどのものか知らぬが、むやみに殺して冒険者ギルドを敵に回すことも、できれば避けたいところだ。もちろん、アルバハル獣王国とことを構えることもしたくない」

オルバースがそう言うと、マッカランはぱっと顔を輝かせた。

「おっ、それじゃあ俺たちを助けてくれるのか？」

「……だが、我が里を侵したとあれば、許すわけにもゆかぬ。その掟を、王である我が破るわけにもいかんしな」

オルバースがそう言うと、マッカランは顔を曇らせた。

「やっぱりダメか。……あーあ、『威風凜々』もここまでか」

そして、ふんと1つ息を吐くと、オルバースをキッと見返してこう言った。

「それじゃ仕方ねえ。だが、首を刎ねるなら、俺だけにしてくれないか？」

「ほう？　どういう風の吹き回しだ？」

オルバースが意外に思ってそう訊ねると、マッカランはさっぱりとした顔でこう言った。

「いやあ、やっぱり俺はこいつらのリーダーだからな。リーダーなら、こういう時に責任とって、仲間を守ってやらないとさ」

「ふむ、殊勝な心がけだな。気に入ったぞ」

「は？」

オルバースの言葉に、マッカランは意外という顔をしたが、次にオルバースが口にした言葉によって、その場で話を聞いていた全員が意外という顔になった。

「我が貴様らの仲間になってやろう。そうすれば、貴様らは友として招かれたということになる。どうだ？」

しばらく、誰も何も言わなかった。

「悪くない取引ではないか？」

オルバースがダメ押しのつもりでそう言うと、おもむろにマッカランが口を開く。

「はあ、なるほどな……って、王様、あんた何言ってんだ？」

「貴様らが求めた『不老の秘薬』などはない。となれば、次はそう、アルバへロンレジェンドの卵を探しに行くのではないか？　それなら、我も同行しよう。ちょうど、どうしても探さねばならないものがある故、里を出る予定だったのだ」

オルバースが、最前から用意していた話を始めたところで、長老の1人がいきなり声を上げる。

「まさか、父上をお捜しになるおつもりか!?」

長老の言葉は、まさにオルバースの図星をさしていた。

しかし、オルバースはこれくらいのことは想定していた。

「……違う」

「じゃあ、何を探してんだよ？」

「何をだと？」

マッカランが口を挟んできたので、ジロリと睨み付けるが、相手はやけに平気な顔をしている。

「『威風凛々』のリーダーは俺だぜ。その俺を納得させてくれないと、仲間には入れられないな」

「ちょっと、マッカラン。そんなこと言っていいんですか？」

痩せた人族の男性があきれたような口調で言った。

「イスタール。どっちみち、このままじゃ全員ここで首を刎ねられちまうぜ。それより、獣王子に続いてダークエルフの王が仲間になる方が面白いだろ？」

「いや、そういうことじゃ……我々はそんなことを要求できる立場じゃないと言いたいんですよ

「……」

「まあまあ、ほら、ダークエルフの皆さんも、王様が何を探していらっしゃるのか、気になっていらっしゃるみたいだぜ。ここはバシッと言っちゃってくださいよ」

「王よ。ことは里の将来に関わること、何かお考えがあるならば、我らにお話しください」

長老がそう言ったところで、オルバースは、いよいよ用意していた答えを口にするべき時と考える。

深く息を吸い、ゆっくりと吐き出してから、オルバースはこう言った。

「嫁だ」

その場に居合わせた誰もが、ぽかんと口を開けてオルバースを見た。

「……は？」

「……え？」

「……嫁？」

彼らの口から漏れるのは、ただの反射的な言葉でしかなく、皆、オルバースの言っていることが理解できていないようだ。

「そうだ。我は、この里の将来を守るために、ともに支え合える伴侶を求めていた。だが、それにふさわしいと思える相手がおらぬ。それは何故か？　それは、我も含めた里の者たちが、里の中のことしか知らぬからだ。そうなれば、里の将来のため、里の外から嫁を迎えるよりない。そしてそのような嫁を迎えるには、我みずからが探すよりないのだ」

オルバースがそう言い終えた時、急に甲高い笑いが起こった。

「あははっ！」

オルバースを含め、その場の全員が声の主を見ると、それはグレッサと呼ばれた人族の女性だった。

「あははっ、王様、あなた、おっかしいわ……でも、とっても面白い！」

「グレッサ……お前、そんなふうに笑うのか……初めて見た」

マッカランは驚いた顔でそう言ったが、次の瞬間、こちらもニンマリとした笑顔になる。

「だけど、確かに面白いな、王様！　よし、その話乗った！　皆もいいよな？」

マッカランの言葉に、残る3人はそろって笑顔になり、それぞれがゆっくりとうなずいた。

「よかろう。余はヨゼ。余が獣王になるのと、お主が嫁を得るのと、どちらが早いか競うとしよう」

「アタシはネネビー。でも、王様、考え直した方がいいかもね。こんなリーダーじゃあ、お嫁さん探しなんかいつになったらできることやら分かんないよ」

「ネネビー、それこそがこの方の『試練』なのです。そうとなれば、この私イスタール＝クメスと、我らが創造神エルメア様が力をお貸しします。ともに『試練』を乗り越え、この里の将来に明るい希望をもたらす伴侶を迎えられますように！」

「ありがとう。我はオルバース。このファブラーゼの王にして、今日からはお主たちを友としよう」

「そうと決まれば次に狙うはアルバへロンレジェンドの卵だ!!」

マッカランが次の目標を語り、この場の話を締めくくる。

＊＊＊

その後、マッカランたちの拘束が解かれ、彼らはファブラーゼ数百年ぶりの客人としてもてなされた。

もちろん、長老と将軍たちに命じられた監視がついていたが、「不老の秘薬」がないと分かれば、マッカランたちもわざわざ無礼な真似はしなかった。

そして、その日から、オルバースの夢に変化が起きた。

夜の砂漠を歩く幼いオルバースの足取りは、1歩1歩砂を踏みしめるしっかりしたものになり、そして、その背後には足跡が残り、しかも、そこには姿の見えない5人分の足跡が追加されていたのだった。

特別書き下ろしエピソード③

ヘルモード外伝 ～勇者ヘルミオス英雄譚～ ③天稟の才 後編

これはアレンが生まれる5年ほど前、ヘルミオスが5歳の時に鑑定の儀を受けた後の話だ。

ギアムート帝国は魔王軍の侵攻を止められず、長きに渡る戦乱のために、帝国中がずいぶんと荒れていた。

その窮状にあえぐ人々の願いに応えるかのように、生まれたヘルミオスには勇者の才能があった。

そのヘルミオスは、鑑定の儀を済ませたその日のうちに、同じ村の3人の子供たちと共に、領都であるハウルデンの街へ向かうことになった。

荷物を準備する時間も与えられず、手ぶらで馬車に乗せられ、故郷コルタナ村を後にして、数時間が経過したころだ。

馬車を守るようにして前後左右に展開し、平原を疾走する百騎からなる騎士団の先頭で、ザイン副騎士団長が叫んだ。

「急げ！　ゾゾノエ村に到着する前に日が暮れるぞ!!」

「了解です!!」

ザイン副騎士団長の檄に馬に乗る騎士たちが力強く返事をする。

その様子に、馬車を護衛しその動きを見ながら最終指示を下すマキシル騎士団長が無言で頷く。

それを、馬車の窓から顔をのぞかせていたガッツンが、鼻水を垂らしながら、目を輝かせて見ていた。

「すっげええ！　カッコいい!!　ヘルミオス、今の聞いたか。騎士だ！　騎馬隊だ!!　了解です!!」

窓の外に腕を突き出して敬礼の真似事をするガッツンに対して、馬車に並走する騎馬隊の一騎が声を荒らげた。

「おい！　そこのガキ！　何度も言わせるな!!　顔を窓から出すんじゃない」

「うわ!?　ごめんなさい!!」

これで何度目かのガッツンの「初めてのごめんなさい」に、ヘルミオスたちはため息をつく。

「そろそろ、落ち着きなさいよ」

「ドロシーは、少しは落ち着いた？」

「何よ。別に凹んでなんかいないわ。ちょっと、悲しいだけよ」

ヘルミオスの言葉にドロシーは頬を膨らませて不平を言う。

親と離れた直後のドロシーは、悲しそうにしていたが、馬車の旅が進むにつれ、ガッツンの天真爛漫な様子に元気を取り戻しつつあった。

（ドロシーは元気が出たね。あとは……。この子か。僕も知らない子なんだよね。仲良くできるかな）

ヘルミオスは自分達と一緒に馬車に乗せられた、栗色のボサボサの髪を肩くらいまで伸ばした少女に笑顔を向ける。

「それで、えっと、君は？」

「え!?　わ、私は、エナ……」

「へ～。兄弟とかいた？」

「うん、兄と妹……」

「そうなんだ。それは悲しいね」

「うん……」

「ところで、エナのお父さんとお母さんはなにをしていたの？」

社交的なヘルミオスは何となく会話をつないで、エナが農奴の家庭に育ったということを聞き出していった。

コルタナ村では、平民の子が農奴の子供と遊ぶ機会はほとんどなかった。

農奴の住む耕作エリアが平民の住む居住区から離れていることや、農奴の家庭は家族総出で耕作に従事することが多く、平民の子供なら外に出て遊べる年齢になった時には、親の手伝いに駆り出されて、自由に遊ぶ機会が多くないことが理由だ。

「そうか……ねえ、エナはどんな才能を授かったの？　聞いてもいい？」

せっかくなので、会話の流れでエナの才能も聞いておく。

「え？　っと～。『弓豪』？」

「きゅうごう？　なんだそれ？」

「ふえ!?」

子供にしては大柄でツンツン頭のガッツンが身を乗り出して聞いてくるので、エナがビビってしまう。

「ちょっと、エナが怖がってるじゃない」

ヘルミオスがエナを会話に引き込んだことによくやったと微笑んでいたドロシーが、急に目を吊り上げてガッツンを叱った。

「ごめんごめん」

ガッツンが頭をかいて謝るのに、エナは「いいの」と言って、緊張の影の残る笑みを浮かべて頷いた。

「うんと……そう、『弓豪』っていうのは、えっと、弓使いよりもいいって言われた」

「おお！　珍しい才能ってことだね」

「そうみたいね。なんか悔しい」

「競い合ってもしょうがないよ」

「勇者は余裕が違うわね」

「それにしても勇者ってなんだよ。剣士よりもすげえのか？」

ガッツンの言葉から、農奴の子供も平民の子供も、皆剣士の才能を求めるらしいとなんとなく思ったヘルミオスは、その期待に応えたものか悩みながら、ひとまず慎重にこう答えた。

「たぶん」


【コルタナ出身の馬車に乗る4人の才能】
・ヘルミオス：勇者★★★★★

・ドロシー：魔法使い★
・ガッツン：剣士★
・エナ：弓豪★★

ヘルミオスが会話を主導し、ガッツンが思ったままのことを口にしたところにドロシーがツッコむ流れに、エナの気持ちも次第にほぐれていったようで、いつしか、4人は馬車の中で仲良くなっていった。

やがて遠く平原の端に日が沈んで、行く手は薄闇に包まれたが、騎士団がすかさず明かりの魔導具を用いて、照らした夜道を馬車は駆け抜けていき、ついに日暮れから1時間ほどでゾゾノエ村にたどり着いた。

村をぐるりと囲む、太い丸太を並べた塀の一部にある、丸太を横に何本も並べた重い扉が、村の中から開かれ、中にいた騎士たちが、ヘルミオスたちを乗せた馬車ごと騎士団一行を招き入れる。

「すごい、本当に今日中についちゃった」

「へ〜。あれ？　ヘルミオスって、ゾゾノエ村に来たことあったかしら？」

「いや、隣村には来たことないけど、父さんが2日はかかるって言っていたから」

ヘルミオスは、行商人の護衛をしていた父ルーカスから聞いた話を皆にする。

通常、こんなに早く隣村につくことはないので、そのために追い立てられるように村を出たのかと、ヘルミオスは話しながら納得していた。

「いいじゃねえか。おかげで宿で眠れるぞ」

「何よ、ガッツン。野宿も楽しそうって言ってたじゃないか」

「そうだったかなあ？　……ていうか、いつまで待つんだよ。これから宿でうまい物が出るんじゃないのか。俺、才能を授かってるんだぞ」

「降ろしてくれないのかしら……」

他の３人の雑談を聞きながら、何気なく窓から外を眺めたヘルミオスは、騎士団長と副騎士団長が、数名の騎士たちを呼びつけているのを目にした。

「……なんか話し合ってるね」

（お昼ご飯も少なかったし、ガッツンじゃないけど、お腹すいたんだけど……）

ヘルミオスが意識を窓の外に集中すると、ちょうどこちらに近づいてきた騎士たちの会話が聞こえてきた。

「ゾゾノエはどうであった？」

「３人です。明日の朝、村の広場に集まるよう親たちに申し付けております」

（鑑定の儀があったのは僕たちの村だけじゃないもんな）

「そうか。コルタナでは４人であった。……夜番はお前たちに任せるが、よいか？」

「もちろんであります！」

「……団長、１部隊だけでは心もとないのでは。こちらの１部隊も出すとしましょう」

「お気持ちはありがたいのですが、副団長、そちらは明日の朝早くから出発するのでは。次の村までも１日で走破する予定となれば、今夜はぐっすりお休みになられた方がよろしいと存じます」

「そのとおりだが、こちらとしても目を離せない事情がある。そうでありますね、マキシル団長」

団長が微かに頷いたのを見て、ゾゾノエ村に駐在していた騎士が声を潜めた。

「……やはり、今回のような規模の部隊を引き連れてこられたのには理由があったのですね」

「詳しくは皆が街に戻ってから話す。ここしばらく物騒な事件も増えてきておる。今夜は、ザイン副団長の考えのとおりに、２部隊で夜番を行うこととする。警護は任せたぞ」

「は！」

「は！」

それぞれの部隊の隊長とおぼしい騎士が頷き、闇の中に消えていくのを見送った騎士団長と副騎士団長が、ふいにこちらを振り返ったので、ヘルミオスはなんとなく視線を逸らして、気づいていないふうを装った。

「では、村長宅に向かうとしよう。子供たちも連れてまいれ」

やがて、馬車を降ろされたヘルミオスたちは、日が暮れて静かな村の中を、騎士団長たちと共に村長宅に向かった。

明かりの魔導具に照らされた村長宅前では、数名の村人がヘルミオスたちを待っていた。

「おお、お疲れ様です！　どうぞ、どうぞ。夜遅いですが食事の準備はできております」

そう言って進み出た壮年の男がどうやら村長のようだ。

「お！　飯だ!!」

「ちょっと、ガッツン……」

「フガフガッ!?」

場を弁えずはしゃぐガッツンの口を、慌ててドロシーが塞ぐのを見て、騎士団長が優しいため息を吐くのをヘルミオスは聞いた。

「……この子たちも飯がまだなのだ。手間をかけて申し訳ないが、彼らの部屋に食事を届けてくれぬか」

「もちろんでございますとも。おい、その子らを部屋に案内するんじゃ」

「へい」

そう答えた中年の男が村長宅の丸太の扉を開ける。

ヘルミオスはなんとなく騎士団長を振り仰ぎ、彼がこちらを見下ろして頷いたので、進み出て戸口を潜った。

彼に続いてガッツン、ドロシー、エナが戸口を潜ると、中年の男は後ろ手に扉にかんぬきをかけると、立ち止まっていたヘルミオスたちの間を抜けて、正面の廊下をさっさと奥へと進んでいく。

（顔が村長と似ている。親子かな）

ヘルミオスが、男の顔つきに気を取られていると、不意に彼が立ち止まり、一枚の扉を開けて、中へ入るよう促した。

ガチャ
「ここだ。飯とお湯を持ってくるから待ってろ。それから、用を足したくなったら、この廊下をもっと奥まで進め。突き当たりの扉がそうだ」

おずおずと中に入ると、中央に置かれたテーブルの上のランタンの明かりに照らされた部屋には、ベッドが1つしかなく、あとは藁を詰めた麻袋が3つと、その上にかけるらしい毛布が3枚あるきりなのが分かった。

どうやら、このうち3人は床で眠れということだろう。

「分かりました……あの、おじさん」

「なんだ？」

「別の部屋にしてもらえないんなら、間仕切りをしてほしいんですが……」

「あ？　ませてやがる。分かった」

餓鬼のくせにと吐き捨てながら、男は部屋を出て行った。

「おっしゃー。俺がベッドだ!!」

ガッツンが1つしかないベッドに顔面からダイブする。

「もう、ガッツンはしょうがないわね」

質素倹約を旨とする神官の娘のドロシー、母の薬代で生活がカツカツだったヘルミオス、農奴出身だというエナと違い、村での薬の販売を一手に引き受けている薬屋の息子であるガッツンは、これまで贅沢な暮らしをしていた。

それが分かっているからか、ドロシーはやれやれと言うが止めはしない。

そこへ、急に部屋の扉が開いたと思ったら、さっきの男が両手に籠を下げて部屋に入ってきた。

「ほらよ。パンとモルモの実だ。湯はこの後で隣の部屋に置くから、勝手に使え。あんまり手拭汚すんじゃねえぞ」

置かれた籠を覗き込むと、片方には顔くらいの大きさのパンが4つ、もう片方にはモルモの実がいくつか入っていた。

「何だよ。肉はないのかよ」

いつの間にかベッドからヘルミオスの隣に移動して、籠を覗き込んでいたガッツンが、不満そうな声をあげた。

「あ？　……。ふん、そんなことを言うと朝飯抜くぞ」

「ひえ!?　ごめんなさい!!」

ガッツンが土下座する勢いで謝ると、男は「やれやれ」とため息を吐いて出て行った。

ヘルミオスはパンとモルモの実1個を取り上げると、エナに差し出した。

「はい。これはエナの分」

「ありがと。いいの？」

「当然だよ」

ヘルミオスとエナが微笑み合っている隣では、ガッツンとドロシーが籠から自分の分のパンとモルモの実をつかみ出していた。

「おい、俺は他人の分までとったりしないぞ」

「どうだか。……あら、このモルモは甘いわ。当たりね」

パンとモルモの実をすばやく平げたヘルミオスたちは、ドロシーとエナ、ヘルミオスとガッツンの順で湯を使った。

部屋には、ヘルミオスたちの体格だと、1人ずつなら入れそうな大きな水桶が置かれていたが、湯をこぼしては申し訳ないと思い、4人は湯と手拭で体に付いた汚れを落とした。

部屋に戻ると、他にすることがなくなってしまったので、油代がもったいないとランタンを消し、ヘルミオスたちは真っ暗な部屋でそれぞれの寝床に入る。

「グスッ。ママ……」

暗くなってしばらくすると、エナのすすり泣く声が聞こえてきた。

「……おい、もう少し優しくしようぜ」

「特にガッツンがね」

「分かったよ。次からエナがベッドな」

ガッツンとドロシーの話し声を聞きながら、ヘルミオスは目を瞑った。

翌日は、村長の息子とおぼしい中年の男が起こしにきた。

なんでも、すぐに出発するらしく、騎士団が準備を整えて待っているとのことだった。

「おい、朝飯はないのか？」

ガッツンが寝床から跳ね起きてそう訊ねると、中年の男はすかさずこう答えた。

「馬車に積んである。昼飯もな」

「お！　肉はあるか!?」

明らかに表情が明るくなったガッツンに呆れた様子で、男は答えず部屋を出て行ってしまった。

ヘルミオスも寝床を出た。薄暗い部屋を見渡すと、ドロシーだけが毛布にくるまったままだった。

「ドロシー。起きて、もう出発だって」

「まだ眠いの……」

だが、このまま寝かせておくわけにもいかないので、ドロシーを起こしたヘルミオスたちは、てきぱきと部屋を片付けてから、村長の家を出た。

村長の家の前には２人の騎士が待っていて、ヘルミオスたちが出てくると、前後を守りながら村の広場へと案内した。

そこには、馬車が2台待っていた。

1台はコルタナ村からヘルミオスたちを乗せてきたものだったので、ヘルミオスは、もう1台はゾゾノエ村出身の、才能を授かった子供を乗せるためのものなのかと思った。

「おっしゃ!!　一番乗り!!　お!　肉あんじゃん。やるじゃねえか」

すかさず馬車に乗り込んだガッツンがうれしそうに声をあげたので、ヘルミオスも、馬車の扉のところから、腰掛の上に置かれた、2つの大きな袋の中を見た。

確かに、どちらにも、大きなパンとモルモの実と一緒に、干し肉が4人分入ってた。

「別にガッツンだけのために用意してくれたわけじゃないでしょ。独り占めしないの」

「分かってるよ!」

続いて馬車に乗り込んだドロシーのツッコミに答えるガッツンは、早くも干し肉をガジガジとかじり始めていた。

エナを先に馬車に乗せ、最後に乗り込んだヘルミオスは、扉を閉めようとした時、背後に騎士と村人の話し声を聞いて、何気なく後ろを振り返る。

そこには、騎士団長のマントにしがみつくようにして懇願する村人と、困った様子の騎士団長がいた。

「団長様、どうしてもワテの子も一緒に連れて行ってくださいませんか?」

「先ほどから言っておるだろ。『裁縫』の子は連れてゆけぬのだ……」

「そ、そんな、賢い子なのに……」

（へ～。才能によっては街に行けないんだ）

ヘルミオスがそのことを頭の中で反芻していると、ついに騎士の1人が村人を団長から引き剝がした。膝から地面に崩れ落ちる村人を一瞥し、騎士団長はすでに騎乗している騎士と馬車に号令をかけた。

2台の馬車が走り出した。扉の側の窓から頭を出して、先を行く馬車を見たヘルミオスは、自分と同じように窓から顔を出し、村の様子を眺めている子供の、今にも泣き出しそうな横顔を見た。

昨日の自分も、きっとこんな顔をしていたんだろうと思うと、急に両親のことが思い出され、ヘルミオスは胸が痛くなった。

その日は何度か休憩をはさみつつも、馬車は走り続け、夜にはポンセ村に到着した。

昨夜と同じく、ヘルミオスたちは村長宅に寝所を与えられた。

だが、用意された部屋はさほど広くなく、ゾゾノエ村から加わった3人とは別々に眠ることになった。

翌日、今度は朝食と昼食の袋を持たされて、村長の家から出ると、広場で待っている馬車は3台に増えていた。

走り出した馬車が村を出て、街道を疾走する。

窓から外を見ていたドロシーが口を開く。

「北に向かってるわ」

「ということはゴラッソ村に行くのか」

ヘルミオスは、父のルーカスのおかげで、領内にある各村の配置を知っていた。

ハウルデン子爵領の東側には、ヘルミオスたちの生まれたコルタナ村以外に、ゾゾノエ、ポンセ、ゴラッソと、全部で4つの村がある。

このうち、領内で最も東にあるコルタナ村から始まった旅は、コルタナ村とポンセ村のちょうど中間にあるゾゾノエ村を経由して、子爵領の東西の真ん中にあるポンセ村へと向かった。

ここから、領都であるハウルデンの街へは、西へまっすぐ進めばいいはずだが、馬車が北へ向かっているのなら、北部の山沿いにあるゴラッソ村へ行くと考えられる。

「たぶん、僕たちみたいな才能を授かった子供が他にもいるなら、遠回りになってもまとめて町に連れて行く方が、いいのかな」

「ふ～ん。どうでもいいけど、馬車は腰にくるぜ」

「おっさんみたいなこと言わないの」

「ドロシー、なんだと！」

「クスクス」

ドロシーとガッツンの掛け合いに、エナがようやく笑顔を見せた。

その日も、夜遅くになって目的地に到着した。

馬車が塀の中に招き入れられたのは、ヘルミオスの予想どおり、ゴラッソ村だった。

ここでも、ヘルミオスたちは出身の村ごとに割り当てられた部屋で夜を明かした。

翌日の未明に、やはり1台増えた、総勢4台の馬車が村を出発した。

次第に明るくなっていく窓の外を眺めていたヘルミオスは、目に入る景色から、馬車が山へ上ろうとしていることを知った。

ゴラッソ村から、この旅の目的地とおぼしいハウルデンの街へ向かうには、2つのルートがある。

1つは、昨日走り抜けた街道を南へ逆戻りして西へ向かうルート、そしてもう1つは、山の南側を西へ抜けるルートだ。

そして、ヘルミオスたちを乗せた馬車は、どうやら山の南側を西へ抜けるルートを通るようだが、これは街道をいったん南へ戻るよりも、時間が短縮できるからではないかと、ヘルミオスは、これまでの旅程から推測していた。

なぜかは分からないが、護衛の騎士団は、自分たちに野営させたくないようだ。

やがて、馬車は上り坂にさしかかり、しばらく進んで平らな場所に出ると、今度はでこぼこした道を進む。

ゴトゴトッ
「結構揺れるな。もっとゆっくり走ってくれよ」

「本当にきついわね。エナ、大丈夫?」

「大丈夫。ドロシーありがと」

ガッツンのぼやきと、エナと彼女を気遣うドロシーの会話を聞きながら、ヘルミオスは窓の外を見た。

馬車は山の南側を東から西へぐるりと回る道を通っているので、窓から、山の麓から南に広がる平野が見下ろせた。

視界の左側、つまりに西の方角に、自分の生まれたコルタナ村が見えはしないかと、ヘルミオスは目をこらしたが、村を出てから3日の間、どれだけの距離を走ってきたのか分からないくらいなので、それらしい景色は見当たらなかった。

やがて、平坦だった道が下り坂にさしかかった時だ。

「右だ!!」

先頭を行く副騎士団長の号令が聞こえ、馬車が向きを変える。

窓から外を眺めていたヘルミオスは、目の前に一本の道がさらに左奥に続いているのを見た。

どうやら、馬車は二股の分かれ道を、右側、つまり北側に進んでいるようなのだ。

（え？　何だろう？　道に迷ったとか勘弁してほしいけど）

ヘルミオスが訝しく思ったが、その瞬間、馬車に併走していた騎士の1人が、慌てた様子で馬を進める。

ヘルミオスが窓から顔を出して彼の行く先を見つめると、その騎士は、先頭集団に向かって大声で問いかけていた。

「副団長！　そちらは違います」

「こちらの方が近い。黙って言うことを聞くのだ!!」

すると、これを聞いたらしい騎士団長が、ヘルミオスたちの乗る馬車の後ろから進み出て、窓から外を見ていたヘルミオスに話しかける。

「やはり動いたか……お前たち、馬車の中で大人しくしておるのだぞ。何も問題はない」

「え？　は、はい」

ヘルミオスが、なにがなにやら分からないながらもそう答えた、その時だ。

ピュウウウン

風切り音とともに飛来した矢が、ヘルミオスたちの乗る馬車に併走する一頭の馬の首に突き刺さった。

「ヒヒイイインッ!?」

馬は悲鳴をあげて竿立ちになり、思いがけずバランスを崩した騎士が馬の背から転げ落ちる。

「うわ!? 何だ!!」

そこへ、昇る朝日に輝く剣や短刀を振りかざし、粗野な者たちが殺到した。

「へへ、聞いていたとおりだぜ! 数はこっちの方が多い。騎士たちは皆殺しにしろ!!」

「馬車のガキどもを傷つけるなよ!!」

男たちの口から漏れる言葉が、ヘルミオスの耳に飛び込んでくる。

どうやら待ち伏せされていたようだ……と思うとすぐに、先ほどの騎士団長の言葉が思い出された。

すると、その騎士団長の叫び声が響き渡る。

「『才能狩り』が出たぞ! 馬車を守れ!」

そこへ、ヘルミオスたちの後方からも、男たちの叫び声が聞こえてきた。

「うおおおおおお!!」

「やっちまええぇ!!」

これには、騎士たちも焦ったようで、ヘルミオスたちの乗る馬車の、山肌側の窓の外から、騎士の1人の不安そうな声が聞こえてきた。

「挟み撃ちにされています! クソッ……100人はいるんじゃないか?」

「団長、指示をお願いします！」

2人いる部隊長のうち1人が団長へ呼びかけた。

「ふむ、頃合いか！　警笛を鳴らせ!!」

騎士団長がそう言うのが聞こえた次の瞬間、ヘルミオスたちの乗る馬車の前後で、一斉に笛の音が鳴り響いた。

ピイイイイイイ!!

ピイイイイイイ!!

ピイイイイイイ!!

「あん？　なにをする気だ!?」

馬車を守る騎士たちに襲いかかった男たちのうち、数人が訝しげな声をあげるのと、ヘルミオスの乗っているのとは反対の、山肌の側から地響きが轟くのはほとんど同時だった。

「うおおおおおおおお!!　子供たちを守れ！　才能狩りを殲滅するぞおおおお!!」

頭上から響く声は、どうやら山の高いところから逆落としに駆け下りてくる馬に乗った騎士たちのもののようだ。

「やべえ、騎士たちが隠れていたぞ」

「何だよ！　俺たち嵌められたのか」

今度は、待ち伏せしていた才能狩りたちの方が慌てだした。

しかし、彼らが逃げようとするよりも、斜面を駆け下りてくる馬の方が早いようで、見る間に形勢は逆転した。

すると、才能狩りの1人が叫んだ。

「おい！　てめえ、ザイン！　俺たちを嵌めたのか!!　このまま、お前も無事で済むと思うなよ!!」

「な!?　これは違う。俺も知らなかったことだ！」

そう答えた声を、ヘルミオスは、先ほど「右へ進め」と叫んで誘導した副騎士団長のものだと判断した。

そして、その副騎士団長の声が、次にこう言ったのも、ヘルミオスは聞いてしまった。

「あ、あの馬車を押さえろ！　あれには子爵宛ての手紙に載っていた小僧が乗ってるぞ!!」

誰のことかと思っているうちに、武器の打ち合う音がこちらに近づいてきた。

「……おい、お前たち、一生分の稼ぎがあるぞ。あの馬車を攫《さら》え!!」

「へい!!」

そんな声まで聞こえてきて、ヘルミオスは思わずガッツンとドロシー、そしてエナを振り返った。

そして、友人たちが真っ青な顔で震えているのを見て、ヘルミオスの胸にある決意が芽生えた瞬間、壁越しに御者席から悲鳴が聞こえたと思ったら、いきなり馬車が動き出した。

「ぬ？　いかん！　その馬車を止めろ!!」

騎士団長の声が前から後ろへ通り過ぎるのを聞きながら、ヘルミオスは自分たちの乗る馬車が、才能狩りによって奪われたことを知った。

ヘルミオスの判断は早かった。

馬車の扉を蹴り開けると、ドロシーとガッツンを見た。

「飛び降りるんだ！」

馬車はまだスピードを出し切っていないため、いまなら飛び降りてもそうたいした怪我は負わないだろうと思ったのだ。

だが、2人は怯えているようで、逆側の壁に身を押しつけるようにして動かない。

ヘルミオスは次に、座席に座るエナを見た。

ヘルミオスと目が合うと、エナは震えながら席から立ち上がり、ヘルミオスの方へ一歩踏み出した。

その時だ。

ガツッ
馬車の右の車輪が石かなにかを踏んだようで、車体が大きく左側にかしぎ、バランスを崩して前のめりに倒れたエナが、ヘルミオスを馬車の扉から押し出してしまった。

「うわっ！」

体がふわりと浮かび上がる感触に、ヘルミオスは咄嗟に手を伸ばしたが、馬車の扉を摑もうとした手は空を摑み、次の瞬間、短い落下を感じたと思ったら、背中から地面に落ちていた。

だが、咄嗟に体をひねったヘルミオスは、自然と受け身をとって、地面に転がって落下のダメージを軽減していた。

ヘルミオスがぱっと立ち上がった時には、彼以外の3人を乗せた馬車は、騎士たちと才能狩りたちの戦いの間を縫うようにして、どんどん遠ざかっていく。

ヘルミオスは視線を巡らせ、騎士団長を捜した。

そして、当の騎士団長と目が合った瞬間、彼の口から思いがけない言葉が飛び出すのを聞いた。

「少年は残っていたか。……守りを固めよ。あの馬車は捨てておけ!!」

「は!!」

「え?　なんで!　ば、馬車が!!」

こちらに向かって後退してくる騎士たちが、自分と残った馬車を守り、友人たちを見捨てるつもりだと知ったヘルミオスは、咄嗟に馬車を追って走り出していた。

行く手に転がる、持ち主を失った剣を拾い上げると、驚いてこちらを振り向く騎士の側を駆け抜け、立ち塞がる才能狩りを避け、小柄な体格を活かして戦いの中をすり抜けていく。

(追わなきゃ)

「おい!　待つのだ!!」

背中に騎士団長の声を聞きながら、ヘルミオスは真っ直ぐ前だけを見て走り続ける。

そこへ、大柄な才能狩りの男が行く手に立ち塞がった。

「何だこのガキ」

「どけ!!」

ヘルミオスは拾った剣ですくい上げるように斬り上げた。

剣は男のかざした剣を下から斬り上げ、その勢いのすさまじさに男の体がのけぞった。

ヘルミオスはそこに頭から突っ込み、男の腹に頭突きして、仰向けに倒れた体を踏みつけて走り抜けた。

「がは!!」

才能狩りの悲鳴を背に、ヘルミオスは馬車を追って撤退する才能狩りの男たちに追いつき、なんと、彼らを追い越していく。

父ルーカスと共に薬草収集に出かけては、山で出会った魔獣を狩っていたことで、ヘルミオスの脚力は馬のそれすら凌駕していた。

「おいおい、何だこのクソガキは……。って、おい!?」

馬に乗った才能狩りの男が、自分の馬に追いつき、追い越していく少年に驚きの声をあげたが、その背の向かう先を見て、もう一度驚きの声をあげた。

彼の視線の先では、山道の一部が突然切り落とされたように消え失せて、ぽっかりと空いた30メートルほどの空間に、対岸の断崖へと向かう、丸太をロープでつないで並べた吊り橋がかかっていた。

だが、その吊り橋が、いきなり片側にかしいだのだ。

馬に乗った才能狩りが見たのは、一足先に橋を渡り切った馬車と、仲間のはずの才能狩りが斧で橋を支える2本のロープのうち1本を叩き切ったところだった。

丸太を並べた足場が急激に傾き、橋を渡っていた才能狩りたちが悲鳴をあげる。

「おい！　俺たちがまだ残ってるぞ。待ってくれ!!　うわああああぁあ!?」

その悲鳴が谷底へ落ちていくのを聞いた才能狩りたちは、恐れをなして走るのをやめ、馬のなすままに手前の崖にとどまった。

だが、その間を縫うようにして、小柄な影が走り抜ける。

たった1人、ヘルミオスだけが速度を落とさず、吊り橋へ向かう。

（絶対に追いつかなきゃ！）

決意を込めて目を見開き、足を速め、吊り橋に踏み込む。

ほとんど縦になった足場の丸太が、偶然にもその手のひらほどの切り口を並べた上を、勢いを止めることなく駆け抜けていくヘルミオスの目は、向こう岸の馬車と、1本残ったロープを切ろうとしている才能狩りを見ている。

その手にした斧がロープに振り下ろされ、半ばまで食い込んだ刃が再び振り上げられた時、ヘルミオスは小さく前へ跳躍し、着地と同時にその足場を蹴って、跳んだ。

次の瞬間、才能狩りの振り下ろした斧が吊り橋の残ったロープを断ち切り、吊り橋は逃げ遅れた才能狩りと騎士たちの残るこちら側の断崖へ、ぶつかるように落ちていく。

だが、吊り橋の半ばあたりから、反対側の断崖へ飛び出した小柄な影が、15メートルほどの空中を跳び越え、その伸ばした手が断崖の縁にかかるのを、才能狩りも騎士たちも目撃した。

「馬鹿な!!」

重い鎧を着た騎士団長は、ヘルミオスのすさまじい跳躍に唖然としながらも、あたりを見回し、次なる指令を下す。

「道を戻れ！　分かれ道から回り込むぞ。我についてまいれ!!」

その声を遠くに聞きながら、ヘルミオスは断崖の縁をよじ登ると、後ろを振り返ることなく再び走り出した。

その様子に、先ほどロープを断ち切り、今は馬車を追って馬を走らせている才能狩りが、後ろを振り返って気がついた。

「このガキ、どこから現れた?」

ヘルミオスは走りながらジャンプし、最後尾の才能狩りを馬から蹴落とした。

「がは!?」

本当は声をあげられる前に倒したかったのだが、間に合わなかった。

落馬した才能狩りの悲鳴に、先を行く才能狩りが振り向いた。

ヘルミオスは先ほどと同じようにして、その男を馬から蹴落として先へ進む。

その姿を、馬車と併走している馬のうち1頭の背中から眺めていた男が、すぐさま、隣を走る別の馬にまたがる男に声をかけた。

「おい、デラケル! 高い金の分の働きをしてもらう時だぞ!!」

声をかけられた男は、馬上で小さく頷き、そこで馬を止めた。

走り去る馬車に背を向け、馬を下りると、近づいてくる小柄な影の前に立ち塞がる。

ヘルミオスも、前方で馬を下りた男が、こちらを迎え撃つべく立ち塞がったのを見た。

長い髪ごとバンダナを頭に巻いて、革の胴着以外に防具らしいものを身につけていないが、拳にはナックルをはめている。

その拳が大きく振りかぶられ、近づく自分を待ち受けているのを見てとり、ヘルミオスはあえて速度を落とさず突っ込んだ。

「ぬん!」

「ぐ!?」

ギンッ

果たして、振り下ろされた拳を、ヘルミオスはしっかりと剣身の側面で受け止めたが、思いがけない力強さに、後ろにはじき飛ばされてしまった。

「ほほほぅ！　いいね、俺の拳を防いだな!!」

尻餅をついた姿勢から、相手の追撃を警戒して横に転がってから立ち上がったヘルミオスは、ニタニタ笑うばかりで動かない相手の様子に、これまで出会ったことのない強敵だと感じる。

「何だこの力は……」

自分の口からそんな言葉が漏れ出たことに遅れて気づき、ヘルミオスは先ほどの拳を受け止めてゆがんだ剣を構え直した。

すると、相手の男がでかい声をあげた。

「頭《かしら》！　戻ってこい！　あんたらの目当てはこいつだぜ!!」

男の言葉の意味が分からず、しかし、どう攻めていいものやらヘルミオスが考えあぐねている内に、才能狩りの一団が、車輪をゴトゴトと鳴らす馬車ごとこちらに戻ってきた。

ヘルミオスが訝しく思っていると、ナックルの男の隣に馬を止めた才能狩りの男が、ヘルミオスを見下ろしてこう言った。

「ほう、手紙にあった異能持ちってのはこいつか。わざわざ追いかけてきてくれるたあ、ありがたいこった。……腕や足の1本くらいなら折っちまっても構わねえ、大人しくさせるぞ」

その言葉の意味を、ヘルミオスが考える前に、ナックルの男が反論した。

「まあまあ、ここは俺の出番なわけだろ。任せてもらおうか」

「……そうだったな。殺さない程度に頼むぞ」

頭と呼ばれた才能狩りの男がそう答えた時には、ヘルミオスはナックルの男に仕掛けていた。

相手の拳は、ナックルをはめていることもあってか、剣を歪めるほどの威力だ。

何度も剣と拳を交えるのは危険なので、一撃で仕留めるつもりだ。

だが、相手の隙を狙って接近し、低い姿勢から心臓を狙って突き上げた剣が、魔獣ではなく同じ人間を傷つけると思ったら、ヘルミオスの心に躊躇が生まれた。

そして、その躊躇を、見逃す相手ではなかった。

「むん！　爆砕拳!!」

「ぐへあ!?」

一瞬、突きの動きが鈍ったタイミングで、横なぎのフックが剣身に炸裂し、ヘルミオスの剣は粉々に砕け散った。

その衝撃は、残った柄からヘルミオスの手に伝わり、痛いくらいのしびれにヘルミオスがひるんだ次の瞬間には、男の前蹴りがヘルミオスの胸にたたき込まれていた。

もんどり打って後ろに倒れたヘルミオスは、胸と背に衝撃を受け、仰向けになったまま宙に血を吐く。

そこへナックルの男が革靴のつま先をたたき込み、ヘルミオスを丸太のように蹴り転がした。

「け、剣が……。げほっげほっ……」

ヘルミオスは両肘で上半身を持ち上げ、咳き込んで血反吐を吐いた。

「小僧、お前もそれなりの才能を授かってるみてえだが、相手が悪かったようだな。俺は拳豪だ。武器の砕けたお前と違って、武器がなくてもやれるんでね」

ナックルの男がそう言った時、その背後で、馬車の扉が開き、ガッツンが飛び出してきた。

「ヘルミオス！」

そして、彼の後ろから、ドロシーとエナも飛び出してくる。

「ちょっと、ガッツン!!」

「わ、私も……!!」

だが、馬車の左右から才能狩りの手が伸びてきて、瞬く間に3人を取り押さえてしまう。

「おい、この手をどけろ!!」

ガッツンは悲鳴をあげるが、押さえつける手はビクともしない。

「放してよ!!」

ドロシーも涙に潤んだ目で自分を押さえつける才能狩りたちを睨み上げる。

そこへ、頭と呼ばれた男の声が飛んだ。

「たあぁ……。面倒くせえ、そいつらは殺せ。どうせこいつだけでも俺たちが一生遊んで暮らせるほどの金になるんだ」

「ふうん、そういうもんですかね……」

そう言った才能狩りの1人が、剣を抜き、エナの目の前に無造作に突き出した。

「いやあああああ!!」

エナが泣き叫ぶのを、ヘルミオスは激痛にうめきながらも確かに聞いた。

「おい、ジッとしていろ。苦しまねえようにしてやるからよ」

剣を構えた才能狩りは、剣を引くと、エナの背中に当てた。

その冷たく鋭い感触を服越しに感じて、エナの体がぎゅっと縮こまる。

さらに、その様子を横から見ていたガッツンとドロシーの、恐怖にゆがんだ顔が剣身に映る。

剣を構えた才能狩りが、得物を逆手に持ち替えた。

それを見たヘルミオスは、その場にぱっと跳ね起きた。

だが、腹に激痛が走り、膝が崩れて前のめりに倒れそうになる。

(エナ……助けなくちゃ!)

痛みにこわばる顔を上げ、なんとかエナのところへ行こうと立ち上がるヘルミオスを、じっと観察していたナックルの男が、呆れたような声をあげた。

「おいおい、俺のとっておきを食らわしたつもりだが?　無茶すると死ぬぜ?」

「うるさい!!」

「おいおい、これだから力の差が分からんクソガキはよ」

ナックルの男がゆっくりと拳を構えた。

その構えを見た時、ヘルミオスの胸に、怒りに彩られた、ある思いが浮かんだ。

(こいつみたいに、武器がなくても戦えたら……!)

その時だ。

ブンッ
ナックルの男を睨んでいたヘルミオスの目の前に、光る枠が現れた。

視界を遮られ、びっくりしたヘルミオスは、しかし、その瞬間、光る枠の中に浮かぶ文字を目にしていた。

『天稟の才の条件を全て満たしました。得られるスキルは残り３つです。スキル「爆砕拳」を得ますか？』

「へ？　え？　なんだ!?」

ヘルミオスがそう呟くと、光る枠の中の文字が変化した。

『相手のスキルが欲しいですか？』

その文字を目にした瞬間、ヘルミオスは決断した。

「欲しい!!」

大声で叫んだヘルミオスに、ナックルの男が訝しげな顔をする。

だが、その顔も、ヘルミオスの手が輝き出したことで、真剣な表情へと変わる。

「なんだ……まだ何かやろうってのか！」

ヘルミオスの得体の知れない有様に、危機感を覚えたらしく、ナックルの男は拳を振り上げ、振り下ろした。

そして、その拳に被るように出現している光る枠の中に、ヘルミオスは、次のような文字を見た。

『天稟の才《スキルマスター》により、爆砕拳を習得しました』

次の瞬間、ヘルミオスの全身に力がみなぎり、振り下ろされる拳の真ん中に、光る点のようなものが見えたように思った。

（あそこに……こう！）

ヘルミオスが光る拳を突き出すと、自然と腰をひねり、胸が横に開き、肩を突き出す動きのまま、腰から拳へ力が流れ込み、槍のように鋭い一撃となって、狙った一点――ヘルミオスにだけ見える光の点――ナックルの男の拳に突き刺さった。

「爆砕拳!!」

ヘルミオスがそう叫んだ時、ナックルの男の拳は、ナックルごと砕けていた。

グシャ
「へぐあぁ!! お、俺の拳が!!」

ナックルの男は拳を弾かれた動きのまま背後にのけぞり、仰向けに倒れたと思ったら、グシャグシャに潰れた拳を抱えてその場に丸くなってしまう。

そして、それを見た才能狩りたちの間に動揺が広がる。

「なんだ、デラケルが殴り負けたぞ!」

「このガキ……まさか拳聖か!?」

「お頭、俺たちの敵う相手じゃねえですぜ!!」

彼らは、戦闘意欲を失い、その場に丸まって動かないナックルの男を避け、こちらに向かってくるヘルミオスの、あれだけ傷ついたにもかかわらず妙に力強い足取りに、混乱を隠せない様子で頭に話しかける。

そして、当の頭も、どうしていいのか分からず、馬上で目を白黒させていた。

「うるせえ、しょせんガキ1人だ、全員でかかれば……ん?」

ドドドドドッ
才能狩りの頭が、迫る馬の足音を聞きつけた時には、馬車の向こうに、分かれ道から回り込んできた騎士団が迫っていた。

「少年は無事だ。才能狩りを一掃せよ!!」

「は！」

たちまち殺到した騎士たちは、才能狩りたちを次々と倒していく。

「助かった」

「エナ？　無事」

「う、うん」

ガッツンたちは、あたりを駆け抜ける騎士たちに怯えながらも、抱き合って生存を喜び合っていた。

すると、そこにヘルミオスが歩いてきた。

「お、おい、ヘルミオス!!」

ガッツンが近づくと、ヘルミオスはガッツンの顔を、そしてその背後で抱き合ったまま、こちらを見ているドロシーとエナを、順に眺めて、にっこりと微笑んだ。

そして、微笑んだまま、前のめりに倒れこんだ。

ガッツンが慌てて受け止めた時には、ヘルミオスは微笑んだまま目を閉じ、寝息にも似た静かな呼吸を続けていたのであった。

あとがき

9巻を手に取っていただきありがとうございます。

皆さん、お待ちかねのあとがきでございます。

アレンが海底のプロスティア帝国を目指す形で本巻は話が終わり、「アレン軍と島の開拓編」は完結しました。

アレンのパーティーに仲間も増え、共に動いてくれる軍や島の島民も増えてきましたね。

今回のアレンの選択がどのように物語に関わっていくのか、これから繋がるお話にご期待ください。

書下ろしや購入特典でちょこちょこ出てきていた商人ペロムスの恋の物語は、無事に本編で合流することができました。

フィオナとの恋はどうなるのか、アレンには一切ない色恋の話でございますが、力もなければ武器もない、勇気だけの男の活躍を追っていただけたらと思います。

3つの書下ろしについてもいかがだったでしょうか。

ベク、オルバース、ヘルミオスの話も書下ろしではありますが、いわゆるヘルモード正史の予定で、本編では語られていない別視点で切り取ったお話です。

べクの話をどう見ていいか分からないという方は、皆から優秀だと言われた者の生き様や葛藤を書きましたので、そのように読んでいただけたらと思います。

ペロムスの話同様に並行世界の話ではありませんので、どのように本編と繋がっていくのか、そのほかの書下ろしも含めて楽しんでください。

ここからは、私の思い出話になりますが、父との別れの話でございます。

ハム男少年は、遠く離れた学校に通う中、頭の中で自ら考える物語の妄想を膨らませていました。

大学をゲームのやり過ぎで中退し、夜勤のバイトをしながら、父の会社の系列に採用されて15年ほど過ぎました。

実家に帰ってタケノコ掘りを手伝ったのが多くはない父との思い出です。

2019年から私は小説を書くことにはまって、夢中でヘルモードを書き進めていました。

2020年の3月の終わり、1つのことで、我に返ったように父に電話をしたのです。

一緒にタケノコ掘りに行く際によく話をしていたことなので報告しようと思いました。

「おう、なんや。珍しいな」

「うん、昇進が決まったよ」

小説を書くことに夢中になっていたため、今となってはそこまで嬉しい話ではなかったのですが、相談していた父に報告するのが筋だと思ったのです。

「おお、そうか!!　お前んとこの会社はなんて役職やったか」

自らの当時の心境とは裏腹に、思いのほかテンション高い返事が返ってきました。

「だから4月から係長になるんよ」

「よう頑張ったな！」

「それと正月にも執筆の話をしていたけど、今書いてる小説、どうも本が出せるらしい」

ついでにこっちも報告しておく。

作品『ヘルモード』は、書籍化する方向で出版社と話が進んでいました。

正月に帰省した際も、小説を書くことにはまっているといった話をしていました。

「おお！　本⁉　凄いじゃないか‼」

こんなに褒めてもらったことは一度もなかったように思いました。

正直な思いとしては、父の反応に困惑しました。

「ありがとう」

「そうだ。来週末の日曜日帰ってこれるか？」

「ええ？　まあ、良いけど。なんで？」

私が実家に帰る方向で話が続いていくので、少しためらいがありました。

何故なら、この時夢中で小説を書いていたからです。

「お前と話がしたいからだよ！　ああ、そうだ。せっかくなんで畑の手伝いもしてほしい。俺は手が弱ってて深い穴が掘れないんよ」

「畑……。分かった」

正直に言うと、めんどくさい以外の何物でもなかったです。

だけど、父があの喜びようだったし、頼まれて断ったこともないので了承して何日かが過ぎました。

今度は父から電話がありました。

「父さん、何？」

「ああ、すまんが週末は雨みたいだから、帰ってくるのは翌週以降にしてくれ。この雨じゃ穴掘ってもしょうがない」

畑の穴は何に必要だったのか今思いだしても分かりません。

「そう、分かった。じゃあ、来週以降ね」

「そうだな」

実際に土日はどしゃぶりの雨が降り、畑の手伝いどころではない天候でした。

父と話をしたのはそれが最後です。

4月になってすぐのこと、実家から電話があり、父が病院に運ばれたと言われました。

私が病院に駆けつけた時には意識がなく、それから数日後、家族が集まって父を見送りました。

深夜に医師の話を聞くと、私が思った以上に父の体は悪かったらしいです。

なんでも余命はとっくに過ぎていたのだとか。

それから葬儀が行われ、この本が世に出る頃には4年ほどの月日が流れていました。

後から聞いた話ですが、私が思った以上に係長に昇進したことを、実家で父は喜んでいたらしいです。

残念ながら、父に親孝行はあまりできませんでした。

9巻まで『ヘルモード』を出すことができたおかげで、父との思い出から別れまでをあとがきに書くことができました。感謝の言葉もありません。

出版者様、購入してくださった皆様、本当にありがとうございます。

あとがきを日誌に使って申し訳ありません。

『お父さんは私の誇りです。安らかにお眠りください』

印税もこの数年入ってきていますので、せめて母には親孝行したいと思います。

親孝行を母にふった時の話をしておきましょう。

「母さん、行きたいところとか何か食べたいものとかある？」

かなりざっくりした質問ですが、親孝行も対象者へのアンケート調査から入ることが大事です。

「それならあるわよ！」

あったらしい。何だろう。

「え？　何？」

「私、『ななつ星』に乗るのが夢なの」

「えええええええええええええ!?」

ＪＲ九州が誇る超高級な観光寝台列車に絶叫する。

ハム男は、母の夢を叶えることができるのか、乞うご期待ください。

あとがきとしては以上になります。

次は大台の10巻でございます。海底の大帝国を目指すアレンたちに何が待っているのか、是非今後もご愛読いただけたらと思います。

『ヘルモード』コミックス共々応援いただけたら幸いです。それでは。

9巻も
ありがとうございました
次巻もよろしくお願いします！

小説投稿サイト
小説家になろう
第6回
アース・スターノベル大賞
Earth Star Novel Awards 6th 2024
©Suzunosuke
※小説家になろうは、株式会社ヒナプロジェクトの登録商標です。
※第6回アース・スターノベル大賞はアース・スターノベル、アース・スタールナと小説家になろうの合同企画です。
詳細はこちらから▶

戦国小町苦労譚
転生した大聖女は、
聖女であることをひた隠す
領民0人スタートの
辺境領主様
ヘルモード
～やり込み好きのゲーマーは
廃設定の異世界で無双する～
二度転生した少年は
Sランク冒険者として平穏に過ごす
～前世が賢者で英雄だったボクは
来世では地味に生きる～
俺は全てを【パリイ】する
～逆勘違いの世界最強は
冒険者になりたい～
反逆のソウルイーター
～弱者は不要といわれて
剣聖(父)に追放されました～

無職の英雄
別にスキルなんか
要らなかったんだが
もふもふとむくむくと
異世界漂流生活
冒険者になりたいと
都に出て行った娘が
Sランクになってた
メイドなら当然です。
濡れ衣を着せられた
万能メイドさんは
旅に出ることにしました
万魔の主の魔物図鑑
―最高の仲間モンスターと
異世界探索―
生まれた直後に捨てられたけど、
前世が大賢者だったので
余裕で生きてます
偽典・演義
～とある策士の三國志～
ようこそ、異世界へ!!
EARTH STAR
NOVEL
アース・スターノベル

EARTH STAR NOVEL

ヘルモード
～やり込み好きのゲーマーは廃設定の異世界で無双する～ 9

発行 ―――― 2024年4月17日　初版第1刷発行

著者 ―――― ハム男

イラストレーター ―――― 藻

装丁デザイン ―――― 石田隆（ムシカゴグラフィクス）

発行者 ―――― 幕内和博

編集 ―――― 今井辰実　松村佳直

発行所 ―――― 株式会社アース・スター エンターテイメント
〒141-0021　東京都品川区上大崎 3-1-1
目黒セントラルスクエア　7F
TEL：03-5561-7630
FAX：03-5561-7632

印刷・製本 ―――― 中央精版印刷株式会社

ISBN 978-4-8030-1938-4